강의실 밖
古典文學의 새로운 발견

고전여행

①

강의실 밖 고전여행

①

이강엽 지음

평민사

책 머리에

'고전(古典)은 무엇인가? 상식적 정의대로라면, 그 가치의 영속성을 의심받지 않는 작품이 바로 고전이다. 나는 그렇게 배웠고 그렇게 믿었으며, 그래서 고전문학을 공부했다. 그것도 남의 나라의 고전이 아니라 우리나라의 고전을, 남의 땅이 아닌 우리 땅에서 나름대로는 열심히 공부했다. 재주가 모자라거나 여건이 불비해서 제대로 못한 부분이 많을 테지만, 대학 2학년이 되던 스무 살부터 시작하여 지금까지 나의 청년기는 고전문학 공부에 소진되었다. 공부하다 보니 고전 가운데에는 쉬운 것은 많지 않아도 재미난 것은 적지 않았으며, 지금까지 얻어낸 것은 많지 않아도 앞으로 얻어낼 것은 적지 않았다.

결론부터 질러 말하자면, 그 '재미난 것'과 '얻어낼 것'을 위해서 쉼 없이 연구가 진행되어야 한다는 것이다. 그러나 사정은 그렇지 못하다. 학부제와 복수전공제의 여파로 국문과 내에서조차 고전문학은 기피 과목이 되어가고 있는 실정이다. 곧 정년을 눈앞에 둔 내로라 하는 한문학자가 강의를 개설해도 듣는 학생이 없어서 폐강되어 버리는 것이 우리의 현실이다. 그 가치를 저울질하기에 앞서서, 지금 듣지 않으면 영원히 들을 수 없다는 절박감 때문에라도 관심을 끌 만하지만, 포스트모더니즘을 운위하는 옆 강의실의 열기를 따라잡기에는 역부족이다. 여기에다 가뜩이나 실용적 학문을 추구하는 추세가 덧씌워지고 경기 침체까지 가세하고 나면 강의실은 별수없이 텅 비어버리고 만다.

그러나 강의실 안의 썰렁함을 핑계로 고전을 공부하고 가르치는 일을 그만둘 수는 없다. 고전에는 영속하는 가치가 있다고 믿는 한 더더욱 그렇다. 이리하여 나는 '강의실 밖 고전여행'을 계획하게 되었다. 강의실 밖에서 고전문학의 가치가 되살아나고 고전이 쓸모있는 것이라고 인식되지 않는 한, 고전문학이 제구실을 못하는 상황은 그치지 않을 것이므로, 이 '강의실 밖 여행'은 사실 '강의실 안 강의'로 가는 전진기지인 셈이다. 여행이 일상에서 구하기 힘든 느낌과 경험, 반성과 깨달음, 휴식과 평온함을 주는 것처럼, 이 고전여행이 그런 일을 감당하기를 바라는 마음이 간절하다. 친숙하게 만났던 작품을 다시 만나기도 하고, 낯선 작품을 새롭게 만나기도 하면서 여행의 참뜻을 되새길 수 있다면 더 바랄 나위가 없겠다.

그런데 사실 우리의 고전문학은 고전이라고 내세우기 낯뜨거운 부분이 없지 않다. 다행인지 불행인지 나는 고등학교에 다닐 때 고전문학을 억세게 배운 터라 감히 고전의 무용성을 입밖에 낼 수 없는 세대이다. 누구에게나 그랬듯이 고전문학은 거의 외워야 하는 과목으로 인식되었고 그것들을 달달달 외워댔지만, 나중에 공부하면서 생각해보면 그것들이 그렇게 훌륭한 가치를 지닌 것이었던가에 대해서는 회의가 드는 작품들도 꽤 있었던 것이다. 문학적 가치를 기준으로 하든 현대인의 삶에서 필요한 것을 기준으로 하든 고개를 갸우뚱하게 만드는 작품이 실제로 있었으며, 어떤 작품은 그저 옛 문헌에 있다는 이유만으로 곧잘 고전으로 둔갑하기도 했다. 어쨌든 고전을 골동품 대하듯 하는 태도가 고쳐지지 않는 한 고전은 그저 고리타분하거나 따분한 옛글이라는 인식에 갇혀버리게 된다. 이렇게 되면 고전의 제자리 찾기는 영원히 요원한 일일 것인데, 이 점 역시 책을 쓰게 한 요인이기도 하다.

하지만 나는 안다. 아무리 이렇게 이야기해본들 독자들은 당장에 재미가 없으면 눈을 돌릴 것이고, 눈앞에 얻는 것이 없으면 등을 돌릴 것이다. 사실 그런 선택은 전적으로 독자들의 몫이며 또 독자들의 권리이므로 탓할 것이 없다. 다만 이 책이 강의실 '밖'의 강의임을 염두에 두고 최대한 쉽게, 최대한 참신하게 쓰려고 노력했다는 점을 밝힐 뿐이다. 따라서 어떤 부분은 너무 가볍기도 하겠고 또 어떤 부분은 아직 검증되지 않은 나 자신의 독단에 그친 논의가 있기도 할 것이다. 이런 부분에 대해 관대한 처분을 내리든 가혹한 단죄를 하든 그 역시 전적으로 독자들의 몫인데, 그런 흠들이 '설상가

상'이 아닌 '옥에 티'나, 의욕 과잉이 빚은 실수쯤으로 용인되기를 빌 뿐이다.

우선 관심과 능력이 닿는 범위에서 주제를 잡아 한 권으로 엮어 낸다. 힘이 닿는 대로 후속 작업을 진행하여 선보일 것을 약속한다. 끝으로, 이 책을 미리 처음부터 끝까지 꼼꼼하게 읽어준 신연우·안장리 선생님과, 늘 그렇듯이 아낌없는 비판과 조언으로 힘이 되어준 아내 이상진에게 감사의 마음을 전한다.

1998년 가을
모래내에서
이강엽

개정판을 내며

『강의실 밖 고전여행』의 1권이 나온 지도 벌써 10년이 넘었다. 아직까지도 찾는 독자들이 있다는 데 대해 감사드리며, 한편으로는 늘 송구한 마음이 들었음을 고백한다. 오래 되다 보니 내용이 적절하지 않은 것도 있고, 독서시장에서 책의 외형 또한 크게 달라졌기 때문이다. 최근의 사례로 든 내용이 이제는 오래된 묵은 이야기가 되기도 했으며, 검은 글씨로만 빽빽하게 채워진 책이 어딘가 불친절하고 무례해보이기까지 했다. 또, 제5권을 끝으로 이 시리즈를 마치며 보니, 정작 제일 먼저 나온 1권이 나머지 권들과 많이 다른 모양이 되고 말았다.

우선, 말을 다듬고 내용을 줄이면서 편집의 통일을 기했다. 아무래도 오래 전에 쓴 것이라 미숙한 부분들도 있고, 말들이 너무 거칠게 느껴지는 부분도 많다. 처음의 의도는 편하게 강의하듯 쓴다고 했으나 그 때문에 담백한 맛이 적어진 흠이 보이기도 했다. 내용을 아주

바꿀 수는 없지만 그러한 문제들을 최대한 줄여보았다.

다시 한 번 그 동안 이 시리즈를 찾아준 독자들에게 머리 숙여 감사드리며, 출판을 독려해주고 지원해준 도서출판 평민사의 이정옥 사장님께도 고마운 마음을 전한다.

2009년 세밑
동소문동에서
이강엽

차 례

제 1 강

신화로 들여다보는

우리 문화

신화, 삶의 시작

문학을 공부하다 신화를 만나게 되는 것은 필연이다. 문학의 시발점에 신화가 서 있을 뿐만 아니라 중간 기착지 어디에서든 신화의 잔흔이 널려 있기 때문이다. 또한 화려한 역사를 자랑하는 민족일수록 웅장한 신화를 지니고 있는 일은 아주 흔해서 신화와 역사는 사실 동전의 양면처럼 등을 대고 한데 붙어 있다. 국가나 민족뿐만 아니라 웬만한 씨족은 시조신화를 갖고 있으며, 족보의 처음은 늘 희한한 사연을 지닌 비범한 사람으로 장식되기 마련이다.

그뿐이 아니다. 적당한 규모를 갖춘 기업도 나름대로의 창업신화라는 걸 갖추고 있다. 이리하여 신화는 밑도 끝도 없는 확장과 치장을 겪을 터, 도처가 다 신화밭이 된다. 한강의 기적도 신화이며, 박태환의 올림픽 금메달이나 김연아의 피겨 여왕 등극도 신화이다. 그렇게 영웅까지 안 가더라도 보통의 개인들도 모두 신화를 갖고 있다. 신비한 태몽에서부터 다섯 살 때 동네에서 얻어들은 '신동' 소리가 다 신화이다. 그러나 이렇게 계속 저변만 넓히다가는 신화는 차츰 범속해지고 그저 좀 신기한 이야기 정도로 여겨지는 데 지나지 않을는지도 모른다.

이런 우려를 씻으려면 우선 신화라고 인정되는 작품들을 불러다 놓고 찬찬히 따져볼 필요가 있다. 그렇게 해보면 신기하게도, 신화가 여전히 살아있는 것을 알게 된다. 기원전 2,333년에 태어났다는 단군이 아직까지 힘을 발휘하는 것이나, 매년 오는 동짓날로 그때마다 '새롭게' 태어나는 것이 모두 신화이다. 또, 반역죄를 뒤집어쓰고 맞아 죽은 임경업 장군이 엄연히 무신(巫神)이 되어 다시 등장하기도 한다. 이러저러한 이유로 신화가 부정되고 죽어 없어진 듯하더라도 '신화적 사유'는 영원히 힘을 잃지 않는 것이다. 그래서 신화가 바로 삶의 시작이며, 신화를 살피는 일이 문화를 살피는 일이 된다.

우리 신화의 계보

우리 신화를 들여다보면 싱겁기 짝이 없다. 〈단군신화〉에 대해 한 시간 이상 그 이야기를 할 수 있는 사람이 얼마나 있을까? 뛰어난 상상력으로 빈 구멍을 채워 넣고, 중간 중간 설명을 덧보태지 않는다면 한 시간은 고사하고 10분도 채 이야기할 수 없을 것이다. 반면, 그리스·로마 신화라면 책이 한 권이니까 쉬엄쉬엄 이야기해도 말솜씨가 재미없어서 듣는 사람이 지루해 하면 지루해 했지 밑천이 딸릴 것은 없을 것 같다. 이렇게 보면 우리 신화는 참 빈곤하다.

그러나 일사불란한 계통을 자랑하는 외국의 신화들이 신화의 참모습인지는 속단하기 어렵다. 마치 TV 드라마의 등장인물들이 엮이듯이 일정한 관계망을 형성하는 그런 신화에서는 아무래도 작위적인 느낌을 떨쳐내기 어렵다. 드라마는 작가가 의도적으로 몇몇 인물을 설정하고 그 인물에 한정하여 여러 가지

단군 표준영정(115×170cm). 홍숙호作, 1976년, _ 서울단군성전

사건을 꿰맞추는 과정에서 그렇게 반듯한 관계망이 형성되었겠지만, 신화의 경우라면 그렇게 되기는 힘들 것이다. 다만 누군가 나서서 여러 세기에 걸쳐서 꾸준히 정리했을 때에만이 그런 계보가 성립 가능하지 않을까 한다.

그렇다고 우리 신화에 계보가 없을 수는 없다. 우리의 신화는 그렇게 일목요연한 계보가 잡히기 어렵다는 점을 길게 늘여 말했을 뿐이다. 먼저 〈단군신화〉를 보자.

옛날 환인의 서자 환웅이 있었다. 그는 자주 천하에 뜻을 두어 인간 세상에 욕심을 냈다. 아버지가 아들의 뜻을 알고 삼위태백을 내려다보니 세상을 널리 이롭게 할 만했다. 그래서 천부인 세 개를 주어 다스리게 하였다.

환웅이 그의 무리 3,000명을 거느리고 태백산 꼭대기 신단의 나무 아래 내려와 여기를 '신시'라고 하니 이분이 바로 환웅 천왕이시다. 그는 풍백·우사·운사를 거느리고 곡식·수명·질병·형벌·선악 등 인간의 360여 가지 일을 주관하여 인간 세계를 다스렸다.

이때에 곰 한 마리와 호랑이 한 마리가 함께 동굴에 살았는데, 항상 환웅께 사람이 되게 해달라고 빌었다. 그러자 환웅이 신령스러운 쑥 한 줌과 마늘 20개를 주면서 말했다.

"너희들이 이것을 먹고 100일 동안 햇빛을 보지 않으면 곧 사람이 될 것이니라."

곰과 호랑이가 이것을 받아먹고 삼칠일 동안 몸가짐을 조심하니 곰은 여자의 몸으로 변했지만, 호랑이는 조심하지 못한 탓에 사람이 되지 못했다. 웅녀는 결혼해서 함께 살 사람이 없으므로 매일 신단 나무 아래서 아기 갖기를 빌었다.

환웅이 잠시 거짓으로 변하여 그녀와 혼인하니 곧 아이가 들어서 아들을 낳았다. 아기의 이름은 단군 왕검이라고 한다. 중국의 요 임금이 즉위한 지 50년 되던 경인년에 평양에 도읍을 정하고 비로소 조선이라고 불렀다. 또 도읍을 백악산 아사달로 옮기니 궁홀산, 또는 금미달이라고도 한다.

그는 1,500년 동안이나 여기서 나라를 다스렸다. 중국 주나라 무왕이 즉위한 기묘년에 기자를 조선에 봉하자 단군은 장당경으로 옮겼다가 나중에 아사달에 숨어서 산신이 되었으니, 이때의 연세가 1,908세이셨다.[1]

『삼국유사』에 있는 기록을 그대로 옮겼다. 우리는 이 신화를 읽으면서 '환인'이라는 하늘나라 임금님이 있고, '환웅'은 그의 아들이며, '웅녀'는 곰이 변한 여자라고 생각하면서도 이 셋을 모두 고유명사라고 이해하곤 한다. 그러나 실제로는 그렇지 않을 가능성이 훨씬 더 높다. 비근한 예를 들자면 기독교에서 '하나님'과 '야훼'를 둘 다 쓰지만, 앞의 것은 일반명사이고 뒤의 것은 고유명사이다. 환인이나 환웅, 웅녀가 꼭 고유명사는 아닐 것이며 실제로 그 당시에는 무엇이라고 불렀는지도 알 수 없다. 북한에서 번역한 『삼국유사』에는 웅녀라는 말 대신에 '곰계집'이라고 쓰며, 국내의 어느 학자는 '곰녀'라고 하기도 한다. 이렇게 '곰'을 강조하는 것은 꼭, 동물 곰에 매이지 말고, 고어 '감'으로의 전이가 가능하도록 하자는 배려가 강하다. '감'은 신(神)이라는 뜻이므로 '곰'을 강조할 경우, 자연스럽게 신성성이 부가되는 것이다. 마찬가지로 환인이나 환웅을 하늘에 있는 신을 가리키는 일반명사로 본다면, '단군' 역시 그렇게 볼 소지가 높아진다. 환웅과 웅녀 사이에 태어난 사람이 바로 그 '단군'이기도 하겠지만, 단군의 왕위를 이은 그 누군가도 단군일 수 있는 것이다. 혹은 단군 다음에 왕위를 잇는 사람이 그 명성을 빌리려 사용했었는지도 모른다.

그렇게 볼 때, 1,908세라는 수명의 황당함이 상당 부분 벗겨진다. 이 나이는 아마도 굳이 중국의 전설적인 성왕(聖王)인 요 임금과 동시대임을 강조하려는 데에서 거꾸로 산출된 것이겠지만, 적어도 이 이야기의 비현실적인 몇몇 대목을 들어서 이야기 자체의 의미를 완전히 무시하려는 처사를 경계해야 할 것이다. 그렇다고 신화를 무슨 과학이나 역사처럼 대하자는 이야기는 아니다. 환웅이 풍백(風

伯)·우사(雨師)·운사(雲師) 같은 바람·비·구름을 다스리는 세 신을 데리고 내려왔다는 것은 이 신화가 세상을 창조하는 '창세 신화'는 아니더라도 그에 근접하는 모습을 띠고 있음을 일러준다. 문맥으로 보아서 그 이전에 백성들이 없던 것은 아니었지만 적어도 환웅이 이 땅에 내림으로 해서 이 땅에 '새로운 질서'가 시작되는 것이다. 이로 하여 날씨를 관장하고 인간 만사를 주관하는 일이 가능하여 '홍익인간'의 이념을 펴는 새 장이 열린다.

그렇다면 이 신화가 우리 신화의 계보를 정하는 데 무슨 도움이 되는가? 단군이 그리스·로마 신화의 제우스쯤이라도 된단 말인가? 단군은 어디까지나 '고조선'이라는 일국의 신화일 뿐, 우리 민족의 신화가 아니라는 주장이 여전히 나올 수 있다. 『삼국유사』에 기록된 내용을 조금만 더 따라가 보자.

중국 전한 선제 황제때인 신작 3년 임술년(기원전 58년) 4월 8일에 천제가 흘승골성으로 내려왔다. 다섯 용이 이끄는 수레를 타고 도읍을 정하여 왕이라 칭했는데 스스로를 '해모수'라고 했다. 아들을 낳아 이름을 '부루'라고 하고 '해'로 씨를 삼았다. 왕은 후에 상제의 명령에 따라 도읍을 동부여로 옮겼다. 동명제(주몽)는 북부여를 이어 일어나서 졸본주에 도읍을 정하고 졸본부여가 되었는데 바로 고구려의 시조이다.[2]

『삼국유사』의 〈북부여〉조 기록이다. 굳이 신화라고 할 것까지도 없을 간단한 이야기이다. 다만 하늘에서 내려온 누군가가 나라를 세웠다는 점이 신성성을 더해준다. 북부여를 세운 해모수는 스스로 천제(天帝)라 칭했다. 이는 〈단군 신화〉로 따지면 스스로가 환인이라고 내세운 것이나 마찬가지이다. 그리고 그는 '해부루'를 낳았고 해부루는 동부여를 세웠다. 뒤에 천도를 명하는 인물이 '상제(上帝)'라고 하여 앞의 '천제'와 같은지 궁금하지만 『삼국유사』의 바로 다음 조인 〈동부여〉에서 다시 '천제'로 나오므로 동일 인물로 볼 수 있다.

북부여의 왕인 해부루의 대신 아란불의 꿈에 천제가 내려와서 말했다.

"장차 내 자손을 시켜서 이곳에 나라를 세우려고 하니 너는 피하거라. 동햇가에 가섭원이라는 곳이 있는데 토양이 비옥하니 왕도를 세울 만하다."

아란불은 왕을 권하여 그곳으로 도읍을 옮기고 나라 이름을 '동부여'라고 했다. 그런데 부루는 늙도록 아들이 없었다. 하루는 산천에서 제사를 지내어 후사를 구했는데, 타고 가던 말이 곤연이라는 못에 이르러 큰 돌을 보고는 서로 대하여 눈물을 흘렸다. 왕이 이상히 여겨 사람을 시켜서 그 돌을 굴리게 하니 거기에는 금빛 개구리 형상을 한 아이가 있었다. 왕은 기뻐 말했다.

"이는 필경 하늘이 나에게 아들을 내리신 것이다."

그리고는 그 아이를 거두어 기르고 이름을 '금와('금 개구리'의 뜻)'라 하였다. 커서 태자로 삼으니 부루가 죽은 후에 금와가 왕위를 이었다. 다음에 왕위를 태자 대소에게 전하였고 지황 3년 임오년(서기 22년) 고구려의 무휼왕이 쳐서 대소를 죽이니 나라가 없어졌다.[3]

단군과는 아무 관련이 없지만 적어도 해모수로부터 이어지는 계보는 참으로 착실하게 그려지고 있다. 천제인 해모수가 해부루를 낳고, 해부루는 금와를 얻고, 금와는 대소로 이어진다. 그런가 하면 해모수는 다른 한 편에서 그 유명한 고구려의 시조 주몽을 낳으면서 다시 복잡한 양상을 보인다. 역시 『삼국유사』의 〈고구려〉 조에서 일부만 인용해 본다.

시조 동명성제의 성은 고씨요 이름은 주몽이다. 이보다 먼저 북부여의 왕 해부루가 이미 동부여로 피해 가고 부루가 죽자 금와가 왕위를 이었다. 이때 금와는 태백산 남쪽 우발수에서 여자를 하나 만나 물으니 그 여자가 대답했다.

"저는 하백의 딸로서 이름을 유화라고 합니다. 여러 동생들과 함께 물 밖에 나와 노는데 남자 하나가 오더니 자기가 천제의 아들 해모수라고 하면서 저를 웅신산 밑 압록강 가의 집 속으로 꾀어 사통하고는 가더니 돌아오지 않았습니다. (『단군기』에는 "단군이 서하 하백의 딸과 친하여서 아들을 낳아 부루라 하였다." 했는데 지금 이 기록에는 해모수가 하백의 딸과 사통하여 주몽을 낳았다 한다. 『단군기』에 "아들을 낳아 부루라 했다." 하니 부루와 주몽은 이복형제일 것이다) 부모님께서는 제가 중매도 없이 혼인한 것을 꾸짖어 드디어 여기로 귀양 보낸 것입니다."

금와는 이상히 여겨 그녀를 방 속에 가두었다. 그랬더니 햇빛이 방 속으로 비쳐와서 그녀가 몸을 피하면 다시 따라와 비추었다. 이로 인해 태기가 있더니 알 하나를 낳았는데 크기가 닷 되들이 정도였다. 왕은 그것을 버려 개와 돼지에게 주었지만 모두 먹지 않았다. 또 길에 버려도 소나 말이 피하여서, 들에 버리자 새와 짐승이 덮어 보호했다. 깨뜨리려 해도 깨뜨릴 수 없자 그 어미에게 되돌려주었다. 그녀가 물건으로 싸서 따뜻한 곳에 두니 어떤 아이가 껍질을 깨고 나왔는데 골격이며 외양이 영특하고 기이했다. 나이 겨우 일곱에 기골이 특출나서 보통사람과 달랐다. 스스로 활과

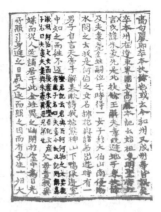

『삼국유사』〈고구려〉 중의 『단군기』 인용 부분(진하게 표시된 부분)

화살을 만들어 백발백중이었다. 나라 풍속에 활 잘 쏘는 사람을 '주몽' 이라 했으므로 주몽이라고 불렀다.[4]

천제인 해모수에서 금와까지 이어지는 계보는 이미 설명되었지만, 이 기록은 앞의 기록에 비추어 상당히 이상한 점이 발견된다. 유화의 말에 따르자면 해모수는 천제가 아니라 천제의 아들이라는 것이다. 이는 일연이 기록할 때 약간의 착오가 있었거나,[5] 앞의 〈북부여〉 조의 기록과 이 〈고구려〉 조의 기록이 출처가 다른 데에서 기인할 수 있다. 실제로 『삼국유사』에서는 〈북부여〉는 『고기』라는 책에서, 또 〈고구려〉는 『국사』〈고려 본기〉라는 데에서 따왔다고 했다. 이 두 기록에서, 해모수는 한편에서는 곧바로 하느님이면서 또 한편에서는 하느님의 아들인 이상한 일이 생긴다.

이 이상한 일은 거기에서 그치지 않는다. 중간에 들어있는 주석은 『단군기』라는 또 다른 기록을 인용하여 단군이 해부루를 낳았다고

했다. 그렇다면 해부루는 해모수의 아들이면서, 동시에 단군의 아들이 되는 아주 희한한 일이 생긴다. 해부루가 둘이었는지, 단군과 관계했다는 '하백의 딸'과 해모수와 관계한 '유화'가 동일 인물인지도 분명하지 않다. 이렇게 되면 고조선과 부여, 고구려 세 나라의 건국신화에 등장하는 인물은 어떻게든 서로 얽히게 된다. 곧, 환인, 환웅, 단군, 천제(상제), 해모수, 해부루, 금와, 주몽이 하나의 계보로 섞이는 것이다. 다만, 그리스 · 로마 신화처럼 일사불란하게 정리되는 것이 아니라 매우 헷갈리게 꼬인다는 점이 다르다고 하겠다.

여기에서 중요한 것은 우리의 건국신화에서 고조선, 부여, 고구려의 세 나라가 신화를 공유한다는 사실이다. 역사 속에서 한반도와 그이북 지역에 존재했다고 인정되는 나라들이 신화를 공유하면서 조상에 대해 이야기한다는 이 기막힌 사실이 중요하다. 이렇게 이야기하면 어떤 독자는 그 셋이 연관되는 것만으로 우리나라라고 하지 말라고 할지도 모르겠다. 충청도와 호남권의 백제라든지, 경상도의 신라가 빠져있기 때문이다. 사실 고구려, 백제, 신라만 이어질 수 있다면 그 이후의 고려부터야 지금까지도 이어지고 있으니 별 문제가 없겠다. 그러나 백제의 건국신화의 주인공 온조(溫祚)가 누구던가? 말할 것도 없이 주몽의 아들이 아닌가?

　　백제의 시조는 온조요, 그의 아버지는 추모왕, 혹은 주몽이라는 사람이었다. 북부여에 피난하여 졸본부여에 왔는데, 거기 왕은 아들 없이 딸만 셋이 있었다. 왕은 주몽을 보고 그가 비상한 사람인 것을 알아보고는 둘째딸을 주어 아내를 삼게 했다. 얼마 안 있어 부여주의 임금이 죽자 주몽이 왕위를 이어 두 아들을 낳

앉는데, 맏이가 비류요, 둘째가 온조였다. 온조는 후에 태자에게 받아들여지지 않을까 두려워하여 드디어 오간과 마려 등 열 명의 신하들과 함께 남쪽으로 갔다. 백성들 중 따르는 사람들이 많았다. 드디어 한산에 이르러 부아악에 올라 살 만한 땅을 찾았는데, 비류는 해변에 가서 살고자 하니 열 신하가 이렇게 간했다.

"이 하남의 땅은 북쪽으로는 한강이 걸쳐 있고, 동쪽으로는 높은 산에 기댔으며, 남쪽으로는 기름진 습지를 바라보고 있으며, 서쪽으로는 큰 바다가 가로놓여 있습니다. 하늘이 내린 요새이며 사람이 살기에 유리한 땅이어서 좀처럼 얻기 힘든 형세입니다. 여기에 도읍을 정하는 것이 어찌 좋지 않겠사옵니까?"

그러자 비류는 이 말을 듣지 않고 백성을 나누어 미추홀에 가서 살았다. 온조는 하남 위례성에 도읍을 정하여 열 명의 신하로부터 보필을 받아 나라 이름을 '십제'라 했으니, 이때는 한나라 성제 황제 때인 홍가 3년(기원전 18년)이었다.

비류는 미추홀이란 곳이 습기가 많고 물이 짜기 때문에 편히 살 수 없었는데, 위례성에 돌아와 보니 도읍이 안정되고 백성들은 편안히 살고 있었다. 그는 끝내 그것이 부끄러워 후회하여 죽었다. 그러자 그의 신하와 백성들이 모두 위례성으로 돌아왔는데 그 뒤에 백성들이 올 때 기뻐했다고 해서 나라 이름을 '백제'로 고쳤다. 그 계통이 고구려와 마찬가지로 부여에서 나왔기 때문에 씨를 '해'라고 했다. 뒤에 성왕 때에 이르러 도읍을 사비로 옮기니 지금의 부여군이다.[6)

보는 대로 해모수의 '해' 씨 성이 백제에까지 온전하게 이어지고

서울 송파구에 위
치한 토성 유적으
로, 정식 명칭은 광
주풍납리토성(廣州
風納里土城)이며
한성 백제 시대(온
조왕 ~ 개로왕)의
이른바 하남위례성
이라고 추정된다.
_두산백과사전

있다. 주몽은 고구려의 건국시조이고 그 다음 왕
은 우리가 다 아는 유리왕이다. 유리왕은 주몽이
북부여에 있을 때 그곳 여자와 결혼하여 낳은 아
들로 졸본부여로 도망할 때 함께 나왔으므로 태자
가 되었다. 그러나 비류와 온조는 주몽이 졸본부
여에서 그곳 왕의 딸과 결혼하여 낳은 자식들이어
서 나중에 험한 꼴을 당할까봐 미리 도망 나온 것
이다. 신화에 나타난 건국의 역사는 참으로 희한
하게 반복된다. 해부루는 북부여에서 도망 나와
동부여를 세우고, 주몽은 동부여에서 도망 나와
고구려를 세우며, 온조는 고구려에서 도망 나와
백제를 세운다. 그리고 그 각 나라의 시조가 모두
한 핏줄인 것으로 설명한다. 물론, 여기까지를 순

연한 역사로 이해하여 정말 한 집안 한 핏줄이 그토록 오랜 세월을 이어내려가면서 여기저기에 나라를 세웠다고 오해하는 독자들이 없기를 바란다. 다만, 신화가 그렇게 얽혀가면서 민족적 동질성을 높여갔을 것이고, 그런 점에서 민족의식은 한층 강화되었으리라 볼 뿐이다.

그 다음으로는 당연히 신라 쪽이 문제된다. '신화의 공유'라는 원칙을 중심으로 신라의 시조인 박혁거세 신화를 살펴보자.

중국 전한 지절 원년인 임자년(기원전 69년) 3월 초하룻날 6부의 조상들이 제각각 젊은이들을 거느리고 알천 언덕 위에 모여서 의논했다.

['오릉(五陵)에서 동남(東南)쪽을 바라보면 1km쯤 떨어진 소나무숲 속에 시조유허비(始祖遺墟碑) 옆에 우물이 있는데 이 우물을 나정(蘿井)이라 한다.' … 신라(新羅)의 시조인(始祖)인 박혁거세의 탄강전설(誕降傳說)의 우물─ 나정터.] 그러나 문화재청의 이런 소개와는 달리 현재는 사진처럼 방치되어 흔적을 찾아보기 어려운 상태이다.

"우리들에게는 위로 뭇 백성들을 다스리는 임금이 없기 때문에 백성들이 방자하여 제 멋대로 하고 있으니, 덕이 있는 분을 찾아다가 임금님으로 삼아서 나라도 세우고 도읍을 차려야 할 것이 아니겠소?"

그래서 높은 곳에 올라가 남쪽을 바라보니, 양산 아래 나정 우물가에 번갯빛처럼 이상한 기운이 땅으로 드리워져 있었으며 흰말 한 마리가 무릎을 꿇어서 절하는 형상을 지었다. 곧 뒤져보니 자줏빛 나는 알 한 개가 있었는데, 말은 사람을 보자 길게 소리를 내면서 하늘로 올라갔다. 그 알을 쪼개니 사내아이가 있는데 모습이 단정하고 아름다웠다. 모두 놀라고 이상해서 그 아이를 동천에 목욕시켰더니 몸에서 광채가 나서 새와 짐승들이 모두 춤을 추며 천지가 진동하고 해와 달이 청명해졌다. 이에 그 아이를 '혁거세왕'이라고 이름했다.[7]

아무리 보아도 일단 그 계통이라고 할 만한 것이 없다는 점이 특징이다. 태생(胎生)이 아니라 난생(卵生)이고, 그 어미가 누구인지도 밝혀지지 않았으니 그럴 수밖에 없기도 하다. 그러나 이 신화를 읽다보면 어딘가에서 많이 본 듯한 느낌을 지울 수 없다. 박혁거세의 탄생담은 주몽의 탄생담과 아주 유사한 것이다. 알로 태어나는 것은 물론이고, 신비로운 빛이 관계하는 것이나, 말이 그 존재를 알려주는 것, 새나 짐승들이 보호하거나 축복하는 것 등이 모두 그렇다. 우연의 일치치고는 너무도 비슷하다. 게다가 이 신비로운 일에는 반드시 물이 개입한다는 점도 공통점이다. 주몽 신화에서는 곤연이라는 못이 관계했듯이 동천이라는 샘이 관계하는 것이다. 이로 볼 때 신라 시조 신화는 고구려 시조 신화를 모방했거나 참조했으며, 최소한 그 영향권 안에 있는 것으로 역시 전혀 별개가 아님이 분명하다.

영웅의 시련과 모험

미국의 저명한 신화학자인 캠벨(Joseph Campbell, 1904~1987)은 단일신화의 핵 단위를 이렇게 축약하여 설명한다.

> 곧 영웅은 일상적인 삶의 세계에서 초자연적인 경이의 세계로 떠난다. 여기에서 그는 엄청난 세력과 만나고 결국은 결정적 승리를 거둔다. 영웅은 이 신비스러운 모험에서, 동료들에게 이익을 줄 수 있는 힘을 얻어 현실 세계로 돌아온다.[8]

자기가 속한 집단에서 분리되어 그 집단보다 더 큰 힘을 가진 상대와 싸워서 이기고, 결국 다시 자기 집단으로 돌아와서 그 이익을 나눠줄 수 있을 때 그것이 바로 신화라는 이야기이다. 이 점은 앞서 설명한 신화들에 거의 들어맞는 모형이다. 앞서 살핀 신화들은 사실 건국신화였으므로 한 영웅이 어떤 모험을 거쳐 새로운 국가를 창조하느냐 하는 점이 강조될 뿐 기실은 그 기본틀에 있어서 크게 다르지 않다. 〈단군신화〉의 경우, 단군이 고조선을 세우는 이야기이므로 당연히 단군의 이야기가 중심이 되어야 한다. 그러나 우리

솟대. 민간신앙의 목적 또는 경사가 있을 때 축하의 뜻으로 세우는 긴 대. _제주민속촌박물관

가 알고 있는 『삼국유사』의 소제목은 '고조선'이지 '단군'이 아니라는 점에 유념해야 한다. 영웅의 시련과 모험이 제대로 드러나지 않기도 했지만, 만일 이 이야기에서의 영웅을 꼽는다면 사실은 단군이 아니라 환웅이다.

환웅은 하늘나라에서 잘 살면서도 늘 지상세계를 욕심냈다. 그는 끝내 태백산 꼭대기 신단의 나무 아래에 내려서 새로운 역사를 창출했다. 나중에 단군이 도읍을 정하고 국호를 고조선이라 하는 등 격식을 갖추었다고 했지만, 적어도 신화적으로는 영웅적인 사적이 일어나는 부분은 단군보다는 환웅 쪽이다. 그가 '풍백·우사·운사'를 거느렸다는 것은 그에게 세계를 다스릴 힘이 있음을 증명하고, 태백산 꼭대기 신단의 나무 아래에 내려왔다는 것은 그곳이 '세계의 중심'이라는 뜻이다. 그뿐 아니라 그는 이미 '홍익인간'이라는 이념을 갖추어서 인간사 360가지를 주관했다. 이 신화가 비록 이미 있는 세상에서 이룩된 일이기는 하지만, 이는 세상을 창조하는 '창세 신화'의 편린으로 볼 수 있다.

이들 여러 가지 징표 중에 '세계의 중심'은 특히 시사하는 바가 크다. 이를 흔히 '옴팔로스(omphalos)'라고 하는데, 다름 아닌 '배꼽'이라는 뜻이다.[9] 배꼽은 몸에서 중심이며, 모체와 태아를 연결하는 고리로서, 새로운 세계의 창조를 의미한다. 모체와 태아가 연결되듯이 지상과 하늘의 연결점이기도 하고, 그 자체로 신성한 영역이기도 하다. 단군신화에서 '신시(神市)'를 선포한 것은 그 배꼽을 중심으로 신성한 영역을 확정한 것이다. 이 신화에서는 그 최고 정점을 신단(神壇) 아래의 나무, 곧 '신단수'로 설정했는데, 신화에서 이런 역할은 주로 나무나 돌이 떠맡는다. 대체로 높은 산이 그 역할을 하며 '중심산'이 되고, 나무일 경우 우주를 상징하며 우주를 떠받치고 있다고 해서 '우주목'이라고 한다. 또 민속에서 '솟대'가 맡는 기능이나, 사대문의 가운데 들어앉은 왕궁 역시 크기는 다르겠지만 그 영역에서의 중심을 표상하는 것이다. 한마디로 이런 것들은 모두 바로 그곳이 성스러운 세계와의 통로이며 세상의 중심임을 뜻한다.

하지만, 단군신화에서는 신화의 주인공들에게 흔히 나타나는 시련이 극히 제약되어 있어서, 아마도 그 원형에서 이탈했거나 일정부분 누락된 것이 아닌가 한다. 환웅이 이상세계인 천상을 떠나 지상에 내려온 것이 모험이라고 볼 수는 있겠지만, 천상에서 이미 갖추어진 힘을 그대로 누리면서 지상에 내려와서 펼쳐 보이는 데에서는 어떠한 긴장도 엿볼 수 없다. 그런 모습을 가장 잘 보여주는 예는 '주몽신화'이며 이 점에서 주몽신화를 감히 우리 신화의 원형이라고 해도 좋을 것이다. 주몽의 탄생담은 이미 앞에서 살펴보았으므로 그 이후의 성장과정부터 계속 이어 내려가 보자.

금와에게는 아들이 일곱 있었는데 항상 주몽과 함께 놀았다. 그러나 기량에 있어서 주몽에 미치지 못했다. 맏아들 대소는 왕에게 고했다.

"주몽은 사람의 소생이 아니옵니다. 만약 일찍 손을 쓰지 않는다면 후환이 있을까 두렵사옵니다."

하지만 왕은 듣지 않고, 주몽으로 하여금 말을 기르도록 했다. 주몽은 준마를 알아보고는 먹는 양을 줄여서 마르게 만들었으며, 둔한 말은 잘 먹여서 살찌게 했다. 왕은 살찐 말은 제가 타고 마른 말은 주몽에게 주었다.

왕의 아들들과 신하들이 그를 해치려 계획했다. 주몽의 어머니가 이 일을 알고 주몽에게 고했다.

"나라 사람들이 너를 해치려 하는구나. 네 재주와 지략이라면 어디에 간들 못 살겠느냐. 속히 떠나도록 해라."

그래서 주몽은 오이 등 세 사람을 벗 삼아 엄수라는 물에 이르러 물에 대고 이렇게 말했다.

"나는 하느님의 아들이요 하백의 손자이다. 오늘 도망하는데 추격하는 사람들이 거의 따라붙었다. 어찌하면 좋으냐?"

말을 마치자 물고기와 자라가 다리를 만들어 주었다. 일행이 다 건너자 다리는 흩어져서 추격하던 기병들은 건널 수 없었다.

주몽은 졸본주에 이르러 도읍을 정했는데, 미처 궁궐을 지을 겨를이 없어서 비류수 위에 집을 짓고 살면서 국호를 '고구려'라 하고, '고'로 씨를 삼았다. 이때의 나이는 12세이고, 중국 한나라 효원 황제 시절인 건소 2년 갑신년에 즉위하여 '왕'이라 칭했다. 고구려가 융성하던 때는 21만 5백 8호나 되었다.[10]

그는 태어날 때부터도 여느 사람과 다르게 태어났지만, 자라면서 시련을 통하여 그의 능력이 입증된다. 주몽은 제일 먼저 자신이 만든 화살로 백발백중을 하는 신기(神技)를 보이고, 두 번째로는 놀이에 있어서 금와왕의 일곱 아들을 가볍게 제쳐버리며, 세 번째로는 좋은 말을 알아보고 또 자기 것으로 취하는 꾀를 보여주며, 네 번째로는 물고기와 자라를 부리는 재주를 펼쳐 보인다. 『삼국유사』에는 매우 간단하게 처리되어서 별스럽지 않게 느껴지기도 하겠지만, 이규보가 쓴 〈동명왕편(東明王篇)〉이라는 작품에서는 상당히 자세하고 더 다양한 내용이 나와서 재미를 돋운다. 금와왕의 아들 등 40여명이 나가서 사냥한 양보다 주몽이 혼자 나가서 잡아온 양이 더 많다거나, 주몽이 준마의 혀에 바늘을 꽂아 못 먹게 하는 내용 등이 그렇다. 특히 작별하면서 어머니가 준 오곡 종자를 되찾는 대목은 더 없이 신비하다. 생산과 재생의 기능이 돋보이는 것이다.

주몽 신화에 대해서는 『강의실 밖 고전여행』 4권 '7강 주몽의 시련과 모험'에서 상세히 다루어지므로 이 밖의 자세한 내용은 거기로 미루지만, 그 중핵은 자기의 실체를 깨닫는 것이라는 점만은 강조하고 싶다. 주몽이 자신이 하느님의 아들이며 하백의 손자임을 깨닫는 순간 이미 그는 신이 되어 있다. 자신이 누구인가를 통해 자기의 길을 찾아나가는 것이다. 신화를 허황된 것으로 여겨서 배척하든, 어릴 때 잠깐 재미있게 듣고 지나가는 일과성 이야기로 치부하든, 광신도들의 열병과 동일한 현상쯤으로 이해하든 그 모든 판단은 전적으로 개인의 자유이다. 그러나 인간이 제 안에 잠재된 능력을 깨닫고, 그 깨달음으로 자아실현을 이룬다는 신화의 기본적인 틀은 확실히 유혹적이다. 더구나 그 성취가 '동료들에게 이익을 줄 수 있는 힘'이 된다면 얼마나 아름다운가.

임경업과 바리데기

서해안에 가면 풍어제(豊漁祭)를 지내면서 임경업 장군이 주신(主神)으로 모셔지곤 한다. 특히 조기잡이가 성한 곳에서라면 임경업장군신을 따를 만한 신이 없는 듯한데, 상황을 잘 모르는 사람들은 임경업이 장군이기 이전에 어디에선가 어부 일이라도 했는지 착각이 들 정도이다. 그러나 임경업은 남한 지역 유일한 내륙 지방이라는 충북의 충주 출신으로 알려지고 있다. 그는 원천적으로 물고기 잡이와는 사실 아무 상관도 없는 인물인 것이다. 이 비밀은 인천, 강화도, 연평도 인근의 전설을 더듬어 보면 금세 풀린다.[1] 우리가 아는 한, 임경업 장군은 초지일관 친명반청(親明反淸)을 위해 몸 바친, 어찌 보면 역사의 흐름을 거꾸로 탔던 인물이다. 어차피 청나라가 명나라를 굴복시키는 것이 대세임에도 불구하고 그는 어떻게든 명나라를 도와 중화(中華)의 안정을 꾀했던 것이다.

만약 청을 쳐서 명을 돕겠다는 생각이라면 당연히 서해안을 거쳐서 중국으로 갈 수밖에 없었겠는데, 이야기에서는 이런 와중에 그가 이끄는 군사들이 연평도쯤에 머물게 된다고 설명한다. 그러나 아랫사람들은 어차피 승산이 없는 싸움이라고 생각하여 어떻게 해서든 출전하지 않을 꾀를 낸다. 사람들은 고의적으로 물과 식량을 내버리고 나서 그 때문에 배를 몰고 나아갈 수 없다며 명령에 응하지 않았던 것이다. 그러자 임경업 장군은 연평도의 가시나무를 베어다가 바다에 꽂아두라고 명한다. 그리고 거기에 조기떼가 걸려서 병사들이 실컷 먹을 수 있었던 것은 당연한 일. 물이 없어서 못 가겠다고 버틴 것도 결국 허사가 되는데, 임경업 장군이 시키는 곳의

◀낙안읍성 내에 있는
임경업 장군의 선정비
(조선 인조6) _반두환 作
▼서해안 풍어제 _문화
재청

물을 푸니 과연 바닷물이 아니라 일반 식수였다고 한다.[12]

　가시나무로 조기떼를 잡는 것이 가당키나 하냐느니 바닷 가운데에서 담수가 나온다는 것이 말이 되느냐느니 하면서 따지지 말기를 바란다. 어민들에게는 그것이 옳고 그르고가 중요한 것이 아니라 일단 그렇게 믿고 임 장군을 지성껏 모셔서 나가는 배마다 만선(滿船)이 되면 그뿐이기 때문이다. 어디선가 그런 미신으로 사람을 현혹시키지 말라는 말도 들리는 듯하지만, 『성경』에서 예수님이 떡 다섯 개와 물고기 두 마리로 5,000명을 먹이면 '기적'이고,[13] 임경업 장군이 가시나무로 조기를 잡고 바닷 가운데에서 식수를 퍼 올리면 '미신'이 되는가? 임경업장군상(像)을 걸어놓고 풍어를 기원하는 마음이나, '오병이어(五餠二魚)'가 씌어진 액자를 걸어놓고 식당 영업이 잘 되기를 기다리는 식당 주인의 마음이 사실은 같은 것이다. 더욱이 여기에서의 가시나무는 그리 허황된 것이 아니고 이른바 어살[漁箭]이라고 하는 것으로, 실제 우리의 전통적인 고기잡이 방법이기도 하다.[14] 풍어를 기원하는 바로 그 순간, 임경업 장군에게는 다른 어느 것도 그 조기를 잡는 능력만큼 중요하지 않다. 임경업 장군은 조기떼를 잡은 기적을 일으켰고, 그 장군을 믿으면 조기떼가 잡힌다는 사실만이 중요할 뿐이다. 이처럼 특정한 행위를 하면 특정한 결과가 맺어진다는 사고, 이 사고방식이 바로 주술의 기본원리이다. 윷놀이를 하면서 '윷이다!'를 외치는 행위도 따지고 보면 주술인데, 이러한 주술이 과학과 정반대되는 행위인 것 같지만 사실은 크게 다르지 않음에 유념하는 편이 좋겠다.

　　인간이 이 세계에서 생존을 유지하기 위해서는 우선 첫째로 자연의 여러 가지 힘을 인간의 뜻에 따라 부릴 수 있는 능력을 갖추려고 노력하지 않으면 안 된다. 이 일이 오늘날 우리가 과학적 수준이라고 인정할 정도의 방식으로 이루어지기 전에는 인류는 이 일을 마술에 의지할 수밖에 없었다. 과학과 마술을 만들어 내는 일에 기초가 되는 일반적인 생각은 똑같다. 마술은 실은 엄격하게 규정된 의식 절차에 의거하여 특정한 결과를 얻으려는 시도이기 때문이다. 마술은 인과 원리에 대한 인식, 즉 동일한 선행 조건이 갖추어지면 동일한 결과가 나온다는 생각에 기초를 두고 있다. 그러니까 마술은 원시 과학인 셈이다.[15]

'일정 원인에 일정 결과' 라는 이 주술의 기본 원리는 기실 샤머니즘을 둘러싼 온갖 희비극을 산출한다. 우리의 무속 신화 중 대표적인 작품인 〈바리데기〉에서 우리는 그 실례를 찾아볼 수 있다. '바리데기' 의 '-데기' 는 '부엌데기', '새침데기' 에서 보듯이 사람을 얕잡아 부를 때 쓰는 접미사이다. '바리' 는 '버리다' 의 옛말 '바리다' 의 어근 '바리' 를 취한 것이라고 본다면, 결국 이 뜻은 '버림받은 사람' 을 얕잡아 부르는 것이라고 보는 편이 타당하겠다. 조금 높여서 '바리공주' 로 하기도 하지만, 여전히 '버려진 공주' 일 뿐이다. 그런데 이 불쌍한 여자가 어떻게 해서 무신(巫神)이 되었을까? 먼저 〈바리데기〉의 줄거리를 간략하게 살펴보자.

옛날 어떤 나라에 왕이 있었는데 어찌 된 일인지 내리 여섯을 딸만 낳았다. 마침내 일곱 번째도 딸을 낳자 왕은 화가 나서 내다 버리라고 명령했다. 하지만 이 막내딸은 기적적으로 목숨을 잃지 않고 장성하게 된다. 그러다가 왕은 중병이 들어 이 세상에서는 구할 수 없는 신이한 약물이 있어야만 목숨을 이을 처지가 된다. 신하들과 여섯 딸은 모두 약을 구하러 가는 일을 거부한다. 이 일을 알게 된 막내딸은 자원하여 저승에 가게 된다. 그녀는 그곳에서 약을 관리하는 사람의 청대로 아들을 낳아준 후에야 약을 구해 돌아온다. 하지만 왕은 이미 죽은 뒤였다. 막내딸은 가져온 약물로 죽은 아버지를 살려낸다. 그 공을 인정받아 막내딸은 저승을 담당하는 신이 된다.[16)]

　이 대목은 흔히 '진오귀굿'이라고 하는 죽은 넋을 천도(薦度)하는 굿에서 행해지는 내용 중의 일부이다. 진오귀굿은 죽은 넋이 저승으로 가지 못하고 이승과 저승의 중간을 떠도는 불행을 막아보자는 것인데, 위의 내용만으로도 바리데기가 그런 일을 담당할 적임자임이 분명하다. 바리데기는 누구라도 두려워하는 저승세계에 자원하여 갔을 뿐만 아니라, 거기에서 아들을 일곱이나 낳고, 돌아와서 죽은 아버지를 살려내고, 다시 저승으로 간다. 삶과 죽음을 마음대로 오가면서, 낳고 살리는 일을 자유자재로 하는 것이다. 이쯤에서 일상생활의 시간은 직선적인 데 비해서 신화에서의 시간은 원환적(圓環的)임을 상기할 필요가 있다. 어제가 있고 오늘이 있고 내일이 있는 것, 이것이 일상의 삶이다. 그러나 신화에서는 그것이 직선으로 가지 않고 원처럼 동그랗게 맞붙는다.

　바리데기가 저승으로 갔다는 것은 죽음을 의미하며, 따라서 바리데기는 일단 죽은 사람이어야 마땅하다. 그러나 바리데기는 저승에 가서 죽기는커녕 아들을 일곱이나 낳는 등 오히려 삶의 활동이 강화된다. 그뿐 아니라 다시 현세로 돌아와서는 죽은 이를 살려내기까지 한다. 바리데기의 행로를 따라가 보면 이 삶과 죽음의 엇갈림이 아주 극명하게 드러난다. 태어나는 순간, 그녀는 죽음을 눈앞에 두게 된다. 하지만 곧 죽지 않고 살아나서 다시 집안으로 들어왔을 때 그녀는 죽음 앞에 서게 되고, 저승에 가서 죽어야 하지만 오히려 거기에서 자식을 낳는다. 그리고 다시 돌아와서는 저승으로 간 아버지를 살려내고, 끝내 자신은 다시 죽음의 세계로 나아간다. 죽었지만 살았고, 살았지만 죽은, 이상한 상태가 계속 순환되면서 죽음 앞에 두 번 나가서 결국의 더 강한 삶을, 영속의 삶을 얻은 사람이 바로 바리데기이다. 그러니 이런 바리데기를 믿으면, 임경업 장군을 믿어서 그랬듯이, 삶과 죽음에 대한 어떤 신통한 힘을 얻게 된다고 믿는다. 이는 다름 아닌 저승으로 가는 길을 돕는 일이다. 실제로 〈바리데기〉 무가가 노래되는 데에는 '시왕 다리를 가른다.'고 하여 죽은 넋을 저승으로 '완전히 보내는' 일이 행해지는데 이런 일이 저승을 마음대로 드나드는 바리데기의 몫이 된 것은 너무도 당연하다.

그런데 이런 무속에 드러나는 사고방식은, 사실 신화 일반이 그렇지만, 퍽이나 이상한 데가 있다. 럿셀이 특정한 원인에 특정한 결과를 얻으려는 것이 과학이나 마술이 매한가지라고는 했지만, 좀 더 뜯어보면 서로 완전히 다른 부분을 발견할 수 있다. 과학은 특정한 원인과 특정한 결과가 서로 가까운 데 있으면서 계속적인 연결을 보이지만, 무속 신화에서는 오히려 매우 엉뚱한 연결이 주종을 이루면서 심한 비약과 역설이 엿보인다. 임경업 장군이 풍어를 관장하는 신이 되는 비약이 있는가 하면, 바리데기처럼 죽어도 죽지 않는 기묘한 역설이 있기도 하다. 무속이 만들어낸 우리의 독특한 문화를 일러 어떤 학자는 '엑스타시 문화론'이라고[17] 한 바 있거니와, 이것이 바로 우리 문화의 중요한 한 축이라는 사실을 부정하기는 어렵다.

'콩 심은 데 콩 나고 팥 심은 데 팥 난다'는 진리는 늘 존재했지만, 대체 그렇게만 해서 무슨 발전이 있고, 무슨 재미가 있겠는가. 서구인이 우리 문화를 보는 시각이 대체로 '무질서'나 '혼란'이지만, 사실은 동일 내용을 뒤집어 보면 그것이 바로 '생명력'과 '자유'가 아닐까 한다. 흔히 '신명'이라고 하는 것이 그렇겠고, 흐드러진 춤판이나 술판이 그렇고, 심지어는 학회의 회식 자리까지가 그렇다. 이리하여, 우리나라에서는, 콩 심은 데 팥이 나기도 하고 팥 심은 데 콩이 나기도 한다. 그리고 더러는 심지도 않은 콩이 나기도 하고, 심은 팥이 없어지기도 한다. 그걸 아무도 이상하다고 여기지 않고 앞으로 무엇이 나올지도 모르는 것을 심고, 가꾸고, 가끔씩 뽑아버리기도 하는, 걸쭉한 신명판이 바로 우리가 겪는 독특한 삶이 아닐까 조심스럽게 생각해본다.

우리 문화의 가능성

여기에서 다룬 부분은 크게 셋이었다. 건국신화의 계보를 찾는 것이 하나이고, 신화 주인공의 모험과 시련의 의미를 찾는 것이 하나이고, 또 무속 신화를 뒤적여보는 것이 하나였다.

우리 신화의 계보는 의도적인 정리는 덜 되었어도 인물과 인물의 연결에 의해, 또는 그 신화의 유사성에 의해 나름대로의 단일한 계보를 형성하는 데 큰 무리가 없음을 앞에서 살펴보았다. 전체적인 신화의 모습이 전세계 공통이라거나, 곰을 내세우는 것이 몽골 등지와 유사하다는 등의 이유를 들어 독자적인 것이 아니라고 굳이 반박하지만 않는다면, 단군을 정점으로 하는 건국시조의 계보는 충분히 세워봄직하다. 우리는 유난히도 '단일민족'을 강조하는 풍토 속에서 자라온 것이 사실이다. 그러나 한반도에 존재했던 나라들의 시조가 모두 한 핏줄이라는 감상적인 생각을 하기보다는 오히려 왜 그런 식으로 신화가 정리되어 갔던 것인지 되새겨보는 것이 더 중요할 듯하다. 이이화 선생 같은 분은 '단일민족이란 아예 없다'고 단언하면서 "중국, 일본과 끊임없이 이어져온 역사적인 마찰은 우리의 민족의식이 유럽에서는 찾기 힘든 시기에 일찍 형성된 요인이 되었다"[18]고 했는데, 정말 옳은 말이다. 지정학적 위치의 불리함으로 인해 끊임없이 외세와 대항해야 했던 우리로서는 그런 식의 유대감 키우기가 우리의 안전과 평화를 보장하는 데 많은 도움을 주었을 것이다.

　두 번째로 한 이야기는 바로 영웅의 모험과 시련이 대체 왜 있으며, 그 참된 의미가 무엇인가 하는 점이었다. 굳이 '의미'를 강조한 데는 나름대로의 이유가 있다. 신화를 허황된, 그러나 좀 재미있는 이야기로 보는 사람도 문제이지만, 신화를 마치 위인전 읽듯이 하는 사람도 상당히 많기 때문이다. 그러나 신화 속 주인공은 외부의 적과 싸우는 것이 아니다. 표면적으는 외부의 적과 싸우지만 외부의 적과 싸워서 지는 예가 없다. 진다면 이미 신이 아니니까 당연한 일이다. 물론 신과 신의 싸움처럼 힘의 강약을 정할 때는 예외지만, 신적인 존재가 범인(凡人)과 싸우는 것을 고난의 극복이라고 말할 만큼 큰 의미를 부여할 필요는 없겠다.

신화의 주인공에게는 탄생부터 남과는 다른 능력이 주어졌으며, 그 능력은 '세계의 질서를 제대로 인식하는 힘'으로 정리될 수 있다. 자신의 내부에 그런 힘이 있는 것을 아는 그 순간, 평범해보이던 한 인간은 신의 반열로 급부상한다. '거듭남'이란 사실 별 게 아니다. 이것을 그저 죄를 씻고 회개하여 개과천선하는 것쯤으로 국한하여 생각하지 말자. 자기 안에 들어선 커다란 세상, 또 커다란 세상을 움직일 수 있는 힘을 발견하면, 그것이 바로 거듭남이고 재생이고 부활이다. 이런 의미에서, 모든 인간이 사실은 다 영웅인 셈이다. 단군이나 주몽이 그런 힘을 발휘하는 모습을 확인하고, 우리가 그 힘을 믿을 때, 그때 이미 우리는 또 다른 단군이나 주몽이 된다.

끝으로, 무속 신화 쪽으로 눈을 돌리면 우리 문화의 가능성은 기대 반 우려 반이 된다. 특히 무속이 보여주는 비합리적이고 무모하며 때로는 황당무계한 행동 방식이 우리의 삶을 점점 더 나쁘게 만든다는 반론이 충분히 가능하기 때문이다. 그런데 이 '문화'라는 말은 예로부터 쓰던 말이 아니라 신문물과 더불어 들어온 신조어이며, 사실 요즈음의 문화에 걸맞은 단어는 '예악(禮樂)' 정도이다. 예악은 예(禮)와 같이 수직적인 위계를 찾고 합리적인 등급을 매기는 것과, 악(樂)처럼 상하가 한데 어우러져서 단결과 화합을 꾀하는 것이 동전의 양면처럼 함께 서야 제대로 굴러간다. 그렇지 못하고 어느 한쪽만 있게 될 때 폐단이 극심해진다. 무속에서의 혼돈과 엑스타시를 통한 에너지의 분출과 창조, 용솟음치는 힘과 신명이 잘못되었다는 것이 아니라, 다른 한쪽에서 그것을 떠받칠 만한 합리적이고 이성적인 문화가 발전하지 않으면 완전히 절뚝발이 문화로 전

락할 수도 있다.[19]

신화는 한 동아리에 속한 사람들을 단단히 비끄러매어 주며, 개인의 잠재된 가능성을 끌어올려 주고, 새로운 시야를 열어준다. 그러니 신화를 읽고, 신화를 만들고, 신화를 행하자.

■ 주석
1) 일연, 『三國遺事(晩松本)』(오성사 영인본, 1983), 32~33쪽.
2) 일연, 같은 책. 44~45쪽.
3) 일연, 같은 책. 45~47쪽.
4) 일연, 같은 책. 45~47쪽.
5) 이규보의 〈동명왕편(東明王篇)〉 등과 비교할 때 그럴 가능성이 높다.
6) 일연, 앞의 책. 154~155쪽.
7) 일연, 같은 책. 54쪽.
8) 조셉 캠벨, 『세계의 영웅 신화』(이윤기 옮김, 대원사, 1989), 34쪽.
9) 이에 대해서는 미르치아 엘리아데, 『종교사 개론』(이재실 옮김, 까치, 1993)의 '제6장 81절. 성석, 옴팔로스, 세계의 중심' 및 '제10장 신성한 공간 : 사원, 궁전, "세계의 중심" 참조.
10) 일연, 앞의 책, 47~48쪽.
11) 내용상의 넘나듦이 있는데, 『한국구비문학대계』 1-7 · 1-8(정신문화연구원, 1982 · 1984)의 다음을 참조하라: 1-7권 183쪽 〈임경업 이야기〉, 440쪽 〈임경업 장군〉, 873쪽 〈임경업 장군 전설〉, 1-8권 310쪽 〈임경업 장군 일화〉, 454쪽 〈임경업 장군 일화〉, 594쪽 〈임경업 장군〉.
12) 임경업에 얽힌 각종 전설 등은 이윤석, 『임경업전 연구』(정음사, 1985), 60~67을 참고하라.
13) 참고로 『신약성서』 마태복음 14:15~24를 옮겨보면 다음과 같다 : 저녁이 되매 제자들이 나아와 가로되, '이곳은 빈들이요, 때도 이미 저물었으니 무리를 보내어 마을에 들어가 먹을 것을 사먹게 하소서.' 예수께서 가라사대, "갈 것 없다. 너희가 먹을 것을 주어라." 제자들이 가로되, "여기 우리에게 있는 것은 떡 다섯 개와 물고기 두 마리뿐이니이다." 가라사대, "그것을 내게 가져오라." 하시고, 무리를 명하여 잔디 위에 앉히시고 떡 다섯 개와 물고기 두 마리를 가지사 하늘을 우러러 축사하시고 떡을 떼어 제자들에게 주시매 제자들이 무리에게 주니 다 배불리 먹고 남은 조각을 열 두 바구니에 차게 거두었으며 먹은 사람은 여자와 아이 외에 오천 명이 되었더라.
14) 이에 대해서는 주강현, 『조기에 관한 명상』(한겨레신문사, 1998) '제3부 어살과 영웅'에 상세히 나와 있으므로 참고하기 바란다.
15) B. 럿셀, 『서양의 지혜』(이명숙 · 곽강제 옮김, 서광사, 1990), 22쪽.
16) 지역적으로 넘나듦이 있어서 가장 일반적인 줄거리만 뽑은 것이다.
17) 유동식, 『韓國 巫敎의 歷史와 構造』(연세대학교 출판부, 1975), 353쪽.
18) 이이화, 『우리 민족은 어떻게 형성되었나』(한길사, 1998), 169쪽.
19) 우리 문화를 유교와 무속의 양면에서 접근한 책은, 최준식, 『한국인에게 문화는 있는가』 (사계절, 1997)이 있다.

제 2 강

고려 속요는
'남녀상열지사, 인가?

'사리부재(詞俚不載)'와
'남녀상열지사(男女相悅之詞)'

고려속요에는 남녀 간의 사랑을 주제로 한 것이 많다. 〈서경별곡〉이나 〈가시리〉, 〈동동〉이 그 대표적인 예이다. 문학에서 사랑만큼 흔한 주제도 없을 터 그것이 크게 대수로울 리 없겠지만 우리 고전에서는 꼭 그렇지만도 않다. 특히 식자층이 즐기던 한문학 전통에서는 더욱 그러해서, 한시에서 남녀 간의 애정을 다룬 시를 찾기란 꽤나 어렵다. 기껏해야 기생과의 수작을 다룬 시이거나, 아내가 죽었을 때의 만가(輓歌)에서나 절절한 정을 토로할 뿐이었다. 서양 사람들이 동양 고전문학을 대할 때 이 대목을 가장 이상하게 여기는 것 또한 이해하기 어려운 것이 아니다.[1]

하지만 그것은 어디까지나 한시 등 한문학, 그것도 유교적인 침윤이 심했던 경우에 국한된 이야기이고, 민요와 같은 일반 대중들이 즐기던 문학으로 오면 사정은 완전히 달랐다. 가령, "앞남산의 딱따구

『고려사』「악지」중에 '사리부재' 가
나오는 부분

리는 생구멍도 뚫는데 / 우리 집의 저 멍텅구리는 뚫어진 구멍도 못 뚫네." 라거나, "저기 가는 저 가시나 방구 통통 꿔지 마라 조개 딱딱 벌어진다."와 같은 노골적인 작품이 전해오기도 한다.[2] 이런 노래가 실제로 불리는 현장에서 유교도덕으로 무장된 양반들이 어떤 반응을 보였을지는 안 보아도 뻔한 일이다. 그래서 조선조 양반들은 '사리부재(詞俚不載)'라 하여 기록하지 않았다고 생각한다. 이 말이 등장하는 문헌은 『고려사』「악지(樂志)」로, 〈동동(動動)〉을 설명하는 가운데 이런 대목이 나온다.

동동이라는 놀이는, 그 가사에 송축하는 말이 많이 들어 있는데, 대체로 신선의 말을 본떠 지은 것이다. 그러나 가사가 비속해서 싣지 않는다.[3]

송축하는 말이 많고, 신선의 말을 본떠 지었는데 가사가 비속해서 싣지 않는다니 대체 무슨 소리인가? 한 연구에 따르면, 이때의 "가사가 비속하다(詞俚)"에서 '리(俚)'는 음란하다거나 속되다는 뜻이 아니라 그저 우리말이라는 뜻이라고 한다.[4] 더구나 『고려사』가 완성된 시기가 1451년의 일이고 보면 이때는 한글이 반포된 지 불과 5년밖에 되지 않은 시점으로, 한글이 보편화되어 역사서에서 쓰일 만큼이 되지 않았다.

다음으로, '남녀상열지사(男女相悅之詞)' 역시 문제이다. 이 말을 그대로 풀면 "남녀가 서로 좋아하는 가사"이다. 그런데 묘하게도 '남녀상열'로 지목된 노래가 바로 〈서경별곡〉이라는 점이다. 이 작품은 그저 버림받은 한 여자가 배 타고 떠나는 남자를 못 잊어 애태우는 노래일 뿐이다. 이런 노래를 '상열', 곧 '서로 좋아함'으로 규정한다면 다른 노래들이야 어떠했을지 익히 짐작할 수 있다.

이제 고려속요 중에서 그 상열의 정도가 가장 심하다고 지목되는 세 작품, 곧 〈이상곡(履霜曲)〉, 〈만전춘별사(滿殿春別詞)〉, 〈쌍화점(雙花店)〉을 읽어나가면서 그 진상을 밝혀나가기로 한다.

잠 따간 내 님을 여겨

〈이상곡〉은 글자 그대로 '서리 밟는 노래'이다. 서리를 밟아본 사람은 알 것이다. 그것도 추운 겨울쯤, 발에 쩍 붙는 맛이 여간 강렬한 것이 아니다. 대개는 어릴 적, 밤에 오줌이라도 누러 몽롱한 정신에 맨발로 나갔다가 겪게 되는 일이지만, 여기에서는 여인네의 비상한 각오를 다지는 쪽의 이야기이다.

〈이상곡(履霜曲)〉

비오다가 개어아 눈 하 지신 날에
서린 석석사리 좁은 곱도신 길에

다롱디우셔 마득사리 마두너즈세너우지

잠 따간 내 님을 여겨

그딴 열명길에 자러오리이까

종종 벽력생함타무간(霹靂生陷墮無間)

종종 벽력생함타무간(霹靂生陷墮無間)

곧있어 싀여딜 내 몸이

종 벽력(霹靂) 아 생함타무간(生陷墮無間)

곧있어 싀여딜 내 몸이

내 님 두옵고 년 뫼를 걸으리

이러쳐 저러쳐 이러쳐 저러쳐 기약이옵니까

아소 님하 한데 녀젓 기약이옵니다[5]

  가능한 한, 현대어로 풀었지만 시가의 경우 완전히 풀어버리면
그 맛이 죽어버리는 까닭에 음절수에 변화가 일어나지 않는 범위
내에서만 고치느라 여전히 어려운 부분이 많다. 그렇지만 앞의 두
줄만 잘 풀면, 적어도 이 시의 전체 분위기를 따라 해석하는 데 상
당한 진전이 이루어진다.

  비오다가 개어아 눈 하 지신 날에

  서린 석석사리 좁은 곱도신 길에

  '비가 오다가 날이 개어, 눈이 많이 떨어진 날에'라는 첫줄부터가
심상치 않다. 대체 이런 날이 실제로 있기나 한지 의심스러우며, 있
다한들 자주 있는 일은 아닐 것이다. 겨울에 비가 온다는 것은 어쨌

『악장가사』의 〈이상곡〉 원문

거나 날이 그리 춥지 않다는 표시인데, 날이 갠 뒤에 눈이 내리며, 그것도 아주 많이 내린다면, 보통 복잡한 날씨가 아니다. 따라서 이 날씨를 자연현상으로만 이해해서는 곤란하다. 이는 곧 그만큼 복잡한 심리를 우회적으로 드러내는 것이다. 연애를 해보면 알겠지만, 연애가 잘 되어갈 때는 만날 웃고 다니다가 약간의 문제만 생겨도 얼굴에 금세 구름이 끼고 또 언제 천둥번개로 돌변할지 모르는 법이다.

그뿐만이 아니다. 둘째 줄에서도 이런 분위기는 그대로 이어져서 이제 날씨가 아닌 '길'로 그 의미를 가중한다. '서리다'라는 동사는 지금도 통용되는 말로, 실처럼 긴 물체를 헝클어지지 않도록 둥글게 둘러서 포개어 감는 것을 말한다.[6] 이 '서리다'의 작은 말이 '사리다'이며, 국수나 새끼 따위를 사려서 감은 뭉치가 바로 '사리'이다. 전골집이나 냉면집에서 '사리'라고 하는 것이 바로 이것이다. 그렇다면, 이 '서린 석석사리'는 바로 무엇인지 둥글둥글 감겨진 모양을 가리키는 말일 것이다. 물론 '석석사리'가 무슨 뜻인지 아직 제대로 밝혀지지 않아서 유감이기는 해도, 대체로 무언가 둥글둥글 휘감긴 관목수풀 정도를 의미한다고 보는 것이 일반적이다. 게다가 좁으며, 또 굽어 돌기까지 한 것이다. '곱도신'은 '곱다(굽다)'와 '돌다'가 합쳐진 합성어이다. '시'는 현행 경어법상의 높임을 나타내는 선어말 어미이지만, 옛말에서는 자연현상 등에도 널리 쓰였으며 현재도 서울말 일부에서 '오늘같이 비가 오시는 날에는'과 같은 식으로 쓰이기도 한다.

이제 앞의 두 줄이 제법 명확해졌다. 아마도 님과 나는 지금 멀리 떨어져 있는데, 님이 와야 할 바로 '지금 여기'가 얼마나 어려운 상황인지를 잘 드러내준다. 날씨는 궂고 길은 험하다. 비가 오다가 갰다가, 눈이 엄청나게 퍼붓는 걷잡을 수 없는 날이며, 그 길은 험한 관목숲이며 그것도 아주 좁고 굽이굽이 구부러져 있다. 이렇게 되면 님이 올 가망은 전혀 없다. 똑같이 님이 존재하지 않는 상황이라 하더라도 님이 올 수 없어서 만나지 못할 때 우리는 더 큰 슬픔을 느낀다. 이렇게 분위기를 한껏 살린 뒤에 '다롱디우셔 마득사리 마두너즈세 너우지' 같은 조흥구(助興句)를 보탠다. 무슨 큰 뜻이 있을 것 같지는 않고 그저 흥이나 돕는 역할을 하는 정도로 이해하면 좋겠다.

다음은 제3, 4행이다.

> 잠 따간 내 님을 여겨
> 그딴 열명길에 자러 오리이까

'잠 따간 내 님'이라는 표현은 아마도 고려가요를 통틀어 가장 절묘한 부분 중의 하나이다. 물론 이에 대한 해석을 '잠깐 있다가 간'

정도로 하는 연구자가 없는 것은 아니지만,[7] 그래도 시적인 맛을 고려한다면 양주동 선생이 해석한 대로 '잠을 따간(빼앗아 간) 내 님'으로 하는 편이 훨씬 그럴듯해 보인다. 『시경(詩經)』에 '전전반측(輾轉反側)'이라는 말이 괜히 있는 것이 아니다. 이성을 그리느라 잠을 못 자서 이리 뒹굴 저리 뒹굴 하는 것이 바로 이 전전반측이며, 그런 의미에서 '잠 따간 내 님'이다. 그런데 그런 내 님을 잠 못 자며 생각하면 어떻게 되는가? 물론 올 수도 있지만, 그래서 온다면 시가 되지 않는다. 아무리 잠 못 이루며 기다려본들 오지 않는 님이라고 해야 비로소 시가 되는 법이다.

　이 작품은 이렇게 현실에서 볼 수 없는 님이기에 꿈에서나 볼까했지만 도저히 잠을 이룰 수 없으니 꿈에서도 볼 수 없다고 하소연한다. 이렇게 볼 수 있는 근거는 바로 그 뒷줄에 숨어 있다. '그 따위 열명길에 자러 오리오?'라는 체념 섞인 의문을 던지고 있기 때문이다. '열명'은 불교용어 '십분노명왕(十忿怒明王)'의 약칭으로 추정되는데, 곧 '십분노명왕처럼 무시무시한 길'이라는 뜻이다. 이 행의 주어는 말할 것도 없이 지금은 없는 '님'이다. 결국, 이 두 줄은 '잠을 빼앗아간 님을 생각하여 님이 이 열명길 같은 무시무시한 길에 잠을 자러 올 리가 있겠느냐?'는 다소 절망적인 어조인 셈이다.

　다음은 제6구에서 제11구인데, 한자어가 돌출하는 통에 상당히 어려워 보인다.

　　　종종 벽력생함타무간(霹靂生陷墮無間)
　　　종종 벽력생함타무간(霹靂生陷墮無間)
　　　곧있어 쇠여딜 내 몸이

종 벽력(霹靂) 아 생함타무간(生陷墮無間)

곧있어 쇠여딜 내 몸이

벽력생함타무간(霹靂生陷墮無間)

내 님 두옵고 년 뫼를 걸으리

'종종'은 지금도 쓰는 말이니 어려울 것이 없다. 그냥 '때때로'의 뜻일 뿐이다. 그 다음의 '벽력생함타무간(霹靂生陷墮無間)'은 글자대로 풀면 '벼락이 생겨서 무간에 떨어진다'의 뜻이다. '무간(無間)'은 '무간지옥(無間地獄)'의 준말로, 조금의 틈[間]도 없이 계속 고통을 당하는 지옥을 뜻한다. 지금이야 벼락이 내리치는 일은 지극히 물리적인 자연현상으로 여길 뿐이지만, 예전에는 하늘의 응징으로만 여겨졌다. 그래서 '벼락 맞아 죽을 놈'이라는 욕설이 나왔으며, 벼락 치는 날에는 남녀가 잠자리도 함께 하지 않았던 것이다. 실제로 약간이라도 마음속에 걸리는 일이 있으면 천둥번개가 요란한 날에는 전전긍긍했다. 그러므로 이 구절은 시 속의 화자가 자기 마음속에 지은 죄를 헤아리는 대목으로 인식하면 된다.

이 작품을 읽는 사람은 이쯤에서 대체 이 사람이 무슨 죄를 지었기에 이런 말을 하는지 여간 궁금하지 않을 수 없다. 그렇지만 그 죄에 대해서는 전혀 언급이 없고 다음 구에서 곧바로 '곧 있어 쇠여딜 내 몸'임을 강조한다. '쇠여디다'는 '죽어가다, 죽어지다' 정도의 뜻이므로 자신이 '곧 죽을 처지'임을 드러내고 있다. 뚱딴지 같은 소리로 들리겠지만, 이런 식의 표현은 지금도 흔히 사용하고 있다. '그런 생각을 하면 천벌을 받지.'나 '얼마나 산다고 그런 몹쓸 짓을 하나?'와 같이, 누구나 곧 죽을 목숨인데 착하게 살아야 한다는 윤리의 강조 등이 그 예이다. 자, 그렇다면 곧 죽을 목숨이 어쩌자는 것인가? 대답은 의외로 간단하다.

　　내 님 두옵고 년 뫼를 걸으리

　내 님을 두고 년 뫼(여느 뫼, 곧 '다른 산')를 걷겠는가? 이로써 이 작품의 핵심 주제가 잘 드러난다. 지금 내가 걷는 곳은 바로 '님의 산'이며, 나는 이 님의 산이 아닌 어떠한 '다른 산'도 걸을 수 없다는 말이다. 만약 그렇게 한다거나, 행여 그런 생각을 먹기라도 하는 날에는, 앞에서 이야기한 대로 벼락을 맞아 무간지옥에 떨어질 것이다. 나는 적어도 그런 각오로 님을 생각한다. 곧 있어 죽을 몸, 죽어도 다른 남자한테 한눈팔지 않겠다는 비장한 결심을 드러낸다. 하지만 이런 결심만으로 님과의 사랑이 보장되지는 않는다. 내가 아무리 굳은 결심을 해서 정절을 지켜본들 님이 나를 더 이상 사랑하지 않는다면 모든 것이 허사이기 때문이다. 그래서 제12, 13구가 필요하고, 이로써 시는 끝난다.

　　이러쳐 저러쳐 이러쳐 저러쳐 기약이옵니까
　　아소 님하 한데 녀젓 기약이옵니다

　화자는 묻는다. '이렇게 저렇게 이렇게 저렇게 하려는 기약입니까?' 아마도 님이 '나'에게 무슨 기약을 한 것 같은데 대체 어떻게 하려는 기약이었는지 묻는 것이다. 답은 간단하다. 다음 행에 나오는 대로 '아, 님이시여! 한데 가자는 기약이옵니다'이다. 끝으로 이 여인은 간절한 자기 소망을 '님의 말' 로 대신하면서 그 약속을 상기시킨다. 감히 님더러 내게로 오라고 한다거나 오지 않는다고 원망하지는 못하고, 그저 님이 나에게 했던 '함께 한 곳에 가자, 함께 살자' 는 그 약속을 되뇌면서 님과의 재회를 소망할 뿐이다.

이제 이 작품의 의미가 또렷해졌다. '남녀상열지사' 의 대표격으로 지목되었던 이 노래가 사실은 님을 잃은 한 여인이 자신의 정절을 지키겠다는 굳은 각오를 담고 있는 것이다. 이 점에서 우리가 '남녀상열지사' 를 떠올릴 때 언뜻 생각하게 되는 음란함이나 퇴폐성은커녕 오히려 정 반대의 순결함이나 비장함이 자리한다. 더욱이 시적 화자인 여성의 체념 어린 어조는 읽는 이로 하여금 더욱더 비감한 느낌을 주게 한다.

님과 나와 얼어죽을망정

〈만전춘별사(滿殿春別詞)〉는 〈이상곡〉보다 '상열' 의 성향이 훨씬 더 강하다. 처음부터 매우 직설적으로 사랑을 그려내고 있다.

〈만전춘별사(滿殿春別詞)〉

얼음 위에 댓잎자리 보아 님과 나와 얼어죽을망정
얼음 위에 댓잎자리 보아 님과 나와 얼어죽을망정

정(情) 둔 오늘 밤 더디 새오시라 더디 새오시라

경경(耿耿) 고침상(孤枕上)에 어느 잠이 오리오
서창(西窓)을 열어하니 도화(桃花)ㅣ 발(發)하도다
도화는 시름 없어 소춘풍(笑春風)하나다 소춘풍(笑春風)하나다
넋이라도 님을 한데 녀닛 경(景) 여기더니
넋이라도 님을 한데 녀닛 경(景) 여기더니
벼기더시니 뉘러시니잇가 뉘러시니잇가

올하 올하 아련 비올하
여울은 어디 두고 소(沼)에 자러 온다
소 곧 얼면 여울도 좋으니 좋으니

남산에 자리 보아 옥산(玉山)을 베어 누워
금강산(金剛山) 이불 안에 사향(麝香)각시를 안아 누워
남산에 자리 보아 옥산(玉山)을 베어 누워
금강산(金剛山) 이불 안에 사향(麝香)각시를 안아 누워
약(藥) 든 가슴을 맞추옵사이다 맞추옵사이다

아소님하 원대평생(遠代平生)에 여읠 줄 모르옵새[8]

  첫 연부터가 충격이다. 얼음 위에 댓잎 자리를 깐다는 것은 생각
만 하여도 싸늘한 느낌을 준다. 대나무 자리는 지금도 그저 한여름
에 시원한 맛에 까는 것이 제격이기 때문이다. 그런데 그것도 모자

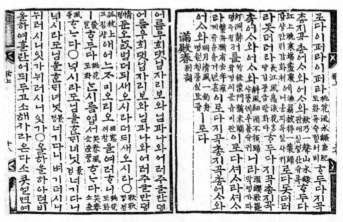

『악장가사』의 〈만전춘별사〉 원문

라서 시간 설정이 한밤으로 되어 있다. 따라서 이 1연은 '얼음'과
'댓잎 자리'와 '밤'으로 그 싸늘한 느낌이 강화되고 있다. 그런데
그 밤이 정(情)을 둔 밤이라고 해서 차가움과 뜨거움이 뒤섞이게 배
려한다. 아무리 추운 밤이라 해도 님과 함께라면, 님의 뜨거운 정이
느껴지기만 한다면 좋겠다는 말이다. 이 점에서 조선조 유학자들이
매우 음탕한 노래로 취급했다 해도 전혀 반론을 제기할 수 없겠고,
이 노래야말로 남녀상열지사라는 데 동의해야만 한다.

그러나, 우리는 바로 이 1연에서 이상한 부분을 감지해낼 수 있
다. 제목은 '만전춘별사'로 그 시간배경이 봄이 되어야함에도 불구
하고 왜 겨울인가? 제목에 있는 그대로 봄을 시간배경의 기준으로
삼는다면, 겨울은 현재가 아닌 과거가 된다. 님과 내가 얼어죽을망
정 함께 있다면 좋겠다는 것은, 과거에 그렇게 함께 지낸 밤이 있었
고 그 밤이 지금 절절히 그립다는 말이다. 이는 곧, 님과 함께 한다
면 얼어 죽어도 좋을 텐데 지금은 그렇지 못하다는 말이다. 〈이상

곡)이 그랬듯이 지금 현재의 열렬한 사랑이 아니라, 가슴 아픈 실연이 문제인 것이다.

둘째 연은 지금 현재의 상황을 적나라하게 드러낸다. '경경(耿耿)'은 잠을 이루지 못하고 불안해하는 모양을 형용하는 말이다. 적당한 번역을 생각해내기는 어렵지만, 잠을 자려고 아무리 애를 써보아도 점점 정신이 또렷해지는 모습을 그려내는 것이니 굳이 번역한다면, '말똥말똥' 정도가 적당하겠다. 그러니 '경경 고침상에'는 '외로운 베갯머리에' 정도의 뜻이 된다. 이렇게 잠이 안 와서 답답한 마음에 서창을 열어보았다. 그랬더니 복사꽃이 아주 흐드러지게 피어서 외로운 밤을 밝히고 있다. 이럴 때, 시인의 마음은 '저 꽃 참 좋구나!'가 아니다. 이 연 3행에 있는 조사 '는'에 주의해 보면 시인의 마음이 훤히 들여다보인다. 도화 '는' 나 같은 시름이 없어서 저렇게 밝게 피어서 봄바람을 웃고 즐기는구나, 라고 하면서 그렇지 못한 자기 자신의 신세를 한탄하는 데 이른다. 물론, 그런 말은 어디에도 없지만 이런 식으로 자신의 심경을 나타내는 것은 시의 ABC이다.

첫째 연과 둘째 연을 연이어 보면, 이 시 속의 화자가 처한 상황이 자연스럽게 설명된다. 지난겨울, 함께 지냈던 님이 이제는 곁에 없다. 때는 마침 봄이 되어 님과 함께 지냈으면 더없이 좋겠지만, 속 모르는 복사꽃만 피어서 애를 끊는다. 잠깐 사랑의 절정을 노래하면서 외설로 빠질 것 같던 작품이 졸지에 그리움과 연모의 노래로 바뀌어버렸다. 그러나 이보다 더 정확한 상황은 그 다음 연에서 밝혀진다. 왜 이별이 있어야 했는지, 그것이 누구 잘못인지 표명된다. 화자는 묻는다. 죽어서 넋이라도 한데 가자고 하던 사람이 누구냐고. 그렇게 하자고 한 사람은 물론 님이고 또 그렇게 우기던('벼기던') 사람도 님이다. 나는 가만히 있었는데 님이 공연히 와서 함께 살자는 둥, 죽더라도 함께 가자는 둥, 온갖 소리로 현혹시켜놓고는 끝내 사라져버린 것이다.

여기까지가 이 작품 속 커플이 만나서 헤어지기까지의 전말이다. 제1연이 과거에 만나서 함께 사랑을 나누던 때의 회상이며 상상이라면, 제2연은 지금 현재의 외로운 상황이며 제1연의 상황이 있기 이전에 이루어진 님의 약속이다. 시간적으로 약간 순서가 바뀌기는 했지만 비교적 소상한 연애 보고서라고 할 수 있으며, 이것이 이 작품의 주요 내용이라고 해도 무방하다. 그러나 이쯤에서 작품의 내용에 대한 궁금증이 터져 나올 수 있다. 작품은 분명히 '만전춘(滿殿春)'임을 명시했기 때문이다. 글자대로 풀면 '전(殿)'에 가득찬 봄'이 되는데, 문제는 바로 이 '전(殿)'의 실체이다. 옥편을 찾아보면 이 글자는 '큰 집 전'으로 풀이되어 있다. 통상 커다란 건물을 일컫는 것으로, 대개 궁궐이나 절집 등에 쓰이는 어휘이다. 노래의 내용으로 보아 절이라는 것이 타당하지 않다면 당연히 궁궐의 어느 전각을 가리키는 말이 된다.[9]

그런데 제3연까지는 전혀 그렇게 볼 가능성을 남겨놓지 않고 있어서 이상한 느낌을 준다. 이런 문제는 제4연에서 아주 쉽게 풀린다.

> 올하 올하 아련 비올하
> 여울은 어디 두고 소(沼)에 자러 온다?
> 소 곧 얼면 여울도 좋으니 좋으니

'올하'의 '올'은 오리의 옛말이며 '하'는 '아소 님하'에서처럼 호

비오리 _ 임백호 作

격조사이다. 따라서 제1행은 '오리야 오리야 아련 비오리야' 정도로 새기면 된다. 비오리를 사전에서 찾아보면, 오리의 일종으로 날개는 오색찬란한 자줏빛이며 암수가 늘 함께 노는 것이 특징이라고 한다. 하고 많은 새 중에서 비오리가 쓰인 이유는 바로 그 '암수가 함께 노는' 특성 때문일 것이다. 제2행은 오리더러 묻는 말인데, '흐르는 여울물은 어디 두고 이렇게 고여 있는 연못에 자러 왔느냐?'의 뜻이다. 궁궐 밖에서 여울물에 쌍쌍이 앉아 화려한 날개빛을 뽐내면서 놀고 있어야 할 오리가 어째서 이 답답한 궁궐의 연못에 왔느냐는 말이다. 수수께끼 같은 이 말이 잘 이해될 리 없겠지만, '아련'이라는 말을 음미해보면 도움이 된다. '아련'은 '어리고 고운'의 뜻이다. 궁궐 밖에 있다가 궁궐 안으로 들어오는 '어리고 고운' 사람은 아마도 궁녀일 것이다. 한창 좋은 나이에 궁궐 안에 들어와서는 청춘을 늙히는 딱한 처지가 바로 궁녀이다. 임금의 총

애를 받지 못하면 더없이 딱한 처지에 놓이는 신세를 오리에 빗대어 '연못이 얼어붙으면' 여울이 그립다고 표현했겠다.

〈이상곡〉에서는 날씨가 궂고 길이 험해서 님이 올 수 없다고 했는데, 여기에서는 제가 살던 여울을 떠나온 통에 님을 만날 수 없다고 했다. 그것이 여울에 두고 온 님이든 연못에서 만나야 하는 님이든 간에 이 비오리의 신세야말로 참으로 처량한 것이다. 이 처량한 신세를 자탄이나 체념으로 비장하게 몰고 갈 수도 있겠지만, 제5연에서 대담한 상상력을 동원하여 화려한 국면전환을 꾀한다.

> 남산에 자리 보아 옥산(玉山)을 베어 누워
>
> 금강산(金剛山) 이불 안에 사향(麝香)각시를 안아 누워
>
> 남산에 자리 보아 옥산(玉山)을 베어 누워
>
> 금강산(金剛山) 이불 안에 사향(麝香)각시를 안아 누워
>
> 약(藥) 든 가슴을 맞추옵사이다 맞추옵사이다

이제 무대는 답답한 실내가 아니라 확 트인 자연으로 바뀐다. 아기자기한 맛은 없지만 남산에 자리를 보아 옥산을 베고 금강산을 덮겠다고 했다. 대담하다 못해 호방한 느낌까지 자아내는 부분으로 원시적인 성욕을 자극하는 말이기도 하다. 더욱이 사향 향내가 나는 각시와 뒹구는 모습을 그려내면서 그런 분위기는 한껏 고조된다.[10] 그러므로 이 부분은 질탕한 성관계를 연상시킬 뿐만 아니라 실제로 그런 묘사이므로 외설스럽다는 혐의를 벗기는 어려워 보이며, 또 사실이 그렇기도 한다. 그러나 이 행의 맨 마지막에 있는 '약 든 가슴을 맞추옵시다'라는 대목은 좀 다른 해석을 유도하게 한다.

님 때문에 잠도 못 자고 상사병이 든 내게 약이 될 만한 것이라고는 님밖에 없다. 그러니 내가 그토록 그리워하던 님과 가슴을 맞추는 순간, 그 님의 가슴이 바로 내 병의 약이라는 것이다.

이 작품에서는 육체적인 쾌락이나 순간적인 정열이 문제가 되지 않는다. 병이 들 만큼 절절하게 그리워하던 님과 만나서 그 님과 회포를 푸는, 극히 정상적인 사랑이다. 난잡하지도 음탕하지도 않다. 순수한 사랑과 아름다운 성(性)이 펼쳐질 뿐이다. 그나마 그것이 가능한 시간과 공간은 제1연같이 지나간 시간이거나 제5연처럼 상상 속일뿐이라는 점이 가슴을 아프게 한다. 그러나 그렇게 나를 힘들게 하는 님이지만 화자는 원대평생(遠代平生)에 여읠 줄 모르고 오래도록 함께 할 수 있기를 기원하면서 끝내는 아름다움을 포기하지 않는다. 이처럼 〈만전춘별사〉에는 여느 고전시가에서는 좀처럼 보기 힘든 직설적이고 정열적인 표현이 없는 것은 아니지만 단순한 쾌락이나 유희를 위한 것은 아니다.

쌍화점에 쌍화 사러 갔더니

이제부터 살필 작품은 〈쌍화점〉이다. 앞서 살핀 두 노래가 그래도 남녀 간의 아름다운 사랑이 문제가 되는 작품이었다면, 이 노래에서는 그런 사랑이 들어올 틈마저 없이 그저 남녀가 얽히는 데에만 초점이 두어진다. 그래서 이 작품에는 으레 '외설'이나 '퇴폐'를 수식어로 달고 다닌다. 영화 〈쌍화점〉의 포

스터만 떠올려 보아도 이는 충분히 짐작할 만한 일이며, 작품의 초
입부터 그런 음란성에 토를 달기 어려워 보인다.

〈쌍화점〉

쌍화점에 쌍화 사러 가고신댄
회회 아비 내 손목을 쥐여이다
이 말씀이 이 점 밖에 나명들명
다로러거디러 죠고맛간 새끼광대 네 말이라 하리라
더러둥셩 다리러디러 다리러디러 다로러거디러 다로러
그 자리에 나도 자러 가리라
위 위 다로러 거디러 다로러
그 잔 데같이 덤거츤 이 없다

삼장사에 불을 켜러 가고신댄
그 절 사주(社主)ㅣ 내 손목을 쥐여이다
이 말씀이 이 점 밖에 나명들명
다로러거디러 죠고맛간 새끼상좌 네 말이라 하리라
더러둥셩 다리러디러 다리러디러 다로러거디러 다로러
그 자리에 나도 자러 가리라
위 위 다로러 거디러 다로러
그 잔 데같이 덤거츤 이 없다

두레 우물에 물을 길러 가고신댄

우물 용이 내 손목을 쥐여이다

이 말씀이 이 점 밖에 나명들명

다로러거디러 죠고맛간 두레박아 네 말이라 하리라

더러둥셩 다리러디러 다리러디러 다로러거디러 다로러

그 자리에 나도 자러 가리라

위 위 다로러 거디러 다로러

그 잔 데같이 덤거츤 이 없다

술 팔 집에 술을 사러 가고신댄

그 집 아비 내 손목을 쥐여이다

이 말씀이 이 점 밖에 나명들명

다로러거디러 죠고맛간 시구박아 네 말이라 하리라

더러둥셩 다리러디러 다리러디러 다로러거디러 다로러

그 자리에 나도 자러 가리라

위 위 다로러 거디러 다로러

그 잔 데같이 덤거츤 이 없다[11]

  전체가 4연으로 구성되어 있지만, 한 연만 꼼꼼하게 살피면 나머지 연들은 그냥 따라올 정도로 정형적인 틀을 지니고 있다. 첫 연부터 보면, 어떤 여인이 쌍화점에 쌍화를 사러 갔다고 했다. 그랬더니 그 집의 회회(回回)아비가 내 손목을 쥐었고, 이 말이 이 쌍화점 밖에 나게 되면 작은 광대가 한 말이니 조심하라는 것이다. 그러자 다른 여인이 나타나서 그 자리에 나도 자러 가야겠다고 하고, 맨 먼저 그 말을 이야기한 여인이 다시 나서서는 그 잔 곳처럼 지저분한 곳('덤

『악장가사』의 〈쌍화점〉 원문

거츤 이')이 없다며 말린다. 이 노래의 구성으로 보면 영락없는 음란 가요이다.

더욱이 이 노래는 단순히 노래만 한 것이 아니라 가무(歌舞)를 겸한 것으로 알려지고 있다. 『고려사』의 기록에 의하면, 당시 전국에서 아름다운 여인들을 불러 모아 '남장(男裝)'이라는 희한한 연희조직을 만들었다고 한다.[12] 이름대로 보면 여자들에게 남장을 시켜서 무언가 얄궂은 짓을 했던 것으로 보이는데, 이들이 부른 노래가 바로 〈쌍화점〉이다. 그런데 이 노래의 중간에는 '더러둥셩 다리러디러 다리러디러 다로러거디러 다로러'라는 꽤 긴 여음이 있고, 이 여음이 불리는 동안 일종의 공연 같은 행사가 있었을 것으로 추측된다.[13] 그렇다면 이 노래야말로 일군의 여성들이 노래를 하면서 음탕한 짓을 하는 음란 가요라는 데 이견이 없겠다.

둘째 연 이하로 가면 더 기가 막힌 일이 나타난다. 절의 사주, 곧 주지스님이든, 우물의 용이든, 술집 주인이든 대체로 여자만 보면 손목을 잡고 음사(淫事)를 벌이고 있지 않은가? 이는 온 나라가 총체적으로 음란하다는 이야기이며, 사실 이 점이 이 노래의 주제가 될 수도 있다. 첫째 연의 쌍화점은 쌍화 가게로, 쌍화는 아마도 만두의 일종으로서 몽고쯤에서 들여온 음식일 것으로 추정된다.[14] 이로 본다면 회회아비(곧, 몽고인 등의 외국인)로 대표되는 외세의 행실이 비

판대에 오르는 셈이 된다. 둘째 연은
불교국가인 고려에서의 주지스님의
행실을 문제 삼고 있다. 조선 후기쯤
의 일이라면 파계승이나 파렴치한
승려의 성문란 정도로 취급하면 그
뿐이겠지만, 이때에는 분명 승려가
사회지도층의 자리에 있었을망정 불
쌍한 하층민의 처지는 아니었다.

셋째, 넷째 연도 마찬가지이다. 셋
째 연은 우물의 용이라고 했는데, 용

『시용향악보』의 〈쌍화점〉 악보

은 본래 임금의 상징이므로 임금이 큰 바다에서 놀지 못하고 우물
가나 배회하면서 여자 손목이나 잡는 추태를 보였다고 볼 수도 있
겠다. 그러나 이 노래가 정말 왕 앞에서 공연되었다고 한다면, 봉건
왕조 시대에 왕을 그런 정도로까지 매도할 수는 없었을 터이므로
그저 동네를 기웃거리는 불량배로 보아도 무방하겠다. 넷째 연은
술집 주인으로 아주 일반적인 백성의 표상이 될 만하다. 이렇게 보
면 이 네 연은 사회 전계층을 골고루 비판할 수 있도록 잘 배분되어
있는 편이다. 외세, 종교계, 왕(혹은 동네 불량배), 일반인 등 어디에나
있는 음란성을 고발하는 것이다.

물론, 단순히 그런 행위가 나온다고 해서 고발이니 비판이니 한
다면 어떤 포르노물도 다 사회비판적인 시각을 띠는 셈이므로 함부
로 재단해서는 안 된다. 문제는 그런 문란한 성행위가 이루어졌다
는 그 자체에 있다기보다는 그 성행위의 성격이 어떠냐에 있다. 〈이
상곡〉이나 〈만전춘별사〉에도 성행위를 암시할 만한 말은 얼마든지

영화 〈쌍화점〉 포스터

있었지만, 사랑하지 않는 님과의 성행위는 전혀 드러나지 않았다. 님과 내가 얼어 죽기를 각오하고 한데 뒹굴 수 있었던 것은 님과의 사랑이 전제되기 때문이었던 것이다. 그러나 바로 이 작품에서는 그런 사랑은 완전히 소거된다. 그저 손목을 잡히고, 그 이야기를 듣고 한번 가보고 싶고, 그 자리는 지저분한 곳일 뿐이다.

음란을 어떻게 규정하느냐는 큰 문제이지만, 일단 사랑 없이 이루어지는 성행위로서 비정상적인 경우를 지칭한다고 볼 때, 이 작품은 매우 음란하다. 사랑하지도 않는 사람에게 덥석 몸을 더럽히고, 또 그런 곳을 가고 싶어 하는 바로 그 점이 문제인 것이다. 그러나 입장을 바꿔서 생각해보면 문제의 해석이 아주 달라질 수 있다. 이 작품에서는 남녀가 서로 좋아서 부둥켜안고 있던 것이 아니라 여성이 일방적으로 손목을 잡힌 것으로 설정해놓고 있다. 어느 연에나 남성과 여성이 등장하지만 남성은 최고의 지위에 있거나, 최소한 그 장소에서는 최고인 사람으로 설정된다는 점에 주목할 필요가 있다. 쌍화점에서는 가게 주인이 최고이며, 그는 또 외국인이어서 외세에 점령당했던 처지라면 그 힘을 무시할 수 없게 된다. 그 이하도 마찬가지이다. 완력이든, 권력이든, 지위든 여성보다 위에서 여성의 정조를 유린할 위치에 있는 남성들이다.

반면, 여성들은 대개 하층민일 것으로 짐작된다.[15] 가게에 심부름

가는 여자, 절에 불 켜러 가는 여자, 우물에 물 길러 가는 여자, 술집에 술 받으러 가는 여자라면 아무래도 낮은 신분의 여자일 공산이 크다. 물론 절에 소원을 빌러 가는 경우라면 꼭 그렇게 볼 수는 없겠지만, 적어도 대갓집 마나님이라면 수행하는 사람이 많았을 것이기에 함부로 몸을 해치지는 못했을 것이다. 이래저래 이 작품의 여성들은 힘없고 유순한 사람일 수밖에 없겠다. 따라서 이 작품은 사실 자신의 힘을 이용해 여성을 유린하는 남성들의 횡포에 대한 거센 비판일 수 있다.

결국, 이 4연을 통해 외세에 눌리고, 지도층 인사에 눌리고, 그것도 아니라면 동네 불량배나 술집 주인에게 눌리는 억울한 사정을 호소하는 기능을 하기도 한다. 물론 그 전편에 깔린 분위기 탓으로 그 퇴폐성을 전면 부인할 수는 없지만, 그런 가운데에도 비판의식만은 놓지 않고 있는 것이다. 나라를 빼앗겨서 임금조차 임금 노릇을 할 수 없는 상황에서 사회 전체의 타락과, 그 와중에 힘겹게 살아가는 하층 여인네의 고달픈 삶이 묘하게 겹쳐지면서 작품의 가치는 한층 더 높아진다.

현대판 '남녀상열지사'

이쯤에서 독자들은 되물을지도 모르겠다. 그렇게 아무리 설명해보아야 남녀가 좋아서 희희덕대는 노래이고, 거기에 무슨 그런 진지한 의미가 있겠느냐고 말이다. 사실 그럴

지도 모른다. 그러나 이것을 혹시 고전문학 전공자가 고전을 일부러 아름답게, 혹은 가치 있게 꾸미려고 실제 내용과는 달리 호도하는 것쯤으로 치부하여서는 곤란하다. 현대 시 중에서 남녀의 육체관계 등이 노골적으로 드러나는 시를 몇 편 제시할 테니, 한번 비교해보면 그뿐이다.

> 내 몸에서 나가지마
> 눈썹이 닿고 입술이 닿고
> 음부 가득 득실거리던 꿈들이 닿았는데
> 서릿발 같은 인생
> 겨우 겨우 달랬는데
> 나가지마
> – 김상미, 〈연인들〉 중[16]

> 입을 맞춰 줘… 음 됐어… 이젠 내 보×를 핥아… 아… 기분이 좋아… 이리와… 너의 성기를 빨고 싶어… 냄새가 좋아… 이젠 너의 것을 내 항문으로… 집어 넣어… 그렇게… 아… 이번엔… 가죽혁띠를 가져와…
> – 장정일, 〈늙은 창녀〉 중[17]

> 아침상 오른 굴비 한 마리
> 발르다 나는 보았네
> 마침내 드러난 육신의 비밀
> 파헤쳐진 오장육부, 산산이 부서진 살점들

진실이란 이런 것인가

한꺼풀 벗기면 뼈와 살로만 수습돼

그날 밤 음부처럼 무섭도록 단순해지는 사연

죽은 살 찢으며 나는 알았네

상처도 산 자만이 걸치는 옷

더이상 아프지 않겠다는 약속

    – 최영미, 〈마지막 섹스의 추억〉 중[18]

알몸으로

커다란 선인장을 끌어 안고

변태성욕자처럼

성교하듯 숨막히는 애무를 하면

얼굴에 눈에 입술에 혀에

성기에 가슴에 무릎에 엉덩이에

피……

    – 김영승, 〈반성 564〉 중[19]

이 시들은 모두 한결같이 절정의 순간을 이야기하고 있다. 성교의 절정에서 쾌락을 이야기하고, 그 쾌락 뒤의 허무함을 이야기한다. 그러나 그것들은 모두 지금 육체의 쾌락이 절정에 이른 이 순간이 지속되기를 기다리는 데 중심이 있을 뿐, 다른 곳으로는 힘이 미치지 못한다. 님과 내가 얼어죽을망정 정든 오늘 밤 더디 새오시라나, 병든 가슴을 맞추자는 식의 은근한 표현도, 님이 없어도 님을 지키며 살겠다는 강렬한 의지도 보이지 않는다. 남편이나 아내가 아닌, 연인 · 창녀 · 변태성욕자들이 등장하는 것도 고려 가요와 상당히 다른 점이다.

이 강의를 통해 '남녀상열지사' 니 '사리부재' 라는 말만 알 뿐 정작 고려 가요 작품의 실제를 알지 못하는 오해와 편견에서 벗어날 수 있기를 바란다.

■ 주석

1) 이런 사정에 대하여는 劉若愚, 『中國詩學』(이장우 옮김, 동화출판공사, 1984), 87쪽 참조.

2) 민요에 나타난 노골적인 성(性)에 대해서는 류종목, 「민요에 나타난 육담의 의식과 세계관」(김선풍 외, 『한국육담의 세계관』, 국학자료원, 1997)을 참조.

3) 『高麗史』권71(경인문화사 영인본, 1961), 552쪽.

4) 이임수, 『麗歌硏究』(형설출판사, 1988), 78~80쪽.

5) 이 강의에서 거론되는 고려가요 세 작품은 모두 『악장가사(樂章歌詞)』에 수록되어 있는 것으로, 『악장가사 · 악학궤범 · 시용향악보』(대제각 영인본, 1985)에 따른다. 45쪽.

6) '서린' 을 '서리(霜)는' 으로 해석하는 연구자가 없는 것은 아니지만(가령, 박병채, 『고려가요의 語釋 硏究』, 국학자료원, 1994, 297쪽 참조) 문학적 해석에 좀 더 합당하다고 생각되는 양주동 선생의 견해에 따라 이렇게 해석한다.

7) 池憲英 선생을 이어, 윤영옥, 『고려시가의 연구』(영남대출판부, 1991), 223쪽에서 그렇게 보고 있다.

8) 『악장가사 · 악학궤범 · 시용향악보』, 앞의 책, 64~66쪽.

9) '전(殿)' 을 '궁전' 으로 푼 예는 성현경, 「만전춘별사의 구조」(한국어문학회 편, 『고려시대의 언어와 문학』, 형설출판사, 1975)에서 볼 수 있으며, 특히 후궁들이 거처하는 北殿으로 본 예는 이임수, 앞의 책, 199쪽 참조.

10) 그러나 이렇게 풀 경우, 화자가 남성으로 변화하여 시의 일관성이 깨어지는 점을 고려하여 '사향각시' 를 사람이 아닌 '사향이 든 주머니' 정도로 풀이하는 견해도 있다. 박노준, 『고려가요의 연구』(새문사, 1990), 262쪽.

11) 『악장가사 · 악학궤범 · 시용향악보』, 앞의 책, 43~45쪽.

12) 『고려사』 「악지」에, 국문 작품 〈쌍화점〉의 1연과 아주 똑같은 내용을 담고 있는 漢譯시가 〈三藏〉과, 3연과 다소 유사한 〈蛇龍〉이 수록된 후 그렇게 적혀 있다. 『고려사』, 앞의 책, 557쪽.

13) 〈쌍화점〉의 연극적 성격 내지, 연극 공연의 가능성에 대해서는 여증동, 「〈쌍화점〉 노래 연구」(『고려시대의 가요문학』, 새문사, 1982) 참조.

14) 흔히 만두 정도로 알고 있지만, 지금의 만두와는 다른 것인 듯하다. 실제로 안동 장(張)씨 부인이 지은 요리책에는 이 쌍화 만드는 법이 상세하게 나와 있는데, 부풀게 하는 점은 증병(蒸餠)과도 비슷하지만 밀가루를 밑술로 하여 부풀게 하는 점이 매우 다르다고 한다. 황혜성 편, 『閨壼是議方(해설본)』(한국인서출판사, 1985) 참조.

15) 이런 견해는 정상균, 『韓國中世詩文學史研究』(한신문화사, 1986), 138~139쪽과 박노준, 앞의 책, 195~196쪽에 보인다.

16) 김상미, 『모자는 인간을 만든다』(세계사, 1993), 48쪽.

17) 장정일, 『길 안에서의 택시 잡기』(민음사, 1988), 50쪽.

18) 최영미, 『서른, 잔치는 끝났다』(창작과 비평사, 1994), 22쪽.

19) 김영승, 『반성』(민음사, 1987), 97쪽.

제 3 강

이규보 산문의
'뒤집기 전략,

사람은 착하게 살아야 한다?

세상을 살다보면 이상한 일이 많다. 가령, 착한 사람이 잘살고 악한 사람이 못사는 것이 아니라 착한 사람이 못살고 악한 사람이 잘산다는 것이 그렇다. '적선지가(積善之家)에 필유여경(必有餘慶)이요, 적악지가(積惡之家)에 필유여앙(必有餘殃)이라.'와 같은 옛말을 외워본들 그것이 현실화되기는 여간 어렵지 않다. 이 때문에 '여(餘)'를 강조하여 적선에 대한 보답이 당대에 곧바로 나타나는 것이 아니라 그 집안 후손에게 나타나는 것이라는 식으로 시간적 순차를 두고 늘어서 말하여 풀이하곤 한다.

그러나 언제일지도 모르는 보답을 기다리며 참아내기도 쉽지 않고, 훗날의 응징을 방패삼아 불의를 방치하기도 어렵다. 게다가 대체 어느 것이 선이고 어느 것이 악이냐 하는 문제를 따지기 시작하면 이런 식의 논의는 아주 무용한 것이 되고 만다. 이규보(李奎報, 1168~1241)는 이런 어려운 문제를 흥미진진한 이야기로 잘 풀어갔다. 일반인에게는 생소할지 모르지만 '설(設)'과 같은 문장 갈래를 이용하여, 현대개념으로 한다면 수필에 해당할 만한 필치로 자신의 논리를 펼쳐나갔다. 그런데 그가 지은 총 12편의 설이 그대로 『동문선(東文選)』에 실릴 만큼 그 문학적 가치는 높은 편이어서 꼼꼼하게 살펴볼 필요가 있다.

이규보가 살던 시대는 고려 후기 무신들의 집권시기였다. 나라 안팎의 혼란이 가중되는 동안 온갖 복잡한 사건들이 벌어지는 와중에서 그가 택한 글쓰기가 어떤 방향을 찾아나가는지 살피는 일은 흥미진진하다. 특히, 그는 우리 문학사를 통틀어서 손으로 꼽을 만한 글재주를 지닌 인물이어서, 난세에 맞는 독특한 전략을 수립했을 것은 자명하다. 그의 산문 작품들에 공통된 전략을 꼽는다면 아마도 '뒤집기'이다. 거기에는 상식적 사고와 일상적 행위에 통한의 일타를 가하는 쾌감이 있으며, 한참 뒤에야 뒤통수를 얻어맞는 듯한 감추기 기법이 있다.

내 생각은 남들과 다르다

거사에게 거울이 하나 있었는데 먼지가 끼어서 흐릿한 게 꼭 구름에 가리워진 달빛 같았다. 그렇지만 거사는 그 거울을 아침저녁으로 들여다보면서 얼굴을 가다듬는 듯하였다.

손님이 그 모양을 보고서는 물었다.

"거울이란 게 얼굴을 비추어보는 것이요, 그렇지 않다면 군자

(君子)가 이를 통해 그 맑음을 취하는 것입니다. 그런데 선생의 거울은 흐릿해서 안개 낀 듯 몽롱한데 그것을 늘 비추어보고 있으니 대체 무슨 까닭이신지요?"

거사가 대답했다.

"거울이 밝은 것은 잘생긴 사람은 좋아하지만 못생긴 사람은 싫어합니다. 그러나 잘생긴 사람은 적고 못생긴 사람이 많으므로, 못생긴 사람이 그걸 한번 보면 꼭 깨뜨려버리고 말지요. 그러니 밝게 하는 것이 먼지에 흐려진 것보다 못하다오. 먼지로 흐려진들 겉이야 녹이 슬더라도 그 맑은 바탕은 없어지지 않을 것이니, 만일 잘생긴 사람을 만난 후에 다시 갈고 닦더라도 늦지는 않지요. 아, 옛날에 거울을 보는 사람은 그 맑은 것을 취했지만 내가 거울을 보는 것은 그 흐린 것을 취하니 무얼 그리 이상하게 생각하신단 말이요?"

손님은 아무 대답도 못했다.[1]

〈경설(鏡說)〉이라는 작품이다. 한문학에서 작품명을 짓는 관례에 따라 '설(說)'이라는 문장 갈래명이 그대로 돌출된 것이므로 이 제목은 '거울', 혹은 '거울 설' 정도의 뜻이다. '거울 경(鏡)' 자에 '쇠 금(金)'이 있는 것을 이해해야 이 작품의 뜻이 들어온다. 옛날 거울은 지금처럼 유리로 만드는 것이 아니라 쇠붙이로 만들었다. 윤동주의 시에 나오는 '파란 녹이 낀' 거울이나 이 작품에 있는 '부식된' 거울은 그런 맥락에서 이해되어야 한다.

문제의 핵심은 아주 간단한 데 있다. 거울은 사람의 얼굴을 제대로 비추어줄 수 있어야 하므로 항상 깨끗하게 닦여 있어야 한다는 손님의 의견과, 상황에 따라서 오히려 흐릿하게 있는 편이 낫다는 거사의 의견이 대립된다. 손님은 상식을 대변하고 거사는 그 상식을 넘어서는 의견을 개진하는데 승리의 여신은 거사 쪽으로 다가가고 있다. 이 작품에서의 거사는 당연히 이규보를 가리키는 '백운거사(白雲居士)'이므로 이규보의 승리라고 할 수 있다. 옛날에는 이처럼 문답을 활용한 글쓰기가 상당히 일반화되었는데 문답의 당사자가 꼭 실존인물일 필요가 없다는 점을 알아둘 필요가 있다.[2]

그렇다면 이런 이야기를 통해서 이규보는 무엇을 말하려고 했었던가? 그저 거울 이야기로만 이해한다면 형편없이 싱거운 글이 되고 말지만 이를 통해 다른 이야기를 하려 했던 것으로 본다면 의외로 심각한 의미를 추출해낼 수 있다. 굳이 이렇게 우의(寓意)로 이해하는 것은 사실 '설'이라는 갈래가 갖고 있는 특수성에 기인하는 것이기도 하다. 일반적으로 한문학에서 '논(論)'이 직설적인 논리 전개를 근간으로 하는 데 비해서 '설'은 우회적인 설명방식을 택하기 때문이다. 대개의 설 작품에서는 그래서 우의적인 이야기를 둔 다음에 작가의 논평을 붙여서 그 뜻을 명확히 하지만 이 작품은 그런 논평부를 생략함으로 해서 그 의미를 오히려 더 복잡하게 한다.

첫 관건은 '잘생긴 사람'과 '못생긴 사람'이 무엇을 뜻하는가이다. 여기에서의 사람은 거울과의 관련을 배제할 수 없으므로 일단 거울을 보는 사람으로 한정할 필요가 있다. 이렇게 한정하고 나면 사실 '거울 / 거울 보는 사람'의 관계에서 그 단서가 보인다. 이 둘의 관계는 '사물 / 인간'이며, 곧 '소유물 / 소유주'의 관계인 셈이다. 다시 통상적인 의인화 기법에서 사물이든 생물이든 그것이 사람을 빗대는 것임을 상기한다면, 이 둘의 관계는 '부림을 받는 사람 / 부리는 사람'으

▲ 이규보 표준영정, 최광
수 作(110×175cm), 1989
년 _강화 여주이씨문순공파대
종회
▶『동국이상국집』의〈경
설〉원문

로 이해될 수 있다. 또 실제로는 부리지 않더라도 부림을 당할 만한 낮은 위치에 있는 사람과 부릴 수 있는 높은 위치에 있는 사람을 빗댄 것으로 본다면 대의를 손상시키지는 않을 것이다.

결국, '잘생긴 사람'은 부리는 사람 중에서 꽤 똑똑한, 능력 있는 사람을 의미하며 '못생긴 사람'은 꽤 어리석은, 능력 없는 사람을 의미한다고 하겠다. 좀 더 이해하기 쉽게 '신하 / 임금'의 관계로 양분하여 다시 설명해보면 이 글의 뜻이 명확해진다. 현명한 임금 은 충신의 간언을 기뻐하겠지만 어리석은 임금은 충신의 간언을 노 여워한다. 임금의 잘못이 있을 때 나서서 그 잘못을 일러주는 것도 좋은 일이지만 그러다가 죽게라도 된다면 일단 숨어서 목숨을 부지 하다가 나중에 기회를 보아서 자신의 자리를 잡는 것만 못하다는 뜻이 된다. 이제 거사의 답은 명확해졌다. 유교를 신봉하는 사회에 서는 못난 임금이더라도 지성으로 섬기면서 어쨌거나 신하된 도리 를 다하는 것이 당연하게 받아들여지지만 그런 상식을 뒤집는 데 거사다운 면모가 있다.

이규보는 우선 제 몸을 지키면서 기회를 보아 '예쁜 사람'이 있으 면 나아가겠다는 의지를 보였지만 현실이 꼭 그랬던 것 같지는 않 다. 어쩌면 이규보가 벼슬을 마다한 것은 여우의 신 포도에 지나지 않을지도 모른다. 실제 무신란 시대를 살며 보여준 이규보의 행적 이 그럴 가능성을 높여준다. 그가 29세 되던 해에 최충헌(崔忠獻)이 이의민(李義旼) 일파를 몰아내고 집권하자 조정의 유력한 문신들에 게 스스로를 천거하는 글을 올려서 벼슬을 구한 바 있으며, 실제로 그 이듬해 첫 벼슬길에 오른다. 그러니 이규보는 무신 정권에 의해 화를 입고 속세를 등진 쪽이라기보다는 오히려 무신 정권의 비호를 받으며 그의 글재주를 뽐낸 쪽에 속한다고 하겠으며, 이 점에서 그가 벼슬을 보는 시각이 언제든 〈경설〉과 일치하는 것은 아니다. 다음 작품에서 그런 부분을 읽어낼 수 있다.

이자(李子)가 남쪽으로 어떤 강을 건너가게 되었는데 마침 배를 나란히 하고 건너는 사람이 있었다. 두 배는 크기도 같고 사공의 숫자도 균등하며 사람과 말의 많고 적음도 서로 비슷했다. 그런데 조금 있다 보니 그 배가 이 배에서 떨어져 나가는 것이 나는 듯하여 이미 강 저쪽 편에 닿아 있었다. 그러나 내가 탄 배는 도리어 멈칫대며 나아가지 않았다. 그 까닭을 물어보았더니 배 안에 있는 사람들이 대답했다.

"저 배는 사공에게 술을 먹여서 힘껏 저었기 때문이지요."

나는 부끄러운 빛이 없을 수 없었다. 이로 인하여 탄식하며 말했다.

"아, 이 조그마한 갈댓잎 같은 배가 가는 데에도 오히려 뇌물이 있고 없고에 따라 빠르고 느리며 먼저 가고 나중에 가고 하니 하물며 벼슬길에서 경쟁하는 것에 있어서 내 수중에 돈이 없었으니, 오늘날까지 말단 관직 한 자리 얻지 못한 것이야 당연하도다."

이를 기록하여 두었다가 훗날 살펴보려고 한다.[3]

〈주뢰설(舟賂說)〉 전문이다. 굳이 현대어로 풀면 '배의 뇌물 설'이며 글의 내용 역시 그렇다. 뇌물을 준 배는 빨리 가고 뇌물을 주지 않은 배는 더디게 간다. 정상 속도로 가던 배가 뇌물을 주면 가속을 하는 것이 아니라, 빨리 갈 수 있는 배가 뇌물을 주지 않으면 더디

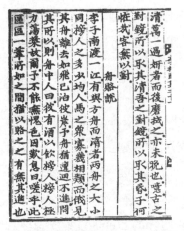

『동국이상국집』의 〈주뢰설〉 원문

게 간다는 데에 문제의 심각성이 있다. 한 걸음 더 나아가면 뇌물을 주지 않으면 본래 갈 수 있는 속도보다 훨씬 더 느리게 간다. 바로 이런 상황을 이규보는 곧바로 자신의 벼슬길과 연관시킨다. 자신에게 돈이 좀 있었어도 벼슬을 할 수 있었다거나, 뇌물을 바치지 못했기 때문에 벼슬을 못했다는 진단인 것이다. 이는 이규보 자신이 벼슬을 하지 못하는 이유에 대한 해명이자 부정한 사회에 대한 비판이다. 하지만 납득할 수 없는 것은 작가가 이 글에서 보인 자세다. 〈경설〉에서 자신의 모습을 제대로 드러내지 않고 좋은 세상을 기다린다고 한 데 비하면 확실히 일관성을 잃은 처사이다.

다시 〈경설〉로 돌아가 보자. 여기에서는 너무도 명확하게 세상이 혼탁한데 나 혼자 깨끗이 있어서 화를 입기보다는 혼탁한 척 지내다가 나중을 도모하자고 했다. 그런데 〈주뢰설〉에서는 자신이 벼슬하지 못하는 이유로 뇌물을 주지 않은 것을 지목하고 있어서 혼란이 온다. 물론, 창작시기의 차이나 인생관의 변화 등 여러 요인을 고려해볼 수는 있지만 작품의 창작연대나 배경을 확인할 수 없는 한, 추정에 그칠 뿐이다. 한쪽에서는 짐짓 어리석은 체하면서 벼슬에 나아가지 않겠다고 하면서, 다른 한쪽에서는 돈이 없어서 나아가지 못하는 세태를 한탄하고 있다. 두 작품 모두에서 공통된 자세를 꼽는다면 한탄조라는 데 있다. 〈경설〉에서도 옛날에는 예쁜 사람이 많았는데 - 명확한 언급은 없어도 옛날 사람은 맑은 것을 취했다고 해서 간접적으로 그런 뜻을 내포한다 - 지금은 그렇지 않다고 한탄하며, 〈주뢰설〉에서는 뇌물이 아니고서는 벼슬을 못하는 썩은 세상을 한탄한다. 그러나 이런 한탄은 사태를 역전시키지 못한다. 〈경설〉처럼 "못생긴 사람은 거울을 깨어 부순다."가 혹 대체적 경향일 수는 있어도 실제로 다 그런 것은 아니다.

결국, 이 두 작품에서 상식 뒤집기라는 전략은 유효했지만, 그 전략이 정합성을 띠면서 뒤집어진 사태를 다시 뒤집는 데까지는 나아가지 못했다. 뒤집기의 통쾌함이 엿보이면서도 막상 뒤집어놓고 보니 그 다음 수를 놓친 까닭이다. 비판은 하지만 대안은 없는, 비판에 주력하느라 대안 마련에 실패한 경우이다. 이런 경우 뒤집기는 종종 합리화에 머물게 되는 수가 많다. 어떻게 보면 '나는 제대로 보고 싶지만 세상이 그렇지 않으므로 삐딱하게 본다'는 못난 소리로까지 들린다. 물론, 이 작품들이 보여주는 대사회적인 비판의 시선만은 여전히 유효하겠으나 그것을 넘어서는 또 다른 시선은 다른 작품들에서 발견된다.

나는 왜 작은 일에 더 크게 분개하는가?

사실 앞의 두 작품에서 이규보의 작품을 비판하기는 했어도 실제 생활에서 그런 일이 닥쳤을 때 어떻게 하는 것이 더 나은지에 대해서는 여전히 의견이 분분할 것이다. 세상이

험해서 별별 곳에서 난동이 일어나지만, 그럴 때마다 위험을 무릅쓰고라도 나서야 하는 시민정신을 강요할 수는 없다. 그럼에도 불구하고 나서야 한다고 믿는다면 대단히 정의로운 사람이거나 대단히 앞뒤 분별이 없는 사람이거나 둘 중의 하나이리라. 다음 작품이 그런 문제를 단적으로 보여준다.

　　원외(員外) 벼슬을 하는 최홍렬(崔洪烈)은 뜻이 강직하고 바른 것을 숭상하였다. 일찍이 남경(南京)에서 서기(書記)로 있을 때, 권신(權臣) 의문(義文)이 보낸 하인 가운데 제 주인의 세력만 믿고 제멋대로 사람들에게 해코지하던 사람을 때려죽였다. 그는 이로 인해 이름이 널리 알려지게 되었다.

　　그가 미관말직에 있을 때였다. 큰 모임 중에 참여해 보니 거기에 있던 어떤 문사(文士) 하나가 지방을 맡아 다스리면서 청렴치 못한 인물이었다. 최홍렬은 술그릇으로 놓여 있는 자기로 만든 잔을 들어서 그를 치려고 했다. 우선 엄지손가락을 입에 넣어 큰 휘파람 소리를 내면서 기운을 북돋운 다음 큰 소리로 말했다.

　　"이 자리에 탐욕스러운 사람이 있어서 내가 때리려고 합니다. 옛날에 단수실(段秀實)은 홀(笏 : 옛날 벼슬아치가 임금을 뵐 때 손에 쥐던 패)로 간신을 쳤는데, 최자(崔子)는 술잔으로 그 탐욕스러운 신하를 칠 것입니다."

　　그 이름을 바로 말하지는 않았지만 그 사람은 자기가 청렴치 못한 것을 알고 몰래 달아나버렸다. 후에 이 일을 두고 최홍렬을 희롱하는 사람이 있으면 그는 몹시 화를 냈다. 다만 낭중(郎中) 벼슬을 하는 이원로(李元老)가 웃으며 손가락을 물고 큰 휘파람 소리를 내는 흉내를 내더라도 최홍렬은 화내지 않고 그저 머리를 수그리고 스스로 웃을 뿐이었다. 이원로와 서로 친하기 때문이었다.[4]

〈완격탐신설(琬擊貪臣說)〉이라는 작품이다. 내용 그대로 '그릇으로 탐욕스러운 신하를 때린' 이야기이다. 탐욕스러운 신하는 어떤 맥락에서든지 부정적인 인물이며 이런 인물을 혼내주었다면 누가 뭐래도 정의로운 일이다. 이 글에서 의인(義人) 최홍렬이 혼내준 사람은 두 명이다. 한 사람은 노비이고 한 사람은 벼슬아치이다. 굳이 두 사람의 신분을 밝히는 것은 그들의 신분 차이만큼이나 최홍렬이 대하는 태도가 달랐기 때문이다. 우리는 여기에서 최홍렬이 한 사람은 때려죽였지만 한 사람은 그냥 위협해서 스스로 도망가게 했다는 점을 주목해야 할 것이다. 만일 이런 데까지 생각이 미치지 못하고 그저 둘 다 혼냈다는 데에만 초점을 맞춘다면 이 글은 그냥 어느 의로운 사람의 이야기에 그치고 만다.

다시 생각을 해보자. 노비는 대체 무슨 잘못을 했을 것이며 탐욕스러운 신하는 또 무슨 잘못을 했을까. 권문세가의 노비라고 해도 노비는 노비인 법, 다소 거만스럽게 군다거나 기분 나쁜 언사를 쓸 수는 있겠지만 엄격한 신분제 사회에서 노비가 귀족들에게 불손한 언사 이상을 한다는 것을 상상할 수 없다. 그러나 탐욕스러운 신하라면 제 지위를 이용해서 제 욕심을 마음껏 챙기는 사람이다. 자기보다 낮은 사람들의 등골을 빼먹는 일이라거나 일반백성들을 곤경에 처하게 한 일은 비일비재할 것이며, 또 윗사람에게는 얼마나 아부를 했을 것인가.

백 번 생각해도 실제의 행악(行惡)을 따져볼 때, 탐욕스러운 신하가

더하면 더했지 덜할 리가 없다. 그런데도 최홍렬은 노비는 죽이고 신하는 도망치게 했다. 뭐 그렇게까지 따지냐는 불만을 갖는 독자들은 다시 원문을 찬찬히 읽어주기 바란다. 노비를 때려죽일 때는 아무런 설명이나 서술 없이 그냥 때려죽였다고 했지만 신하를 쫓을 때는 사뭇 긴장하는 느낌이 역력하다. 우선, 휘파람을 불면서 용기를 북돋우는 데가 그렇고, 군이 중국의 고사까지 끌어들여서 주위의 호응을 구하는 태도가 그렇다. 또 그렇게 말했으면 그릇을 들어서 내리치면 그만일 텐데 어찌된 일인지 정식으로 선전포고(?)까지 하는 여유를 보인다. 또 그 정도의 의기라면 도망가는 신하를 따라가는 시늉이라도 해야 하겠지만 그런 후속조치는 전혀 보이지 않는다.

신분제 사회에서 노비는 '소유물'이었기 때문에 간단히 처치될 수 있지만 적어도 관직을 갖고 있는 벼슬아치는 엄연한 '인간'이기에 그를 죽여서는 살인죄가 된다. 이런 점에서 최홍렬의 행동은 소극적으로 드러난 것이다. 그럼에도 불구하고 단수실이라는 사람의 고사를 들먹거린 것은 가당치 않은 행동이다. 실제로 단수실은 상대의 얼굴에 침을 뱉고 피를 내게 했으며, 그로 인해 나중에는 그 상대에게 피살당한 사람이다. 덧보탠다면, 단수실이 상대한 사람은 사소한 탐관오리가 아니라 반란을 일으킨 역적이었으며, 그는 그 역적 앞에서 자신의 목숨마저 돌보지 않았다. 그러나 최홍렬의 상대는 실로 미미한 탐관오리이며, 그마저 겁이 나서 여러 가지 안전장치를 마련한 후에야 행동에 옮겼다.

그의 행동을 그렇게 볼 수 있는 근거는 실제로 그런 해프닝을 보인 이후에 드러난다. 사람들은 그때의 그 해프닝을 흉내 내며 그를 조롱하고 있다. 정말 의기 있는 행위라면 조롱거리가 아니라 경외심을 보여야 하는 법이다. 사람들이 입에 손가락을 넣어 휘파람을 불며 그를 놀렸다는 것이 바로 당시 사람들이 그를 어떻게 보았는가를 분명히 드러내준다. 그러나 사람들이 그런 반응을 보일 때마다 몹시 화를 내던 최홍렬도 또 친한 사람이 그렇게 하는 데 대해 어쩌지 못하는 '약한 모습'을 보인다.

나는 이 글을 읽으면서 김수영의 시 〈어느 날 고궁(古宮)을 나오며〉를 생각했다. "왜 나는 조그마한 일에만 분개하는가 / 저 왕궁(王宮) 대신에 왕궁의 음탕 대신에 / 오십원짜리 갈비가 기름덩어리만 나왔다고 분개하고……"[5] 하는 그 시 말이다. 큰 불의에는 침묵하며 작은 일에만 분개하는 자신을 자책하는 모순이야말로 어려운 시대의 지성인이라면 누구나 갖고 있는 문제가 아닐까 한다. 하긴, 혁명에 실패하고 방만 바꾼 것이 김수영이라면, 최근의 젊은 시인 나희덕은 방도 못 바꾸고 가방만 바꾼 자신을 질책하고 있기도 하다.[6]

아무튼 작품에 나타난 행위만으로도 최홍렬의 의기(義氣)를 높이 살 만하지만, 그런 상식적인 판단을 용납하지 않는 날카로움이 이 작품에는 배어 있다. 앞에서 본 두 작품이 상식을 뒤집고 나서 자기 합리화에 빠져버린 느낌이 든다면 확실히 이 작품은 자기반성을 유도하는 글이다. 작은 부분에서는, 순간순간 바른 일, 착한 일, 의로운 일, 용감한 일이었던 것이 그 판을 조금만 벗어나 버리면 전혀 다른 판단을 내릴 수 있게 된다.

이쯤에서 우리는 다시 묻지 않을 수 없다. 대체 무엇이 선한 것인가? 무엇이 바르게 사는 것인가? 그렇다고 해서 만약, 앞의 최홍렬 이야기를 빌미로 큰 불의는커녕 작은 불의까지 눈감아 버린다면 또 세상은 어떻게 변할까? 거꾸로 이 이야기를 교훈 삼아 누구나 큰 불의에 대항하려 생업을 전폐하고 나선다면 또 세상은 어떻게 변할까? 참으로 난감한 일이다.

정해진 것과 정해지지 않은 것

정말 선과 악의 경계를 명확히 그을 수 없다면 이제 우리의 이분법적 사고 체계는 상당히 흔들리게 된다. 선과 악으로 이야기해서 그렇지 세상 모든 판단에 긍정적인 것과 부정적인 것으로 양분해놓고 보는 흑백논리를 사용하다보면 엉뚱한 오해와 분란을 일으키기 십상이다. 특히 어떤 사건이 일어난 것을 두고 해석할 때, 자칫하면 우리가 가지고 있는 이분법의 틀에 매여서 실상은 아무런 의미도 없는 해석을 하기 일쑤인 것이다.

유자(劉子: 중국 元나라 사람)는 말했다.

"사람이 많으면 하늘을 이겨내고, 하늘이 정하면 또한 사람을 이길 수 있다."

나는 일찍이 이 말에 승복한 지 오래 되었는데 지금은 더욱 믿게 되었다. 왜 그런가? 나는 일찍이 완산(完山)에서 서기(書記) 일을 맡았었는데 동료의 참소(讒訴)를 받아 파면당했다. 서울에 와서 보니 그 사람이 또한 항상 중요한 직위에 있으면서 혀를 놀려댔기 때문에 9년 동안이나 관직에 뽑히지 못했다. 이것이 바로 사람이 하늘을 이긴 것이다. 어찌 하늘이 그렇게 한 것이겠는가? 그 사람이 죽자 그 해에 한림원(翰林院)에 보직을 받았고 이어 여러 군데 요직을 두루 거쳐 빨리 높은 자리에 올랐다. 그러니 이것은 곧 하늘이 사람을 이긴 것이다. 사람이 어찌 그렇게 한 것이겠는가?

어떤 이가 이 말을 듣고 힐난했다.

"태공(太公: 周나라 文王의 스승)은 80세에 문왕(文王)을 만났고, 주매신(朱買臣: 漢나라 武帝때의 문신)은 50세에 귀한 사람이 되었는데, 이것이 어찌 참소하는 사람이 있어서 늦게 만난 것이라고 하겠는가? 실은 운명이 그렇게 한 것이다."

나는 대답했다.

"이 두 어른이 늦게 만난 것은 그대 말마따나 운명이었다. 하지만 내 운명으로 본다면 비록 그때에도 그리 크게 나쁘지는 않았었는데, 다만 흉악한 사람이 나쁜 틈을 타서 큰 변고를 꾸민 것이다."

어떤 이가 또 물었다.

"운명이 그리 크게 나쁘지 않은데도 흉악한 사람이 그 틈을 타서 일이 그리 되도록 도왔다면 그 역시 운명이니 어찌 그렇게 말하시요?"

"나는 말했다.

"내가 그때에 만일 조금만 참아서 그 사람하고 그렇게 사이가 나쁘지만 않았더라면 반드시 이런 일은 없었을 터이니, 실은 내가 자초한 셈이지요. 어찌 운명과 관계 있겠소이까?"

어떤 이가 내 말에 승복하며 말했다.

"그대가 허물을 뉘우치는 것이 이와 같으니 마땅히 높은 데까지 이를 것이오."[7]

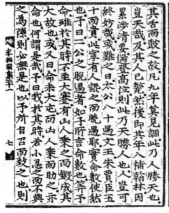

『동국이상국집』의 〈천인상승설〉 원문

　'천인상승설(天人相勝說)'로 제목이 붙여진 작품이다. 이 작품에는 제목 그대로 "하늘과 사람이 서로 이긴다"는 논지가 실려 있다. 그런데 '이긴다'는 말은 상대편에서 볼 때는 '진다'를 의미하는 말이어서 이 '서로'라는 말은 잘 어울리지 않는다. 일견 논리적 모순을 빚는 이 말을 이규보는 어떻게 풀어 가는가?

　우선, 이규보가 천인상승을 믿게 된 이유를 들어보자. 읽은 대로 매우 간단한 논리인데, 어떤 사람 하나 때문에 관직에 오를 수 없었으니 그것은 사람이 그렇게 한 것이며, 그 사람이 죽어서야 비로소 벼슬길이 다시 열렸으니 그 사람을 죽게 한 것은 하늘이 그렇게 한 것이다. 그러니 앞부분은 사람이 하늘을 이긴 것이고 뒷부분은 반대로 하늘이 사람을 이긴 것이다. 그러나 듣는 이는 아마도 운명론자였던 듯하다. 이규보와는 전혀 다른 경우인 중국의 인물을 끌어들여서 아무도 방해하지 않았어도 늦게야 뜻을 이루었으니 어찌 사람이 하늘을 이긴다고 하겠느냐며 반론한다. 이규보가 자기의 예를 들어 그에 다시 반론하자 논적은 태도를 급선회하여 인간의 힘을 강조하고 나선다.

경험이 있는 사람은 알 것이다. 대개의 논쟁이라는 것이 논쟁을 하다보면 어쩔 수 없이 상대의 반대편에 서게 되는 일이 허다하다. 가령 신(神)에 대해서 눈꼽만큼도 생각하지 않던 사람도 유신론자와 논쟁할 때는 무신론자가 되고, 무신론자와 논쟁할 때는 유신론자가 된다. 논쟁을 끝내고 나면 논쟁의 승패와 관계없이 허탈하게 되는 것은 논쟁하는 사람들은 쏙 빠지고 말만 남아서 서로 싸운 꼴이 되고 말기 때문이다. 이규보의 논적은 한 번은 운명론자의 편에서 또한 번은 의지론자의 편에서 이규보를 논파하려들지만 이규보는 전혀 굽히지 않는다. 이규보가 말한 "내가 그때에 만일 조금만 참아서 그 사람하고 그렇게 사이가 나쁘지만 않았더라면 반드시 이런 일은 없었을 터이니, 실은 내가 자초한 셈이지요."라는 발언은 사회생활을 하는 누구에게나 경구(警句)가 될 법하다.

이는 흔히 운명이라고 이야기하는 것들 가운데 인간이 약간만 노력했더라면 변했을 것이 얼마나 많았는가 생각하게 하는 대목이다. 그렇다면 이규보는 운명론을 배격하는 의지론자인가? 그렇지는 않다. 그보다는 하늘이 운명적으로 정해놓아서 피할 수 없는 것과 그렇지 않고 인간의 의지대로 할 수 있는 것을 합리적으로 구별하고 있다는 편이 더 옳다. 사람들은 흔히 "그것은 어쩔 수 없는 일이야."라며 체념하거나, "뭐든지 하면 될 수 있어."라며 저돌적으로 달려들지만 어느 경우든 현명한 일이 못된다. 더욱이 세상 모든 일은 운명적으로 정해진 일과 의지로 가능한 일로 양분하여 그 사이의 넘나듦을 인정하지 않는 자세야말로 삶을 경직되고 무미건조한 것으로 만들어 버린다.

이규보는 이 글을 통해 정해진 것과 정해지지 않은 것, 할 수 있는 것과 할 수 없는 것을 구분하면서 그 둘이 서로 영향을 줄 수 있는 부분을 참작하여 현명하게 처신하고, 설혹 잘못 되더라도 나중에 복기(復棋)하는 기분으로 반성하고 다음 기회를 기다리는 자세를 간절히 요청하고 있다. "호미로 막을 것을 가래로 막는다."라는 속담이 있다. 작은 일을 방치했다가 고생하는 경우를 경계하는 말이다. 그러나 경험에 따르자면, 대개의 경우 호미로 막을 일을 방치해두면 나중에 가래는커녕 불도저로도 막을 수 없는 일이 태반이다. 모든 일에는 때가 있기 때문이다.

이규보가 쓴 다른 작품 〈이옥설(理屋說)〉은 바로 그런 점을 잘 일러주고 있다.

집에 허물어져서 지탱하기도 힘든 행랑채가 셋 있었다. 나는 그것을 모두 고치지 않을 수 없었다. 이보다 먼저 우선 그 중 두 칸은 장맛비가 샌 지 오래 되었는데, 나는 그것을 알기는 했지만 어물거리다가 수리하지 못했다. 나머지 한 칸은 비를 한 차례 맞고 샜기 때문에 서둘러 기와를 갈아 넣도록 했다. 그런데 수리하려고 보니 샌 지 오래된 것은 서까래며, 추녀, 기둥, 대들보가 모두 썩어서 쓸 수 없게 되어 경비가 많이 들었다. 그 한 차례만 비를 맞은 것은 모두 완전하여 다시 쓸 수 있어서 경비가 적게 들었다.

그래서 나는 생각했다.

'사람에게 있어서도 마찬가지이다. 잘못을 알고 바로 고치지 않으면 곧 나쁘게 되는 것은 마치 나무가 썩어서 못 쓰게 되는 것과 같다. 잘못을 하고는 곧 고치기를 꺼려하지 않는다면 다시 좋은 사람이 되는 것은 집의 재목을 다시 쓸 수 있는 그 이상이 될 것이다. 뿐만 아니라 나라의 정치도 이와 같다. 모든 일에 있어 백성에게 심한 해가 되는 것을 머뭇대며 고치지 않다가, 백성이 못살게 되고 나라가 위태하게 된 뒤에 갑작스레 개선해보려 하면, 곧 붙잡아 일으키기가 어렵다. 어찌 조심하지 않을 수 있으리오.'[8]

'이옥(理屋)', 곧 집을 수리하는 이야기로, 미리 미리 손을 쓰라는 당연한 말씀이다. 그런데, 여기에서는 필경 못쓰게 된 집을 두고 후회하면서 하는 말이 아니라는 점을 높이 사야 한다. 행랑채가 세 칸 있었는데 비가 새는 것을 그냥 두었더니 못 쓰게 되었다는, '소 잃고 외양간 고치기'가 아니다. 일부는 미리 손을 써서 결과적으로 이익을 보았고, 또 일부는 그렇게 하지 못해서 결과적으로 손해를 보았다는 이야기이다. 이런 사고를 '분할적 사고'라고 한다. 전체를 하나로 엮어서 '모두 그렇다'로 논파하는 것이 아니라, 어떤 부분은 이렇고 또 어떤 부분은 이렇다는 식으로 사고하는 것이다.

다시 앞의 벼슬 이야기로 돌아가서 이 작품을 설명해보자. 이 작품에서는, 행랑채가 있었는데 물이 새서 다 썩어 못쓰게 되었다거나, 반대로 미리 손을 써서 아무런 문제없이 다 쓸 수 있다는 2분법을 벗어나고 있다. 어떻든 벼슬을 할 운명이었다거나, 사람의 힘으로 벼슬을 오르내린다는 2분법을 벗어나는 것이다. 이런 글을 통해서 우리는 세상에는 정해져 있는 일이 있어서 무엇이 이루어진다거나, 반대로 아무것도 정해진 것이 없으므로 뜻하는 대로 이루어진다는 그릇된 양극단을 벗어날 수 있다. 어떤 사람이 나를 해코지한 것은 내가 한 일이 아니었다는 점에서 운명이지만, 그 사람의 심기를 풀어놓지 못한 것은 내가 적극적으로 나서지 않은 까닭이었다는 점에서 운명이 아니다. 마찬가지로 비가 온다거나 그래서 오래된 집에 비가 들이치는 것은 운명일 수 있으나, 그것이 더 악화되기 전에 손을 쓰지 않은 것은 의지이다.

그러나 이것을 의지로는 모든 것이 해결될 수 있다는 이상한 자신감이나 신념으로 오해해서는 곤란하다. 이미 회생불가능한 행랑채 두 채가 보여주듯, 어떤 부분은 의지대로 해서 될 수 없는 일이 분명히 있기 때문이다. 다만 정해진 것과 정해지지 않은 것 사이의 간극이 꼭 붙박이로 매여 있는 것이 아니라 어느 정도 유동성이 있으며, 바로 이것이 '천인상승' 의 비결이다.

뒤집기를 통한 깨달음

이규보는 흔히 천재적 작가로 일컬어진다. 굳이 '천재적' 이라는 말을 빼고 그냥 '천재' 라고 해도 사실은 아무런 무리가 없을 정도이다. 그가 지어서 남긴 한시만도 8,000여 수나 되고, 꿈속에서까지 시를 지었다고 한다. 또, 스물도 못 되어서 당대 최고의 문인들의 모임인 이른바 '죽림고회(竹林高會)'를 휘젓고 나온 경력이 있다. 그런 재주꾼인 만큼 그의 글은 늘 기발함과 참신함이 물씬하다. 물론 그렇다고 해서 그의 설(說) 작품 12편이 일률적으로 그런 성향을 보이는 것은 아니고 앞서 보인 너댓 작품 정도가 상당히 두드러지는 편이다. 글을 쓰는 기본틀은 먼저 남들의 생각을 늘어놓고, 거기에 상응하는 자신의 다른 의견을 보여서 상대를 격파하는 방식이다.

그런데 만일 남들과 의견이 다른 데에만 치중한다면 훌륭한 글이 되기보다는 괴팍한 글이 되기 십상이다. 요컨대 글 잘 쓴다는 소리를 듣자면, 적어도 남들이 누구나 할 수 있는 내용을 벗어나야 하지만, 그렇다고 해서 아무도 호응할 수 없을 만큼 괴상망측하다거나 그저 반대를 위한 반대를 일삼아서는 안 된다는 말이다. 따라서 그 글에서만 볼 수 있는 독특한 논리가 있어야 하는데, 이규보의 글에서는 그런 부분이 상당히 드러나는 편이다.

어떤 손님이 내게 말했다.

"어제저녁에 보니 웬 불량한 남자가 돌아다니는 개를 큰 몽둥이로 때려죽이더군요. 그 형세가 얼마나 애처롭던지 마음이 아프지 않을 수 없었지요. 그래서 다시는 개·돼지 고기를 먹지 않기로 맹세했답니다."

내가 대답했다.

"어제저녁에 어떤 사람이 이글대는 화로를 끼고 앉아서는 거기에다 이를 잡아서 태워죽이더군요. 나는 마음이 아프지 않을 수 없었지요. 그래서 다시는 이를 잡지 않기로 맹세했지요."

손님이 낙심하여 말했다.

"이는 미물입니다. 나는 그럴듯하게 큰 것이 죽는 것을 불쌍히 여겨 말했는데, 선생께서는 이런 걸로 대꾸하시다니, 어찌 나를 놀리시오?"

내가 말했다.

"무릇 혈기가 있는 것은 사람으로부터 소나 말·돼지·양·벌레·개미에 이르기까지 살고 싶어 하고 죽기 싫어하는 마음이야 같지 않은 게 없다오. 어찌 큰 것만이 죽기를 싫어하고 작은 것은 그렇지 않겠소? 그런즉 개나 이의 죽음이 한가지지요. 그래서 예를 들어 적절한 대(對)를 삼은 것이라오. 어찌 기롱한 것이겠소? 만일 그대가 이를 믿지 못하겠거든 왜 그대의 열 손가락을 깨물어보지 않소. 엄지손가락만 아프고 나머지는 그렇지 않은가요? 한몸에 있는 것이라면 큰 부분이든 작은 부분이든 똑같이 피가 있고 살이 있지요. 그래서 아프기로 말하자면 같은 것이라오. 하물며 각각 기운과 숨을 따로 받은 것들이야 어떻겠소? 어찌 저것은 죽기를 싫어하고 이것은 좋아하겠느냔 말이요? 그러니 물러가서 눈을 감고 조용히 생각해보시오. 달팽이뿔을 쇠뿔과 똑같이 보고, 메추리를 대붕(大鵬)과 같게 보시오. 그런 뒤에라야 내 그대와 더불어 도(道)를 말하겠소."[9]

저 유명한 〈슬견설(虱犬說)〉이다. '이와 개에 관한 설'이라는 뜻의 이 작품은 이와 개를 차별하는 어리석음을 깨우쳐주는 데 착안하고 있다. 손님은 개를 보고 불쌍하다고 여겼지만 그 마음이 이에게까지는 미치지 못한다. 이규보는 점잖게 설명해준다. 열 손가락 깨물어서 안 아픈 손가락이 없는 것을 안다면, 어찌 그 둘이 다르지 않은 것을 모르느냐는 것이다. 참으로 옳다. 개도 생명체이고 이도 생명체이다. 똑같은 생명체를 보고 한쪽에서는 생명이 죽어 없어지는 데 대해 애처로움을 느끼면서 다른 쪽에서는 그렇지 못하다면 확실히 문제는 문제이다. 이렇게 생각하면, 이 작품의 주제는 '생명 애호 사상'이 된다. 실제로 이 작품을 실은 많은 고등학교 참고서에서 그렇게 가르쳐왔고 나에게 배우는 학생들도 그것을 그럴듯하게 여긴다. 약간 더 범위를 좁히면, 목숨은 지배층이나 일반 백성이 모두 한가지라는 '평등사상'이라고도 한다.

『동국이상국집』의 〈슬견설〉 원문

그렇다면 이규보가 무슨 불교 교리라도 깨우쳐주자는 것인가? 아니면 요즘 항간에 회자되는 생명사상이라도 주창하고 있는가? 또는 신분 차별을 철폐하는 휴머니즘의 구현인가? 그러나 유감스럽게도 어느 한 곳에서도 그럴듯한 답을 얻기 어렵다. 다시 생각해보자. 이 작품에 나오는 두 사람이 실제 우리 옆에 있다면 우리는 누구를 정상적인 인간으로 취급할까? 물어보나마나 손님이다. 손님을 깨우쳐주는 이규보야 기발한 면이 있기는 해도 납득하기 곤란한 강변을 하고 있다고 느낄 것이다. 바로 여기에서부터 이 작품을 새롭게 볼 필요가 있다.

필자만 해도 한겨울에 내복을 벗어서 이를 잡아본 세대이다. 겨울에 난방도 잘 안 되는 방에서 어떻게든 잠을 청해보려는데 스멀대며 기어 다니는 이의 그 느낌을 안다. 그런데 이런 이를 죽이면서 생명의 존귀함을 말하기란 여간 어려운 것이 아니다. 고질적일 정도의 착한 심성을 가지고 있거나 윤회를 굳건히 믿는 사람이 아니라면 이가 죽을 때의 느낌은 통쾌함이다. 만일 그런 이를 일반백성의 상징으로 사용했다면, 이규보는 글을 잘 못 쓰는 작가이거나 백성을 아끼는 사람이기는커녕 도리어 백성을 '개만도 못한' 존재로 여기는 사람일 것이다. 도시 생활을 하는 사람들이 바퀴벌레를 잡을 때 혹시 생명의 존귀함을 생각해보는지 되물어본다면 지극히 당연한 일이다.

그런데 개의 경우는 다르다. 적어도 개는 인간과 정서의 교감을 느끼는 몇 안 되는 동물 중의 하나이다. 뿐만 아니라 인간에게는 가장 충직한 동물이요, 가장 친근한 친구이기도 하다. 대체 어떤 동물이 그렇게 주인을 보면 꼬리를 치고 따라다닐까 생각해보자. 개나 소의 도살 장면에서 웬만한 사람의 마음이 흔들리지 않을 수 없는 것은 바로 그런 이유이다. 짐승이 아닌 인간으로 옮겨와도 사태는 마찬가지이다. 똑같이 쫓겨나는 상황이라 하더라도 인권운동가와 독재자를 보는 시선은 전혀 다르기 때문이다. 똑같은 사망 소식이더라도 명망가와 파렴치범을 보는 시선이 같을 수 없다.

그러니 이 글이 서로 다른 것을 무조건 같게 보라는 식의, 좀 덜 떨어진 도인(道人) 같은 반응을 요구한다고 생각해서는 안 되리라 본다. 중요한 점은 사고의 폭이다. 손님이 사고하는 방식은 철저하게 크기에 입각해 있다. 물론 크기는 대단히 중요한 척도이다. 아무리 맛있는 식당의 음식이더라도 그 양이 손톱만큼도 안 된다면 집에서 끓인 라면 한 그릇만도 못한 것이 사실이다. 그러나 거기에만 집착하면 다른 것들을 보는 데 장애가 된다. 그래서 손님이 개나 이를 단순히 크기로만 말하는 데 대해 거사는 그런 잘못된 사고방법을 고쳐주려고 한다. 이 점에서 다른 여러 기준들을 무시하고 한 가지 기준으로 획일화해서 생기는 폐단을 극복해보려는 것이 바로 이규보의 깨달음이 아닐까 한다.

그러나 이렇게 아무리 말해본들 무엇하랴. 당장 어느 대학이 크냐고 물어보면, 누구나 서슴없이 일단 캠퍼스의 크기를 생각한다. 그리고 다음으로는 학과나 학생, 교수 숫자를 떠올린다. '좋은 대학'으로 바꿔서 물어보아도 대체로 이 기준에서 그리 멀지 않다. 작고 훌륭한 대학은 왜 없는가를 생각할 때마다 〈슬견설〉을 떠올리게 된다. 학교만이 아니다. 가정도, 기업도, 정부도 외형을 키우느라 속이 텅 비어버렸다. 약국이 아니라 약국의 간판이, 학교가 아니라 학교의 교문이, 교회가 아니라 교회 첨탑이 경쟁적으로 나날이 커지는 이유도 따지고 보면 그런 사고방식 때문이라고 하겠다.

뒤집어보자. 뒤집어보면 세상이 즐거울 수도 있다. 괴로운 세상일수록 뒤집어보자. 이규보가 뒤집은 것을 왜 우리는 못 뒤집겠는가.

■ 주석

1) 이규보, 『東國李相國集』 권21(韓國文集叢刊(1), 민족문화추진회, 1990), 507쪽.
2) 한문 산문에서 이렇게 서술하는 방식에 대해서는, 졸저, 『토의문학의 전통과 우리 소설』(태학사, 1997)의 'Ⅱ.논변 전통과 서사화 가능성'에서 상세히 다루었다.
3) 이규보, 앞의 책. 507쪽.
4) 이규보, 앞의 책. 509쪽.
5) 김수영, 『詩人이여 기침을 하자』(열음사, 1988), 85쪽.
6) 나희덕, 〈가벼워지지 않는 가방〉(『그곳이 멀지 않다』, 민음사, 1997)
7) 이규보, 앞의 책. 509~510쪽.
8) 이규보, 앞의 책. 508쪽.
9) 이규보, 앞의 책. 507~508쪽.

제 4 강

길 찾기 사대부 시조의

'사대부', 그 험난한 이상(理想)

우리말에 '사대부'라는 게 있다. 이는 본래 사(士)와 대부(大夫)의 합성어로, 여기에는 선비로 공부를 하다가 기회가 닿으면 벼슬에 오르고 또 벼슬을 하다가 때가 되면 다시 선비로 공부를 하는, 매우 바람직한 이상이 담겨 있다. 그렇게 사(士)로서 역량을 쌓고 대부(大夫)로서 실천에 옮기고, 또 다시 사(士)가 되어 역량을 쌓는 '아름다운 순환'이 계속 되기만 한다면야 얼마나 좋을 것인가.

그러나 지금의 현실은 그렇지 못하다. 가령, 국회의원을 하던 사람이 선거에서 떨어지면 어디 한 4년 책보고 공부하면서 지내는 것이 아니다. 아니, 지낼 수 있는 것이 아니다. 개미떼처럼 달려들던 지지자들도 등을 돌리고 중앙당에서도 원외 위원장이라고 괄시하게 되면 영락없이 '끈 떨어진 갓' 신세가 되고 만다. 다행히 돈이라도 많거나 변호사 같은 전문직을 찾을 수 있는 사람이라면 나름대

정몽주 영정(98×169.5㎝). 1629년(인조 7)_임고서원(臨皐書院)

로 품위를 유지하며 지낼 수야 있겠지만 그렇지 않은 경우라면 건달도 그런 건달이 없을 것이다.

이런 점에서 '사대부' 야말로 참으로 이상적인 장치이다. 사대부라는 말을 쓰면서 선비와 관료가 한데 묶인다는 발상부터가 하나의 제도인 셈이다. 언제든 관료가 될 수 있는 선비, 또 언제든 다시 공부할 수 있는 관료는 얼마나 안정적이고 또 얼마나 발전적인가. 그런데, 나는 이 대목에서 자부심보다 걱정이 앞선다. 실제 그런 일이 가능한가? 문득 너무도 유명한 시조가 한 수 떠오른다.

이 몸이 죽어죽어 일백 번 고쳐죽어
백골이 진토 되어 넋이라도 있고 없고
님 향한 일편단심이야 가실 줄이 있으랴[1]

이 시조의 작가로 알려진 정몽주(鄭夢周, 1337~1392)를 사대부가 아니라고 말할 사람이 없겠다. 조선조의 사대부는 기실 고려말의 신흥사대부에서 시작한다고 보면 정몽주야말로 그 사대부의 선두 대열에 설 수 있는 사람이다. 사대부들은 그렇게 국가 흥망의 기로에 서서, 때로는 중상모략에 시달리며, 또 때로는 당파싸움에 희생

양이 되면서 그 고집스러운 길 찾기를 보여준다. 대체로 삶이 그렇듯이 그 시작은 '있는 길 찾아가기'였지만 그 끝은 '없는 길 찾기'로 이어지며 각양각색의 삶의 태도와 처세가 적나라하게 드러난다.

매화 찾아 나서는 겨울

고려말 삼은(三隱) 중 목은(牧隱) 이색(李穡, 1328~1396)이 있다. 그는 포은 정몽주나 야은(冶隱) 길재(吉再, 1353~1419)와 견줄 때, 일반인에게는 가장 지명도가 떨어지는 인물일지 모르겠지만, 적어도 문학을, 그것도 사대부 문학을 논하는 데 있어서는 세 명 중 가장 중요한 인물이다. 그는 한마디로 고려조의 문학을 조선조로 이어가는 중심역할을 했던 인물로서 권근이나 변계량 등 조선 초의 걸출한 인물들이 그의 문하에서 배출되었다. 그가 쓴 다음 시조를 보자.

> 백설이 잦아진 골에 구름이 머흐레라
> 반가운 매화는 어느 곳에 피었는고
> 석양에 홀로 서서 갈 곳 몰라 하노라[2]

눈과 구름은 대체로 시련의 상징이다. 물론 눈의 경우는 그렇지 않을 수도 있지만, 여기에서의 눈은 확실히 고난을 의미한다. 포근하게 감싸주는 눈이나, 멀리 보이는 환상적인 설경(雪景)과는 근본적

목은 이색 영정(85.2×143cm), 1654년
_예산누산영당본〈禮山樓山影堂本〉

으로 다른 의미인 것이다. 시인이 서 있는 이 골짜기는 현재 시인이 발을 대고 있는 바로 그곳이다. 종장의 '갈 곳'과 연결해본다면, 이 골짜기는 자신이 몸담고 살아가야 할 곳이 아니라 빠져나가야 할 곳이다. 그런데도 눈이 내리고, 구름까지 험하다. 그러므로 초장은, 눈 개고 햇빛 맑게 비추는 날을 고대하지만 현실은 그렇지 못하다는 뜻이 된다.

시인은 매화가 어디에 있는지 묻고 있다. 이것은 자문(自問)의 형태이므로 묻는다기보다는 한탄조로까지 들리는데, 여전히 '매화'가 갖는 의미 때문에 작품의 격은 상당히 높아진다.[3] 매화는 본래 매란국죽 4군자 중의 하나로, 당연히 선비의 상징이며, 이번 강의의 주제인 사대부와 직접적으로 연관된다. 겨울이 끝나서 완전한 봄이 오거나 아예 여름쯤을 기대하는 것이 아니라, '겨울 속에서의 봄'을 기다리는 것이다. 겨울은 누구나 맞지만 봄이 온다는 희망이 없는 겨울은 견딜 수가 없으므로 겨울 속의 봄, 눈 속에 피는 매화, 곧 설중매(雪中梅)를 기다린다. 이 내용은 이육사의 시 〈광야〉에 "지금 눈 나리고 / 매화 향기 홀로 아득하니, / 내 여기 가난한 노래의 씨를 뿌려라."[4]라는 식으로 이어진다.

시인에게 매화는 그만큼 절실하다. 특히 겨울을 헤쳐 나갈 의지를 갖추는 데 매화만큼 절실한 것이 없다. 매화마저 없는 겨울에 얼어 죽는 수모를 견딜 수는 없는 노릇이며, 그렇다고 해서 지금 당장 눈이 녹고 구름이 없어지기를 기대하는 것도 부질없는 일이다. 이색이 쓴 시조의 중장에는 '아쉬운 대로 매화 있는 곳이 있다면 눈 속을 헤치고서라도 찾아갈 텐데' 하는 간절한 여망이 담겨 있다. 그러나 매화 있는 곳을 알 수 있었다면 '갈 곳 몰라 하노라'의 종장이 나오지는 않았겠다. 이런 실토는 결국, 나는 열심히 매화를 찾아보지만

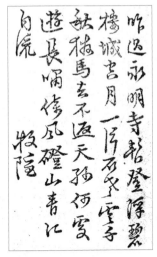

이색의 필적 _한국학중앙연구원

도저히 그 있는 곳을 알 수 없다는 쓰디쓴 고백인 셈이다. 이 고백을 더 처절하게 하는 것은 '석양'과 '홀로'이다. 날만 저물지 않아도 매화 찾기를 계속 하겠지만 이제 더 이상 그럴 여유가 없으며, 혹시 누구 하나 나와 뜻을 함께 하는 사람이 있다면 그를 위안 삼아 다음 수를 모색해보겠지만 나는 홀로 있다는 것이다.

고려조의 충신이며 고려말 조선 초의 대문호는 이렇게 쓸쓸하게 자신의 처지를 담아내고 있다. 살다보면 자신이 신념으로 갖고 있던 생각들이 하나씩 깨어져나가는 일이 종종 있다. 특히 자신의 존재근거로 자신을 붙들어 매 주던 신념이 깨어져나갈 때, 혹은 그 신념이 더 이상 필요 없는 것처럼 느껴질 때, 더 흔하게는 그 신념이 옳기는 하지만 현실화되기 어려운 공허한 이념처럼만 느껴질 때 우리는 좌절한다. 바로 이 점에서, 목은 이색의 한탄을 그저 고려의 충신이 나라를 잃은 슬픔을 노래한 작품으로만 읽어서는 곤란하다.

이색이 보여준 이런 고민이야말로, 무언가 뜻을 이루려고 발버둥치는 모든 인간들의 고민이기 때문이다.

그러나 목은 이색은 고려조를 그리워하면서 숨어버린 인간이지 고려조를 위하여 조선조에 적극적으로 항거한 인물이 아니다. 그랬더라면 정몽주처럼 죽는 것이 정해진 수순이다. 다음 두 시조는 왕조 교체기에 사대부가 나가는 방향을 극명하게 드러내 준다.

> 오백년 도읍지를 필마(匹馬)로 돌아드니
> 산천은 의구(依舊)하되 인걸(人傑)은 간 데 없다
> 어즈버 태평연월(太平烟月)이 꿈이런가 하노라[5]

> 선인교(仙人橋) 내린 물이 자하동(紫霞洞)에 흘러들어
> 반천년 왕업(王業)이 물소리 뿐이로다
> 아희야 고국흥망(故國興亡)을 물어 무엇하리오[6]

앞의 시조는 길재가, 뒤의 시조는 정도전(鄭道傳, 1337~1398)이 지었다. 둘 다 고려조에 과거에 급제하여 벼슬한 이력이 있지만, 고려가 망하고 조선이 들어설 때 길재는 두 임금을 섬길 수 없다며 벼슬을 마다했으나 정도전은 이성계를 도와 개국공신이 된 인물이다. 그러니 길재가 바라보는 고려와 정도전이 바라보는 고려는 사뭇 다르다. 길재는 산천은 그대로이지만 그 많던 인걸들은 간데없다며 쓸쓸한 느낌을 전해주지만, 정도전은 '물소리'로 모든 것을 대신한다. 선인교는 개성의 자하동에 있는 다리인데, 500년이라는 것이 기껏해야 그 물소리일 뿐이라고 했다. 물은 흘러가는 것이며 더욱이 물소리는 귀에

나 잠깐 스쳐 지나가는 것뿐이다.[7] 그러니 이미 없어진 옛 나라를 물어서 무엇 할 것이며, 새 나라 건설에 앞장서자고 했다.

조선조에서 어느 쪽이 환대를 받았을지는 말하나마나일 것 같지만, 우리의 실제 역사는 그런 예상을 벗어난다. 정몽주는 불행하게 죽기는 했어도 나중에 신원이 회복되면서 충절로 높이 기려졌다. 이색이나 길재, 원천석 역시 충절로 섬김을 받았음은 물론이며 그 후예들은 모두

삼봉 정도전 표준영정(110×187cm). 권오창 作, 1994년 _문헌사당

명문가문으로서 조상에 대한 자부심을 버리지 않았다. 하지만 정도전은 달랐다. 조선왕조의 건국에 혁혁한 공을 세운 그였지만 끝내 이방원의 기습을 받아 죽고 만다. 그뿐이 아니다. 그는 부계 혈통이 향리 출신인 데다가 모계 혈통에 노비의 피가 흐른다는 이유로 배척당하기 일쑤였다. 개인적으로는 자신의 출신 성분을 높이면서 국가적으로 왕조를 바꾸는 일에 적극 나섰던 그는 문무(文武)에 걸쳐 온갖 험한 일을 도맡다시피 했지만 끝내 좌절하고 말았다. 역사는 그렇게 전개되었다.

당장 죽어도 갈 길은 하나

　　앞서 살핀 시조에서 보는 것과 같은 불행한 상황은
왕조교체기에만 생기는 일시적 현상이 아니다. 단종 임
금 폐위를 둘러싸고 또 한 차례의 소동이 벌어지는데, 이때의 많은
문인들도 그랬다. 다른 것이 있다면 이 시절에 지어진 시조는, 어디
로 갈까 고민하는 것이 아니라 고민은 이미 끝나고 죽음만 기다리
는 상황이라는 점이다.

　　　　수양산(首陽山) 바라보며 이제(夷齊)를 한(恨)하노라

　　　　주려 죽을진들 채미(採薇)도 하는 것가

　　　　아무리 푸새엣 것인들 그 뉘 땅에 낫더니[8]

　　이 시조는 우리에게 너무도 익숙한 성삼문(成三問, 1418~1456)의 작
품이다. '글 잘하면 성삼문이 되느냐' 라는 속언이 퍼질 정도로 글을
잘했던 그가 죽을 수밖에 없었던 이유가 이 작품에 잘 드러난다. 백이
(伯夷)와 숙제(叔齊)는 주(周)나라의 무왕(武王)이 은(殷)나라를 치려 하자
말고삐를 잡고 말렸으나 듣지 않자, 수양산에 숨어들어가 고사리를
캐먹다가 죽고 말았다. 이 고사리로 말하자면 여느 때는 별로 먹지 않
다가 제사 때나 먹게 되는 음식인데 참으로 맛이 없다. 전통적으로 고
사리는 몸에 별로 좋지 않다거나, 오래 먹으면 눈이 어두워지고 코가
막히고 머리털이 빠진다거나, 어린이가 먹으면 다리가 약해지고 걷지
못하는 것으로 인식되어 왔다. 많이 먹으면 양기(陽氣)가 사라져서 백
이와 숙제가 죽었다는 말이 있을 정도이다.[9]

그러니 고사리를 캐먹었다는 것은, 꼭 고사리를 먹었다기보다는 그만큼 잘 못 먹었다는 이야기일 것이다. 산에 가면 고사리 말고도 먹을 것이 얼마든지 있을 테니까 굳이 고사리를 먹을 것이야 없겠지만, 백이 숙제의 지조를 높이기 위하여 그렇게 과장해서 말했으리라 생각한다. 그러나 우리의 성삼문은 그런 걸 캐먹으며 얼마간의 목숨을 부지했던 백이 숙제에게까지 시비의 칼날을 들이대고 있다. 논리는 매우 간단하다. 주나라의 곡식을 먹지 않겠다고 산에 들어갔다면 왜 주나라 땅인 수양산에서 나는 고사리를 캐먹었느냐는 것이다.

참으로 대단하다. 이미 고려 왕실은 폐하여지고 조선왕실이 굳어지자, 이번에는 그 정통성 문제로

지세가 매우 험하고 강으로 둘러싸인 이곳 청령포는 1457년(세조 3) 단종(端宗)이 세조에게 왕위를 빼앗기고 유배되었던 곳으로 나룻배를 이용하지 않고는 밖으로 출입할 수없는 마치 섬과도 같은 곳이며, '육지고도(陸地孤島)'라는 이름으로도 전해진다. _영월군청

피비린내가 일기 시작했는데, 단종 폐위를 둘러싼 소용돌이 속에서 이른바 사육신(死六臣)으로 불리는 충신들은 목숨을 버리고 절개를 택했다. 이미 갈 곳은 정해졌고, 그곳으로 갈 수 없는 바에야 구차하게 목숨을 구걸하지 않겠다는 의연함이 엿보인다. 이렇게 되면 아무런 타협점을 찾을 수 없다.

> 까마귀 눈비 맞아 희는 듯 검노매라
> 야광명월이 밤인들 어두우랴
> 님 향한 일편단심이야 변할 줄이 있으랴[10]

> 방안에 켰는 촛불 눌과 이별하였관대
> 겉으로 눈물지고 속타는 줄 모르는고
> 우리도 저 촛불 같아야 속 타는 줄 모르도다[11]

> 간밤의 부던 바람 눈서리 치단말가
> 낙락장송이 다 기울어 가노매라
> 하물며 못다 핀 꽃이야 일러 무엇하리오[12]

차례로, 박팽년(朴彭年, 1417~1456), 이개(李塏, 1417~1456), 유응부(俞應孚, ?~1456)의 작품이다. 죽은 해가 다 같은 데에 유의하자. 목숨 버리기를 정말 초개같이 한 사람들이었다. 백이 숙제를 나무란 성삼문도 대단하지만, 까마귀 운운한 박팽년도 참으로 대단하다. 그는 국록을 먹지 않고 쌓아두었을 정도로 절의가 있던 사람이었다. 세조의 면전에서 그를 모욕할 만큼 기개 있는 인물이었기에 까마귀가 눈비를

맞아 희는 듯 검다는 표현을 서슴없이 쓸 수 있었
다. 이개의 시조는 절묘한 비유로 자신의 심정을 잘
드러내준다. 겉은 눈물이 나고 속은 타들어 가는 촛
불로 자신의 심정을 절절하게 표현하고 있다. 죽음
이 표면에 그대로 나오지는 않지만 결국은 죽음을
예견하게 된다. 유응부의 시조에서는 인재들이 죽
어나자빠지는 데 대한 안쓰러움이 숨어있다. 큰 나
무에서 작은 꽃까지 모두 죽어 없어지는 상황을 걱
정하여서 역시 죽음을 그려낸다.

　바로 여기에서 '사대부'의 고민과 정면으로 만난
다. 이런 시조를 지은 사람들은 모두 당대 최고의
인재들임에 틀림이 없다. 집현전(集賢殿)은 말 그대
로 어진 인재를 불러 모은 기관으로서, 집현전 학사

사육신 묘(노량진
소재). 각 무덤 앞
에는 朴氏之墓, 李
氏之墓 등으로 사
육신의 이름을 밝
히지 못한 묘와 비
석이 세워져 있다.
_oldpavilion

(學士)들은 당대 최고의 학자 집단이었고 그렇기 때문에 특별한 대우를 받았다. 국가의 보호와 장려 속에 학문을 키우고 그 학문을 밑바탕으로 하여 국사를 보는 데 힘을 얻고자 했던 것이다. 그러나 이 사건을 계기로 집현전은 폐지되고 마는 비운을 맞이하게 된다. 세종대에서 성종대까지 조선의 문화가 융성할 수 있었던 것도 따지고 보면 이 집현전의 역할 때문이었지만, 집현전은 그 본래의 기능을 잃고 역사의 뒤편으로 사라져버린다.

제도적으로 사(士)와 대부(大夫)가 가장 밀접하게 연결될 수 있는 통로였던 집현전의 폐지와 집현전 학사들의 죽음은 향후 사대부들의 발걸음을 무겁게 하기에 충분했다. 훌륭한 사(士)가 역량 있는 대부(大夫)가 되는 길이 막힐 수도 있다는 불안한 출발을 보인 것이다. 이런 불안감은 정철(鄭澈, 1536~1593)의 다음 시조에서 아주 명료하게 드러난다.

> 어와 베일시고 낙락장송 베일시고
> 져근덧 두던들 동량재(棟樑材) 되리러니
> 어즈버 명당이 기울거든 무엇으로 받치려뇨[13]

정철은 시조와 가사의 명수로 알려져 있어서 대단한 풍류객이며 아무 걱정 없는 사람쯤으로 인식되기 쉽지만, 실제 그의 행적을 좇아보면 그만큼 복잡다단한 인생행로도 드물 정도이다. 이미 10세 때부터 아버지의 유배 길을 따라다닌 것을 시작으로, 그는 벼슬을 하다가 귀양을 가고 다시 벼슬을 하다가 귀양 가는 불운을 맛보아야 했다. 이때는 이미 조선 중기로 접어들면서 조선왕조 자체는 굳건해졌지

만, 정치적 파당에 의한 분쟁이 그
치지 않아서 늘 그런 화를 각오하
고 살아야 할 정때였다. 그러므로
정철의 걱정은 예사로 볼 일이 아
니다. 정치 싸움에 이렇게 동량 재
목인 인재들을 다 죽이다가는 나중
에 나라가 기울면 무엇으로 나라를
떠받치겠냐는 것이다.

송강 정철 신도비(충북 진천 소재), 1684
년(숙종 10) _두산백과사전

사육신의 고민이 신념과 현실의
갈림길에서의 고민이라면, 정철의
고민은 현실에서의 대처방안을 문
제 삼는다. 사육신은 어차피 부도
덕한 판에서 죽어 지나가면 그뿐이
라고 생각해서 목숨을 던졌지만, 이제 현실은 좀 더 복잡하게 꼬이기
시작한다. 힘이 있다면 물리쳐야 할 이성계가 있는 것도 아니고, 조카
를 몰아낸 간악한 수양대군이 있는 것도 아니다. 당연히 모셔야 할 임
금을 두고 그 아래에서 치고받는 혼전이 생긴다. 이는 사대부의 또 다
른 고민을 예고한다.

세상은 요지경, 어이 살꺼나

정철의 걱정이 걱정으로 끝나고, 그의 비판이 현실에

서 먹혀들었다면 좋았겠지만 우리의 역사는 불행하게도 그렇지를
못했다. 그리하여 조선 중기 이후의 시조들에서는 각양각색의 대처
방안이 속출하게 된다.

> 높으나 높은 낡에 날 권하여 올려두고
> 이보오 벗님네야 흔들지나 마르되야
> 내려져 죽기는 섧지 아니되 님 못볼까 하노라[4]

이양원(李陽元, 1533~1592)의 시조이다. 높은 나무에 올라간다는
것은 우리말에서 언제나 긍정적인 의미였다. 그래서 '오르지 못할
나무' 라는 말이 생겼는지도 모른다. 오르고 싶지만 오르지 못할 나
무란 언제나 있는 법이니까 말이다. 그런데 이 시조에서는, 그런 나
무에 자기를 벗님네가 올려놓았다고 했다. 공연히 높은 곳에 올려
놓고 흔들어대니 영영 님을 보지 못할까 걱정한다. 사대부라 하면
벼슬을 할 때는 임금과 함께 백성을 걱정하고, 벼슬이 없을 때는 백
성과 함께 임금을 걱정해야 한다. 그런데 이 시조에서는 님과 영영
이별할 것이 걱정이라고 했다. 이제 벼슬길을 물러나 다시는 벼슬
길에 오르지 못할 것을 걱정한다는 말이다. 그런데 이런 일이 왜 생
겼는가? 벗님네, 곧 함께 관직에 있는 동료들 때문이다.

이 점이 바로 앞서 본 사대부들의 시조와 가장 크게 달라진 점이
다. 처지가 다른 공동의 적이 있는 것이 아니라 같은 집단 내에서
피아(彼我)의 구별이 생긴 것이다.

> 발가벗은 아이들이 거미줄 테를 들고 개천으로 왕래하며

발가숭아 발가숭아 저리가면 죽느니라 이리오면 사느니라 부
르느니 발가숭이로다
아마도 세상일이 다 이러한가 하노라¹⁵⁾

이정진의 시조로 알려지고 있다. 발가숭이는 잠자리를 가리키는
말로, 아마도 이 시조 속의 아이들은 '잠자리 꽁꽁 멀리 가면 죽는
다'와 같은 노래를 부르고 있는가보다. 사실은 저희들이 잡으려고
하면서 공연히 다른 데 가면 죽을 것처럼 노래하는 사악함을 보이
고 있다. 그런데 작가는 그런 이야기를 하면서 세상일이 다 그렇다
고 했다. 흡사 세상일에 체념한 상태로 보인다. 더욱이 '발가숭이'
는 사실 이중적으로 쓰일 수 있음에 유념해야 한다. 벌거벗은 아이
도 벌거숭이이고, 고추잠자리의 별칭도 벌거숭이이다. 시인은 이중
적인 뜻을 갖는 어휘를 택해서 절묘한 느낌을 전해주고 있다. 어차
피 저도 벌거숭이이면서 벌거숭이를 잡으려한다는 것이다. 똑같이
어려운 처지에서 돕지는 못할망정 어떻게든 해코지하고야마는 못
된 습성을 꼬집고 있다.

사태가 이쯤에 이르면 사람들은 저마다 각오를 단단히 해야만 한
다. 이 속고 속이는 판에 뛰어들어 잘못을 바로잡을 것인가, 아예
포기하고 다른 판으로 갈 것인가? 물론, 그 둘 말고도 얼마든지 여
러 가지 다른 가능성이 있어서 그 작은 갈랫길은 훨씬 더 다양하다.

어져 세상 사람들이 옳은 일도 못 다 하고
구태여 그른 일로 없는 허물 싣는구나
우리는 이런 줄 알아서 옳은 일만 하리라¹⁶⁾

옥에 흙이 묻어 길가에 버렸으니

오는 이 가는 이 흙이라 하는구나

두어라 알 이 있을지니 흙인듯이 잇거

라[7]

윤두서 자화상(20.5×38.5cm) _한국민
족문화대백과사전

앞의 시조는 작가미상, 뒤의 시조는
윤두서(尹斗緒, 1668~?)의 작품인데, 이
두 시조는 세상이 어찌 되었든 자기 할
도리를 다 하겠다고 선언하고 나선다.
옳은 일이 통하지 않으니까 그른 일처
럼 생각되던 것들도 한번 해보겠다는
것이 아니라, 옳은 일도 다 못하는데
그른 일을 왜 하겠느냐는 반문이다.
〈단심가〉 같은 서슬 퍼런 의지는 보이지 않지만 옳은 일만 지키겠다
는 자기 의견만은 매우 확고하다고 하겠다. 둘째 시조 역시 세상이 바
르지 않아서 제값을 제대로 받을 수 없음을 이미 알고 있다. 능력 있
는 선비가 세상에 쓰이지 못하는 것은 바로 그런 사태의 한 예일 것이
다. 그러나 시인은 끝내 가만히 있기로 한다. 언젠가는 자신을 알아줄
사람이 나타날 때까지 묵묵히 제 할 일만 다 하자는 것이다.

이런 두 번째 시조 같은 생각이 좀 더 강화되면 아예 세상을 피해
버리는 일이 생긴다.

묻노라 부나비야 네 뜻을 내 몰래라

한 나비 죽은 후에 또 한 나비 따라오니

아무리 푸새엣 짐승인들 너 죽을 줄 모르는가[18]

이정보(李鼎輔, 1693~1766)의 작품으로, 부나비를 등장시켜 벼슬하는 사람에 비유하고 있다. 죽을 줄 뻔히 알면서 불을 향해 돌진하는 그 무모함을 꾸짖는다. 한 마리가 죽고 두 마리가 죽어도 연신 다른 부나비가 달려드는 모습을 보면서 매우 한심하다고 말한다. 한마디로 정치 풍자이다. 그렇다면 정치를 하는 것은 자살행위이므로 그만두는 것이 최고이겠는데 한편으로는 '신포도' 같은 인상을 주기도 한다. 그러나 다음 같은 시조에서는 방향을 완전히 틀었다.

글 하면 등용문하며 활 쏜다고 만인적(萬人敵)하랴
왕발도 조사(早死)하고 염파라도 늙었느니
우리랑 글도 활도 말고 밭 갈기를[19]

작가미상의 시조인데, 이전까지의 시조와는 완전히 다른 입장을 보인다. 예전에 글을 하는 것은 궁극적으로 관직에 나가 세상을 다스리려는 것이다. 문무(文武) 양반 어느 쪽이든 이른바 입신양명에 뜻을 두는 것이 일반적이었다. 그러나 이 시조에서는 그런 가능성을 애당초에 봉쇄해 버린다. 글을 한다고 누구나 벼슬을 하는 것도 아니고 활을 쏜다고 누구나 만 사람을 당해내는 것이 아니다. 당나라의 시인인 왕발(王勃) 같은 훌륭한 문인도 일찍 죽었고, 조나라의 장수인 염파(廉頗) 같은 대단한 무인도 늙었으니 우리는 그런 부질없는 목표를 벗어나겠다는 것이다. 그래서 얻은 결론이 문도 무도 아닌, 평범한 농사꾼의 길이다.

그래도 농사꾼의 길은 매우 건전하다. 사농공상(士農工商)이라 했으니 선비 다음은 농부이며, 농부는 열심히 수확하는 고상한 직업이다. 실제 선비들 중에는 주경야독으로 대성한 이들이 한둘이 아니며, 굳이 생계 때문이 아니어도 농사를 통해 인생을 배우는 것을 결코 이상하게 여기지 않았다. 그러나 다음과 같은 시조에 이르면 양상이 아주 달라진다.

들은 말 즉시 잊고 본 일도 못 본듯이
내 人事ㅣ 이러하매 남의 시비 모를노라
다만지 손이 성하니 잔 잡기만 하노라[20]

송인(宋寅, 1516~1584)의 시조이다. 아예 남의 일에 간섭을 하지 않겠다는 것이다. 사회가 얼마나 혼란스러웠으면 이 정도까지 이르렀을까. 보고 들은 것을 그렇지 않은 채 하고, 남의 시비에는 아예 나서지 않는, 일종의 책임회피 전략을 구사한다. 급기야 종장에 이르면 그저 술이나 마시면서 모든 것을 잊겠다는 자포자기여서 사대부 본연의 임무와는 180도 다른 곳으로 빠져나가고 만다. 정몽주에서 시작한 사대부 시조가 이쯤에서 파탄으로 치달은 듯한데, 이 외에도 몇 갈래 길이 더 있어서 계속 주목해볼 필요가 있다.

까마귀 칠하여 검으며 해오리 늙어 세더냐
천생 흑백이 예부터 있건마는
어떻타 날 보신 님은 검다 세다 하는고[21]

까마귀 검거라 말고 해오라비 셸 줄 어이

검거니 세거니 일편도 한져이고

우리는 수리 두루미라 검도 세도 아녜라[22]

둘 다 무명씨의 시조이다. 까마귀가 검고 해오라비가 희다는 것
은 통념상 한편은 악(惡), 한편은 선(善)으로 대입되기에 적당하다.
그리하여 사실 숱한 시조 작품이 양산되기도 했다. 그러나 첫째 시
조에서는 검거나 흰 것이 모두 천성임을 강조한다. 천성은 하늘에
서 부여받은 것이니 어느 쪽이 선하고 어느 쪽이 악하다는 시비에
휘말릴 필요가 없다. 설사 시비에 휘말린다 하더라도 어떻게 바꿔
볼 도리가 없는 것이므로, 심한 심적 부담에서 해방될 수 있다. 밖
에서 만들어진 이념에 자신을 맞추는 것이 아니라 자신이 가지고
있는 바탕을 그대로 인정하는, 획기적인 해결책이다. 둘째 시조에
서는 이른바 회색분자를 택하면서 생존전략을 모색하고 있다. 그
동안의 분란은 어느 한쪽으로 치우쳐서 생겨난 문제이니 까마귀도
해오라비도 모두 정답이 아니라는 것이다. 지금까지 살펴온 대다수
의 사대부 시조들이 양갈랫길에서 어느 쪽을 선택할 것인가를 두고
고민해온 데 비한다면 대담한 발상 전환이다.

여기까지 읽어오면서 독자들은 충분히 짐작했을 것이다. 우리의 선
비들이 얼마나 가혹한 시대를 살았는가를. 그저 열심히 공부하고 수
양하면 보람찬 미래가 준비되는 아름다운 세상, 그 환상적인 유토피
아를 만들어보고자 했지만 결국 많은 사대부들은 좌절과 더불어 목숨
을 내놓아야 했고, 목숨을 구하고자 하는 선비는 대부의 길과는 영 다
른 길을 가야 했다. 어찌 보면 많은 경우에 있어서 사는 사, 대부는 대

부로 평행선을 달려왔는지도 모른다. 이는 우리 역사의 불행이면서, 좀 더 확장하면 인간사 어디에나 있을 법한 모순이겠다.

선비정신의 지속과 변주

나는 앞에서 사대부의 '험난한' 이상이라고 했다. '사대부'가 일종의 이데올로기로 작용할 때, 우리는 그 '험난하다'는 표현을 서슴없이 사용할 수 있다. 대체 어느 시절에 훌륭한 선비가 훌륭한 벼슬아치가 되는 보증수표였던가? 대체 어느 시절에 훌륭한 선비가 훌륭한 임금을 만났던가? 그런 시절은 드물기도 하려니와 혹 있다고 한다면 굳이 '태평성대'라고 하여 차별화하는 것이 관례이다. 그러니까 그런 시절을 태평성대라고 하는 것은 그렇지 않은 평범한 시절을 사는 우리들을 자위하는 데 일조하게 된다. 뭐, 지금이 태평성대라고 그런 아름다운 일을 꿈꾸겠냐는 것이다. 세월이 변해도 난세가 계속된다면 우리 선비들의 푸념은 그칠 수 없다. 이호우의 다음 작품이 그런 예이다.

〈매화〉

아프게 겨울을 비집고
봄을 점화(點火)한 매화
동트는 아침 앞에

혼자서 피어 있네

선구(先驅)는 외로운 길
도리어
총명이 설워라. [23]

이호우의 매화 찾기는 이색의 매화 찾기에서 그리 멀지 않은 곳에 있다. 차이가 있다면 이색은 매화가 어디 있는지 몰랐지만 이호우는 그 매화를 보았다는 것뿐이다. 겨울을 비집고 불을 밝힌 매화, 그래서 세상을 밝히고 따뜻하게 해주는 매화, 그런 매화가 아침에 혼자 서 있다. 이렇게 전개되는 2연까지만 보면 이색의 매화와는 정반대처럼 보인다. 이색의 매화찾기가 절망적이었던 데 비해 이호우의 매화찾기는 다분히 희망적이기 때문이다. 그러나 이 시인은 3연에서 쐐기를 밖는다. 선구자로 나선 매화는 외롭다고 했다. 아무도 없이 혼자 피어있으니 그럴 수밖에 없다. '도리어 총명이 설워라'는 모든 상황을 대변하는 일갈이다. 총명해서 홀로 나선 것이 서러울 정도의 고독과 핍박이 우리의 매화 앞에 딱 버티고 서 있는 것이다.

물론, 정인보의 경우처럼 아예 옛 사대부 시조를 판에 박은 듯이 추종하는 작품도 있어서 사대부 시조의 지속을 엿볼 여지는 얼마든지 있다.

쇠인양 억센 등걸 암향부동(暗香浮動) 어인 꽃고
눈바람 분분한데 봄소식을 외오 가져
어즈버 지사고심(志士苦心)을 비겨볼까 하노라 [24]

　'아프게 겨울을 비집고'와 같은 힘겨움은 어디에도 없다. '쇠처
럼 억센 등걸'이 지사의 고심과 연결되고 있다. 이 경우 지조나 절
개에다 의기(義氣)까지 얹어서 그 역동성이 더 돋보이도록 한다. 선
비는 어떤 경우에도 자신이 옳다고 생각하는 일에서는 뜻을 굽혀서
는 안 된다. 그래야 나중에 큰 일을 도모할 수 있을 것이다. 그 꼿꼿
한 기상, 타협할 줄 모르는 정신 등을 기리자는 것이다. 그러나 그
런 정신을 기리는 것과 그렇게 해서 세상이 바뀌는 것은 별개의 문
제이다. 앞서 살폈던 많은 시조에서 고민을 털어놓았던 것처럼 현
대 시인들도 그런 데에서 자유로울 수만은 없다. 여말선초의 사대
부가 나라 잃은 설움을 노래했듯이 일제 강점기의 우리 시인들이
입을 다물 리가 없겠기 때문이다.

이병기의 〈매화〉라는 연시조야말로 사대부 시조의 맥을 잇는 가
장 전형적인 사례이다.

외로 더져 두어 미미히 숨을 지고
따듯한 봄날 돌아오기 기다리고
음음한 눈얼음 속에 잠을 자던 그 매화

손에 이아치고 바람으로 시달리다
곧고 급한 성결 그 애를 못 삭이고
맺었던 봉오리 하나 피도 못한 그 매화

다가오는 추위 천지를 다 얼려도
찾아 드는 볕은 방으로 하나 차다
어느 뉘[世] 다시 보오리 자취 잃은 그 매화[25]

　이 작품에는 '고목 된 야매화(野梅花)를 수년 기르다 얼려 죽이고'라는 부제가 달려 있다. 아마도 매화를 기르는 취미가 있던 시인이 야생 매화를 집으로 옮겨와서 공연히 죽이게 된 듯하다. 이렇게 생각하면 이 시조는 어느 매화 애호가의 가슴 아픈 이야기를 그대로 옮겨놓은 데 지나지 않을지도 모른다. 그러나 이 시가 담긴 시집이 처음 출간된 해가 1939년임을 감안한다면[26] 그렇게 단순하게 보아 넘기기는 어렵다. 이 매화는 외로이 던져져서도 비록 미미하기는 하지만 숨이 붙어 있으면서 따뜻한 봄날을 기다리고 있었다. 그런 매화가 손에 시달리고 바람에 시달리다 죽고 말았다고 했다. 특히 '손에 이아치고'라는 표현은 매우 매섭다. '이아치다'는 '손실이나 손해를 입게 하다'의 뜻이므로, 결국 이 표현은 가만 두면 잘 있을 나무를 공연히 인위적으로 건드려서 못살게 했다는 것이다. 이렇게 볼 때, '고목'이 상징하는 바가 고려말 사대부들이 읊던 '고국(故國)'이나 '오백년', '반천년' 정도에 근접함을 알 수 있다. 이 매화가 곧바로 잃어버린 조국에 맞닿을 수 있음은 어쩌면 당연한 일이다.
　그러나 누구나 지사(志士)로 만들 수 없는 바에야 아예 거꾸로 가는 방법이 있다.

〈부끄러운 시〉

소나무야 소나무야

언제나 푸른 네 빛

나, 기죽는다

우리 같이 낙엽지자[27]

　이 시는 다소 장난스럽지만 분명 읽는 이의 가슴을 뜨끔하게 하는 면이 있다. 우리는 늘 언제나 푸른 소나무처럼 살아야 한다고 다짐하고 또 그것이 옳다고만 생각했지 내가 정말 소나무처럼 살 수 있는지에 대해서는 고민해보지 않았다. 그러다 보니 늘 자책과 비관, 알 수 없는 미안함에만 빠지기 일쑤였다. 우리가 소나무가 되려고 애쓸 것이 아니라 소나무가 우리처럼 낙엽이 지면 어떻겠느냐는 발상이다. 옳은 것을 포기하고 적당히 살자는 약아빠진 처세술로만 본다면 이 시야말로 세상을 그르치는 독약이 되겠지만, 초등학교 때부터 '이 몸이 죽고 죽어'를 외워야 했던, 힘에 비해 짐이 무거운 세대에게는 작은 위안이 될 수도 있겠다.

　이제 더 이상 없는 길 찾기에 세월을 보내는, 혹은 없는 길에 통탄하는 일들이 없어졌으면 한다. 그러나 더 바라기는 아무리 혹독한 시절에도 반가운 매화를 피우고, 또 그 매화를 찾기에 열심인 사람들이 많아졌으면 한다.

■ 주석

1) 심재완 편, 『定本 時調大全』(일조각, 1984), 601쪽, 2325번. (이하의 시조 인용은 모두 '대전, 쪽수, 작품번호.'로 약칭하며, 가능한 한 현대어로 고쳐서 표기한다.)

2) 대전, 306~307쪽, 1195번.

3) '매화 찾기'는 신연우, 『조선조 사대부 시조문학 연구』(박이정, 1997), 169~171쪽에서 따온 말이다. 이 강의의 많은 부분은 이 책에 기대고 있는데, 사대부 시조가 궁금한 독자들에게 일독(一讀)을 권한다.

4) 심원섭 편주, 『이육사 전집』(집문당, 1986), 57쪽.

5) 대전, 537쪽, 2097번.

6) 대전, 407쪽, 1583번.

7) 조동일, 『한국문학통사2』(지식산업사, 1983)에서는 정도전 시조의 물소리를 "역사의 흐름을 느끼게 하며 흐를수록 더 커질 수 있다"(215쪽)고 한 바 있다.

8) 대전, 437쪽, 1703번.

9) 이에 대해서는 이성우, 〈고사리〉 항(『한국민족문화대백과사전2』, 정신문화연구원, 1991) 참조.

10) 대전, 5쪽, 20번.

11) 대전, 299쪽, 1165번.

12) 대전, 17쪽, 66번.

13) 대전, 493쪽, 1933번.

14) 대전, 170쪽, 658번.

15) 대전, 296쪽, 1152번.

16) 대전, 510쪽, 1982번.

17) 대전, 547쪽, 2117번.

18) 대전, 280쪽, 1094쪽.

19) 대전, 97쪽, 371번.

20) 대전, 240쪽, 935번.

21) 대전, 7쪽, 29번.

22) 대전, 4쪽, 14번.

23) 이호우, 『휴화산』(중앙출판사, 1968), 68쪽.

24) 정인보, 〈매화사삼첩(梅花詞三疊)〉 중 첫 수. 『薝園時調』(을유문화사, 1958)

25) 이병기, 『가람 時調集』(정음사, 1973), 32쪽.

26) 李秉岐, 『嘉藍 時調集』(文章社, 1939)

27) 박희준, 『사람이 하늘처럼 맑아보일 때가 있다』(진선출판사, 1989), 88쪽.

제 5 강

『금오신화』와 '소설'

'소설'에 얽힌 환상들

우리는 유난히 '처음'을 쓰기를 좋아한다. 아무튼 '최초의 ○○'를 외우지 않으면 시험을 못 치를 정도였다. 최초의 활자, 최초의 철갑선, 최초의 대통령, 최초의 신문, 최초의 공립학교⋯⋯. 외우자면 한도 끝도 없다. 문학 분야로 오면 더 극성을 부린다. 최초의 동인지, 최초의 문예지, 최초의 서사시, 최초의 소설 등등. 이것도 모자라면 더 심하게 파고든다. 가령 최초의 소설 대신 최초의 국문소설로 바꿔서 묻는 것 등이 그렇다. 바로 이 '처음 잔치'에서 김시습(金時習, 1735~1493)의『금오신화(金鰲新話)』를 만난다. 다 아는 대로『금오신화』가 우리나라 최초의 소설이라는 것이다.

이렇게 김시습이『금오신화』를 남기고 이 작품이 우리 문학사에서 최초의 소설로 인식된다는 점은 분명 대단한 사건이다. 그러나 양식 있는 사람이라면 여기에 약간의 회의를 보이지 않을 수 없다.

김시습 영정(71.8×48.1cm) _부여 무량사

첫째, 누군가가 '소설'이라고 하면 소설이 되는가? 둘째, 『금오신화』의 작품은 모두 다섯 편인데 이것들이 '모두 다' 소설인가? 셋째, 『금오신화』를 소설이라고 하면 그 이전에는 그와 유사한 작품이 없었는가? 넷째, 『금오신화』가 적어도 18-9세기에 본격적으로 대두된 상업성을 띤 작품들과 같은가? 어느 것 하나 만만한 질문이 없다.

많은 문학이론서에서 서구 소설의 시작이 17세기를 뛰어넘을 수 없음을 이구동성으로 이야기한다.[1] 물론 소설의 기본 자양을 공급하는 다양다기한 문학작품이나 갈래가 그 이전에 없었던 것은 아니지만 적어도 요사이 우리가 사용하는 '소설' 개념을 온전히 유지하는 작품을 꼽을 때 그 이상으로 소급하기 어렵다는 것이다. 그런데 다 아는 대로 『금오신화』는 15세기 작품이다. 하지만 15세기에 소설이 나왔다고 한다고 해서 실제로 문학을 향유하는 데 있어서 크게 달라지는 것은 없다. 다른 작품을 근거로 더 올려 잡거나 더 내려잡으면서 기점을 설정하는 일 역시 마찬가지이다. 요컨대 '소설의 출현'을 무슨 영웅이나 구세주처럼 반길 일이 아니라, 실제 그 작품이 어떠한가를 파악하는 일이 훨씬 더 중요하다.

『금오신화』가 '원래부터' 소설이고 그래서 무언지 모르지만 대단할 것이라는 환상만 버린다면 사실 이 작품에서 얻을 것이 의외로 더 많을지도 모른다. '최초의 소설'『금오신화』가 아니라, 그냥 '문학 작품집'『금오신화』를 꼼꼼하게 읽어보자는 것이다.

이승과 저승을 넘나드는 사랑

'이승과 저승을 넘나드는 사랑'이라는 제목을 보면서 혹시라도『금오신화』를 먼저 떠올린 독자가 있다면 참으로 감사할 일이다. 대개 〈사랑과 영혼〉 같은 영화나 〈전설의 고향〉 같은 TV프로를 떠올렸을 것이다. 당연하다.『금오신화』는 좀처럼 볼 일이 없고, 보아도 교과서에 실린 한 토막만을 보기 쉬운 반면 영화나 드라마는 별다른 노력 없이도 쉽게 볼 수 있기 때문이다. 그러나 〈사랑과 영혼〉이나 〈전설의 고향〉을 함께 떠올리는 사람이라면 다소 헷갈릴지도 모르겠다. 한편에서는 이승에서의 사랑보다 더 절실하고 애절함이 드러나는 데 비해서, 또 한편에서는 이승에서는 있을 수 없는 비통함과 원한이 서려 있기 때문이다.

그렇게 놓고 본다면『금오신화』의 사랑 이야기는 〈전설의 고향〉보다 〈사랑과 영혼〉에 더 가깝고, 공포물이 아니라 멜로물이 된다.『금오신화』중 이런 면을 가장 잘 보여주는 작품은 〈이생규장전(李生窺牆傳)〉이다. 제목을 풀면, '이생이 담장을 엿본 이야기[傳]'이다. 더 가볍게 풀면, '이씨 총각이 담장을 엿보다'이다. 대체 담장 안에 무엇이 있기에 그런가?

개성(開城)에 이생(李生)이란 사람이 낙타교(駱駝橋) 옆에 살았다. 나이 18세에 생김새가 빼어나고 자질도 뛰어났으며, 항상 국학(國學: 성균관)에 다니면서 길가에서 시를 읽고는 했다.

선죽리(善竹里)의 명문거족(名門巨族) 집에 최씨 처녀가 있었는데, 나이 15-6세에 자태가 곱고 바느질과 수놓기에도 솜씨 있고 시부(詩賦)에도 능했다. 그래서 세상 사람들이 이런 노래를 불렀다.

풍류남아라 이씨 도령,
요조숙녀라 최가 낭자.
재주와 미색이 음식이라면
그것으로 요기할 만 하겠구나.

이생이 책을 끼고 국학에 갈 때에는 반드시 최랑의 집 북쪽 담장을 지나게 되는데, 휘늘어진 수양버들 수십 그루가 에워싸고 있어서 이생은 그 나무 그늘 아래 쉬어가곤 했다.

어느 날 이생이 그 집의 뒷담 안을 살짝 엿보았더니 이름난 꽃은 만발하고 벌과 새는 다투어 노래하고 있었다. 그 곁에 조그마한 누각이 하나 꽃떨기 사이에 은은히 비추었다. 구슬발은 반쯤 걷고 비단 휘장은 나지막이 드리웠는데, 한 미인이 수를 놓다가 피곤한 듯 바늘을 멈추고 턱을 괴고는 시를 읊었다.

사창(紗窓)에 홀로 기대 수놓기도 지쳤는데
백화만발 꽃떨기엔 꾀꼬리 소리 요란하네.
까닭 없이 마음속엔 봄바람만 원망스러워

말 없이 바늘 놓고 생각에 잠겼어라.

길 가는 저 저 총각은 어느 집 도령인고?
푸른 도포 큰 띠만이 버들 사이 보이누나.
무슨 수로 변화하여 집안 제비나 되어
구슬발 걷어차고 담장을 넘을 건가?[2]

　사랑 이야기는 동서고금 문학예술의 단골 소재이다. 그러나 사랑
은 또 아무나 하는 것이어서 아무 사랑이나 다 좋은 소재가 못 된
다. 그래서 사랑이 문학예술의 소재로 등장할 때는 늘 '금지된 사
랑'을 등장시키는 것이 상례이다. 그 금지의 원인 중 가장 보편적인
것은 신분이나 지위의 차이이겠다. 이몽룡과 춘향의 만남도 그런
신분차이가 핵심이며, 〈귀여운 여인〉이라는 영화에서의 남녀의 만
남도 부자와 창녀의 결합이라는 점에서는 마찬가지이다. 그런데 대
개의 작품에서 남성의 신분이나 지위가 여성보다 높게 설정되고 남
성이 여성에게 접근하여 사랑이 이루어지고, 끝내 남성 쪽으로의
신분상승이 이루어지는 방향으로 이야기가 전개되곤 한다.
　이 점에서 〈이생규장전〉은 파격이다. 최랑 집안은 이생 집안에 비
하자면 대단한 세력가의 집안이다. 파격은 또 있다. 여성주인공인
최랑이 아주 노골적으로 이생을 유혹한다는 점이다. 길 가는 총각
의 모습이 제대로 보이지 않으니 제비나 되어서 담장 밖을 날아보
았으면, 하는 매우 대담한 생각을 하는 것이다. 생각으로만 그쳤다
면 그리 큰 파격은 아닐 테지만, 이생의 시를 받아본 최랑은 곧바로
"그대는 의심하지 마소서 / 해질 무렵 기약합시다."라는 답을 보낸

다. 그뿐인가. 과연 그날 저녁에 이생이 담장 밖에 다가서자 그녀는 그넷줄에 바구니를 매서 내려 보내주었다. 이렇게 여자가 나서는데 들어가지 못하는 남자도 바보일 터, 소심한 이생은 그 줄을 타고 올라가서 온갖 재미를 보는데, 이들의 성격이 뚜렷이 대조되어 작품을 읽는 재미를 더해준다.

최랑은 이생을 보고 미소짓더니 입으로 두 구를 먼저 부른다.

> 도리(桃李) 나무 가지 사이 꽃 피어 부귀롭고
> 원앙침 베갯머리 달빛이 고웁구나!

이생이 이어서 읊었다.

> 다른 날 이 봄소식 누설되면은
> 비바람 무정하여 또한 가련하리라.[3]

'글이 그 사람이다.' 라는 말을 굳이 하지 않더라도 이를 통해서 최랑과 이생의 성격은 확연히 구분된다. 최랑은 지금 현재의 사랑에 충실하고 있다. 복사꽃·오얏꽃 활짝 핀 아래, 원앙침 베갯머리에 달빛이 곱게 내리쬔다. 여기에 사랑하는 임이 있으니 무슨 걱정이 있을까라고 생각한다. 그러나 이생은 달랐다. 우리들이 사랑하는 이 이야기를 누군가가 알게 된다면 그날로 더 이상 사랑을 나눌 수 없을 것이란 점을 그는 누구보다 잘 알고 있었다. 어려운 집안 출신은 대개 금제(禁制)를 많이 받고 자라난 탓에 걱정이 앞서는 법이다. 그렇다고 함께 지내는 첫날밤에 비바람 맞아서 꽃 떨어질 걱정을 하는 것은 아무래도 청승이며 궁상이다. 여기에서 우리는 자신만만한 최랑과 의기소침한 이생을 만나게 되는데, 고전문학에서 드물게 만나는 이런 설정 역시 매우 재미있다. 여자가 리드하고 남자가 끌려가는 보기 드문 사랑이 펼쳐지는 것이다.

고전문학에서 가장 아름다운 여성을 꼽으라면 나는 두말할 나위 없이 최랑을 꼽는다. 최랑은 얼마나 대범한가? 천생

『금오신화』〈이생규장전〉 부분

이 새가슴이라 겁을 내는 이생을 위해 그녀는 최대한 친절하게 설명한다. 여기는 뒷동산 작은 누각으로 아버지가 나를 사랑해서 연못 가운데 집을 마련하여 봄이 되면 꽃을 구경하게 만든 곳이니 절대로 부모님 계신 데까지 소리가 나지 않을 것이라면서 마음을 놓게 해준다. 이날 이후 이생은 밤만 되면 최랑을 만나 재미있게 놀았다. 그러나 꼬리가 길면 잡히는 법. 이생은 마침내 아버지에게 발각되어 울산으로 내려보내진다. 지금도 그러한데 그 옛날 개성에서 울산이라면 얼마나 먼가? 그런데도 이생은 최랑에게 기별 한 장 없이 길을 떠났고 최랑은 속 모르고 수개월을 기다린다.

그런데 바로 이 다음부터가 정말 드라마틱한 일이 펼쳐진다. 일이 이렇게 되면 이 둘은 다시는 못 만나고 불행한 나날을 보냈다거나, 서로 다른 곳으로 결혼하여 가끔씩 몰래 만나보며 눈물을 짜는 것이 정석이다. 그도 안 되면 어느 한쪽이 자살을 하여 비련의 전설을 만드는 방법도 있다. 그러나 나중에 그 소식을 접한 최랑은 끝내

상사병이 들어 자리에 눕고 마는데, 이때부터 최랑 집안의 진가가 여지없이 드러난다. 일의 내막을 안 최씨 집안에서 정식으로 혼사를 추진하는 것이다. 최랑이 눈물로 하소연하면서 죽을 각오를 내비친 데 힘입은 것은 물론이다. 집안이 기우는 이생 집에는 아무런 혼례비용 부담을 주지 않고 결혼식을 치른다.

자, 이제 둘은 결혼했고 이생은 대과(大科)를 거쳐 벼슬길에 오르게 된다. 여느 고소설이라면 이쯤에서 모든 이야기가 끝나야 옳다. '이리하여 둘은 아들 다섯, 딸 둘 낳고 잘 살다가 죽었다' 는 식의 결말 말이다. 그러나 이때부터 '이승과 저승을 넘나드는 사랑' 이 나온다. 한참 재미있게 사는 이들에게 홍건적의 난이 닥쳐오고 이 난리 통에 최랑은 홍건적에게 사로잡히는 비운을 겪는다. 그러나 최랑이 누구인가? 죽으면 죽었지 너희들에게 몸을 더럽힐 수 없다는 절규와 함께 그녀는 오랑캐의 칼날에 목숨을 잃는다. 난리가 끝나고 나서 이생이 쓸쓸한 마음에 최랑의 집을 찾았을 때는 이미 폐허가 되어버린 터였다. 그러나 바로 그때, 놀랍게도 최랑이 다시 나타난다. 어떻게 맺은 인연인데 그 인연을 다하기 전에는 갈 수 없다는 것이다. 이생은 이때부터 인간만사를 모두 제쳐두고 최랑과 시를 주고받으며 그렇게 수년을 보냈다. 그러나 그것이 곧바로 백년해로로는 이어질 수 없었다. 어차피 이승과 저승은 따로 있으니까.

"낭군의 수명은 아직 남아 있고 저는 이미 귀신 명부에 실렸사오니 오래 머물 수 없습니다. 만일 꼭 이 세상에 연연하여 저승의 법령을 위반한다면 제 죄일 뿐만 아니라 그 누(累)가 당신에게까지 미칠 것이옵니다. 다만 제 유해는 아무곳에 흩어져있사오니

은혜를 베푸셔서 거두어 주시어 바람과 햇빛에 드러나지나 않게
해주십시오."4)

이생이 그 말대로 행하고는 병을 얻어 수개월만에 세상을 버렸
다. 이로써 두 주인공이 모두 사라졌으니 작품은 여기서 끝이다.
　참으로 지독한 사랑이다. 길지 않은 작품에서 이들은 세 번 만나
고 세 번 헤어진다. 맨 처음 연인으로 만나고, 그 다음으로는 결혼
해서 부부로 만나고, 또 죽어서 귀신과 인간으로 만난다. 맨 처음
부모의 반대로 헤어지고, 외적의 침입으로 헤어지고, 완전한 죽음
으로 헤어진다. 이 지독스러운 만남과 헤어짐이 이 작품의 핵심이
다. 사랑이 오죽했으면 이렇게 되었을까 생각해보면 이 작품의 주
제가 절로 드러난다. 최랑이 목숨을 걸고 얻어낸 결혼이었지만 그
결혼 생활이 오래갈 수 없었다. 역시 최랑이 목숨을 걸고 지켜낸 정
절이었지만 그 덕에 그녀는 죽어야 했다. 그리고는 또 미진한 이승
에서의 삶을 조금이라도 누려보고자 귀신으로 다시 몇 년을 보냈지
만 이생의 앞일을 생각할 때 더 오래 머물 수 없어서 그녀는 과감하
게 떠난다. 그러니 이 작품이야말로 사랑 때문에 만나고, 사랑 때문
에 죽고, 사랑 때문에 다시 태어나는 사랑 노래이다.
　저승과 이승을 넘나드는 이야기는 『금오신화』의 〈만복사저포기
(萬福寺樗蒲記)〉에도 있다. 전라도 남원 땅에 사는 양생(梁生)이 일찍
이 부모님을 여의고 늦도록 장가를 들지 못했다. 그는 만복사에 기
거하면서 부처님과 저포(樗蒲: 윷놀이, 혹은 윷놀이의 일종) 놀이를 하여
이겼다. 그가 내기로 건 것은 배필이었으므로 당연히 여자를 얻게
된다. 그러나 그가 얻은 여자는 이승의 여자가 아니라 저승의 여자

였다. 여자는 "저도 사람입니다. 당신은 저를 의심하지 마소서."하며 안심시켰다. 노총각 양생의 소원은 이루어졌지만, 그 앞에 나타난 배필은 귀신이었고 곧 그를 떠나게 되었다. 신기한 것은 처녀가 건네 준 은잔이 사실은 처녀의 장례 때 관 속에 묻었던 것이라거나, 처녀가 양생의 눈에만 보이고 다른 사람들에게는 보이지 않는다거나 하는 일 등이다.

『금오신화』〈만복사저포기〉 부분

논설과 소설 사이

앞서 주로 살핀 작품은 남녀 간의 사랑 이야기였다. 〈이생규장전〉, 〈만복사저포기〉가 그러하며, 〈취유부벽정기〉 역시 그 강도가 약하기는 해도 주인공 홍생(洪生)이 부벽정(浮碧亭)에서 취하여 놀다가 기자(箕子)의 딸과의 만남이 주된 중심 줄거리이다. 그러나, 〈남염부주지(南炎浮洲志)〉와 〈용궁부연록(龍宮赴宴錄)〉은 그 내용이나 형식에 있어서 완전히 다른 구조를 띠고 있다.

어떻게 다른지 〈남염부주지〉를 통해 보자. 이 이 작품은 남염부주, 곧 저승을 다녀온 이야기이다.

성화(成化: 중국 明나라 憲宗의 연호로
1465~1487년 사이) 연간 초에 경주에
박생(朴生)이란 자가 있었다. 그는 유
학(儒學)에 뜻을 두어 스스로 힘썼다.
일찍이 태학관(太學館: 성균관)에서 공
부했지만 한번도 과거에 급제하지
못했다. 마음속으로 늘 불평이 있었
으며 기개가 높았기 때문에 권세를
보고도 굽힐 줄 몰라서 사람들은 그
가 교만하고 편협하다고 생각했다.

『금오신화』 〈남염부주지〉 부분

 그러나 사람을 대하여 이야기할 때는 부드럽고 순후한 까닭에
온 동네 사람들이 그를 칭찬했다. 그는 일찍이 승려나 무당, 귀신
의 설(說)에 대하여 의심을 품었지만 확실히 결단을 내지는 못했
다. 그러나 『중용(中庸)』을 연구하고 『주역(周易)』 「계사(繫辭)」를
공부한 후로는 의혹이 전혀 없음을 자부했다.

 하지만 그는 성품이 순후한 까닭에 승려와 사귀기도 했다. 마
치 한유(韓愈: 중국 唐의 문인)가 승려 태전(太顚)을 사귀고, 유종원
(柳宗元: 중국 唐의 문인)이 승려 중손(重巽)을 사귀듯 한 경우가 두셋
있었다. 승려 역시 그를 문사(文士)로서 사귀어서 마치 혜원(慧遠:
중국 晉나라 때 승려)이 문사 종병(宗炳)과 뇌차종(雷次宗)을 사귄 것
이나 지둔(支遁: 중국 晉나라 때 승려)이 왕희지(王羲之)와 사안(謝安)
과 교제하던 것처럼 막역한 벗이 되었던 것이다.

 어느날 그는 승려와 함께 천당과 지옥의 설(說)을 논하다가 다
시 의심스러워서 물었다.

"천지는 오직 하나의 음(陰)과 양(陽)이 있을 뿐인데 어찌하여 천지 밖에 또 천지가 있겠습니까? 이는 한쪽으로 치우쳐 바르지 않은 말입니다."

그가 승려에게 묻자 승려 역시 명확한 답을 내리지 못하고 그 저 죄(罪)와 복(福)의 응보(應報) 설(說)로 답했다. 그는 마음으로 승 복할 수 없었다.

그는 일찍이 〈일리론(一理論)〉이라는 글을 써서 스스로를 경계 했는데 이는 대개 다른 이단적인 견해에 의해 미혹되지 않기 위 함이었다. 그 글은 이렇다.

'일찍이 들으니, 천하의 이치는 한 가지뿐이라고 한다. 한 가지 란 무엇인가? …(이하 생략)… [5]

이 작품의 서두부분인데 〈이생규장전〉과는 사뭇 다르다. 혹시라 도 무슨 재미난 내용이라도 나올까 기대했던 독자라면 퍽이나 실망 스러울 것이다. 맨 처음부터 그는 공부를 열심히 했으나 뜻을 이룰 수 없다고 했다. 대체로 시험이 있는 곳에는 언제나 불만이 있는 법 이다. 실력 없이 운으로 붙는 사람이 있는 것처럼 실력이 많아도 운 이 없어서 떨어지는 사람도 있기 때문이다. 박생 역시 불운한 사람 이어서 불만이 없을 수 없었다. 그런데 이 불만이 사회에 대한 불평 으로 이어지지 않고 확고한 학문적 신념으로 연결되었음에 주의해 보자. 사실 제 실력이 출중한데도 사회에서 인정하지 않는 상황이 벌어진다면 대개 하릴없는 불평분자가 되기 십상인데, 그는 『주역』 등을 더욱 열심히 공부하여 의혹이 전혀 없음을 자부했다고 했다. 이 점에서 박생은 영락없는 학자인 셈인데, 〈이생규장전〉의 이생을

'풍류'로 지칭했던 데 비하면 대단한 차이이다.

학자는 어디를 가도 학자 근성이 나오기 마련이다. 모르는 것을 묻는 것은 기본이고, 남들이 모르면서 아는 체하는 습성은 여지없이 무너뜨려 주는 게 학자 근성. 만일 상대가 확고한 지식과 신념으로 무장되어 있다면 이때야말로 자신의 실력을 유감없이 발휘할 수 있는 둘도 없는 기회이다. 소크라테스의 산파법(産婆法)은 괜히 나온 것이 아니다. 지속적으로 상대에게 물어서 상대가 '모른다'고 실토할 때까지 공격의 고삐를 늦추지 않는다. 박생이 보여주고자 하는 것은 결국, 승려와의 문답을 통해서 모르는 것을 배우고자 하는 것이 아니라, '의혹이 전혀 없는' 지식으로 상대를 굴복시키려는 것이다. 이리하여 이 작품은 이 이후 줄곧 그런 예정된 승리의 길을 간다. 앞의 인용문 바로 뒤에 붙는 내용은 사실 '일리론(一理論)'이라는 제목의 짤막한 논문이다. 세상 모든 이치는 한 가지이며, 그 이치란 다름 아닌 음양오행(陰陽五行)의 작용에 의해 삼라만상과 세상만사가 이루어진다는 유교철학이다. 따라서 그는 이 유교철학에 반하는 어떠한 이단도 인정할 수 없다고 했다. 여기까지가 이야기의 일단락이다.

그러나 만일 여기서 이야기가 끝났다면 이 작품을 선뜻 소설이라고 하기는 어려웠을 것이다. 우선 작품이 너무 짧은 데다 등장인물 간의 갈등도 이렇다 할 사건도 없기 때문이다. 그런데 이 바로 뒤에 그가 잠깐 졸다가 '남염부주'라는 저승에 들어간다는 내용이 들어 있어서, 사실은 액자소설의 형태를 띠면서 복잡해진다. 저승이란 누구에게나 공포스러운 곳이다. 저승은 어두컴컴하고 으스스한 곳으로 인식된다. 그러나 박생이 가본 저승은 그렇지가 않았다. 박생이 저승에 몸을 떨며 들어섰을 때 저승 문지기는 의외로 공손했다.

당신처럼 이치에 밝은 군자를 기다렸다는 것이다. 박생이 왕을 기다리는 동안 동자 둘이 나타나더니 책 두 권을 보여주었다.

"검은 종이로 된 장부는 악인의 명부이고, 흰 종이로 된 장부는 선인의 명부입니다. 선인의 장부에 적힌 사람은 왕께서 응당 선비를 맞는 예절로 대하시고, 악인의 장부에 적힌 사람은 비록 죄를 줄 수는 없다하더라도 노예처럼 대하는데, 왕께서 만약 선생을 본다면 정성껏 후대하실 것입니다."[6]

저승에서 박생을 후대하는 이유는 그가 착한 사람이며 학식이 높은 까닭이다. 그의 학식은 저승의 염왕조차도 그를 통하여 어떤 이치를 듣고 싶어할 정도이다. 그런데 바로 이 대목에서 전후 모순이 발생한다. 그가 사귀는 승려들이 인과응보의 설을 이야기했을 때, 그는 '일리론'을 펴서 스스로를 경계했지만, 여기에 이르면 착한 사람이 '다른 세상에서' 복을 받는 이원성이 드러나는 것이다.[7] 적어도 이 대목만으로 보자면 말하는 내용과 그 내용이 전개되는 방식 사이에 상당한 차이를 보이고 있다. 그러나 정작 이 작품에서 관심을 가질 대목을 그런 모순보다는 오히려 계속되는 논변(論辨)일 듯하다. 실제로 박생이 염라국에 가는 방식은 〈이생규장전〉처럼 현실계와 초현실계가 직접 맞부딪치는 방식을 택하지 않고 잠깐 졸다가 '꿈에' 가는 몽유(夢遊) 형식을 취하고 있어서 그 이원성은 상당히 약화된 셈이기 때문이다.

이런 방식은 이미 제3강의 이규보의 산문에서 살펴본 바 있듯이, 무언가에 능통하고 있는 '주인'과 그에 반발하는 '손님'이 벌이는 논쟁 형식이 일반적이다. 이 작품의 경우라면 박생이 주인이고 염라대왕은 손님이다. 이규보의 산문에서는 주인이 집에 있는데 손님이 찾아와서 그에게 응대해주는 꼴이었다면 여기에서는 정반대로 몸소 밖에 나가서 다른 사람의 궁금증을 풀어준다는 점이 다르다. 그런데 이제 본격적인 문답이 시작될 즈음이 되면 독자들은 매우 당황하게 된다. 박생을 맞은 염라대왕이 자기소개를 하고 나면 곧바로 지루한 문답이 계속되기 때문이다.

　"예. 그러면 주공(周公), 공자, 석가는 모두 어떤 사람입니까?"
　"주공과 공자는 중국의 문화가 성대하던 시절 중의 성인(聖人)이요, 석가는 간흉한 세상에 난 성인이지요. 그러나 문화가 성대하던 시절이라 하더라도 성품이 순수한 사람도 있고, 또 불순한 사람도 있기 때문에 주공과 공자가 나타나 그들을 깨우쳐주었지요. 또 간흉한 종족이어서 몽매하다 하더라도 인간의 기질이 영리한 사람도 있고 우둔한 사람도 있기 때문에 석가가 그들을 깨우쳐준 것이라오. 주공과 공자의 가르침은 정도(正道)로써 사도(邪道)를 물리치려는 것이고, 석가의 설법은 사도로써 사도를 물리치려는 것이지요. 정도로서 사도를 물리치기 때문에 정직하고 사도로써 사도를 물리치기 때문에 황탄(荒誕)하기 마련입니다. 공자와 주공의 도는 정직한 고로 군자가 따르기 쉽고 석가의 도는 황탄한 고로 소인이 믿기 쉽습니다. 그러나 그 궁극적인 이치에 있어서는 다 군자와 소인이 바른 길로 가도록 하는 것 뿐이요, 결단코 이단의 길로 세상 사람들을 속이는 것은 아니지요."
　"그러면 귀신은 어떤 것입니까?"

"귀(鬼)는 음(陰)의 영(靈)이요, 신(神)은 양(陽)의 영(靈)이니 …(이 하 생략)…[8]

이 부분은 문답이라기보다는 박생이 염라대왕을 공격할 빌미를 잡으려는 유도 심문에 가깝다. 염라대왕은 유교와 불교를 사실상 대등한 위치에서 이야기하고 있는데, 이 점이 박생의 심기를 건드 린다. 박생이 공격하는 주된 주제는 두 가지이다. 하나는 '귀신'이 며 하나는 '윤회'이다. 귀신이 유가 쪽에서의 주제라면 윤회는 불교 쪽에서의 주제이다.

'귀신' 부분에 대해서는 이해를 돕기 위해 간단한 설명이 필요하 다. 유교철학인 성리학에서는 세상 모든 것들은 모두 기(氣)에 의해 서 이루어졌다고 한다. 맨 처음의 원초적인 기를 원기(元氣)라고 하 는데, 이 원기가 음양(陰陽)으로, 음양이 또 다시 5행으로 되어, 이 음양오행의 순행에 따라 세상의 모든 것들이 된다. 땅도, 바다도, 사람도, 동물도 모두 마찬가지이며 심지어는 인간의 마음까지도 그 렇게 설명하는 것이다. 그러니 만물이 만들어지는 것은 기(氣)가 뭉 쳐서 이루어지는 것이며, 반대로 만물이 소멸하는 것은 기가 흩어 져서 그리 되는 것이다. 사람 역시 기가 뭉쳐서 이루어지며, 죽으면 자연히 기가 흩어져서 다시 '돌아가'게 된다. 그런데 특별한 이유로 완전히 흩어지지 못한 존재가 바로 귀신이다. 그러니까 지금도 기 제사를 4대 정도로 국한시켜놓는 것은 완전히 흩어지지 않은 혼령 들을 모시려는 처사로 이해할 수 있다.

그럼에도 불구하고 속세에서는 사람을 해치는 온갖 요물(妖物)과 사귀(邪鬼)까지 귀신이라 생각하였던 듯한데, 박생은 염라대왕으로

부터 그런 존재는 귀신이 아니라는 답을 얻어낸다. '귀신은 형체도 소리도 없으니(無形無聲)' 달리 인간을 해칠 수 없는 것이다. 그럼에도 불구하고 인간의 복(福)과 화(禍)를 주재하는 것으로 여기는 미혹됨을 비판한다. 이 점에서 '윤회' 역시 같은 맥락으로 설명이 된다. 속세에서 사람이 죽은 후 부처님께 재(齋)를 올린다거나 지전(紙錢)을 살라서 자신의 죄를 씻으려 하는데, 이 역시 부질없는 짓이라는 답을 얻어낸다.

결국, 이 두 핵심 주제는 그것이 유교든 불교든, 세상의 속신(俗信)에 대한 강한 비판의식을 드러낸다. 그러나 이 작품에서는 비단 신앙의 문제만을 들고 있는 것이 아니라는 점에서 사회성이 강화된다. 역사상의 제왕들이 이단을 믿다가 망한 이야기며, 간신이 일어나 폭정(暴政)이 펼쳐져서 백성들이 편치 못하게 된 사정들이 박생의 입을 통하여 펼쳐진다. 이리하여 결국, 박생은 염라대왕의 경탄을 자아내며 끝내 왕위 계승을 제안 받기에 이른다. 이른바 선양(禪讓)을 하는 것인데 왕의 논지는 참으로 간단하다. 박생은 정직하고 굽힘이 없는 성격인 데다가 이치에 통달한 사람이지만 높은 뜻을 펼쳐보지 못했으니 이제 이 나라의 백성을 맡아달라는 것이다. 박생은 후에 꿈에서 깨어 세상일을 바삐 정리하고 세상을 하직했는데 이웃 사람의 꿈에 박생이 염라왕이 될 것이라는 계시가 있었다고 한다. 이 작품은 아주 간단하게 줄이자면 박생이라는 인물이 꿈에 염라국에 가서 그 능력을 인정받고 나중에 염라대왕이 되었다는 이야기로 소설이 되기에 충분한 스토리를 가지고 있다. 하지만 실제로 읽어보면, 이 작품의 태반은 박생의 주장과, 박생과 염라대왕 간의 장황한 문답이다. 스토리를 전개하는 과정에서 그런 주장이나 문답이 돌출되었다기보다는,

거꾸로 그런 주장이나 문답을 펼쳐 보이기 위해서 스토리가 잠깐 끼어든 형국이다. 실제로 김시습의 한문 논설문 가운데에는 이런 식의 전개와 엇비슷한 작품이 없는 것도 아니어서, 약간의 몽유 장치를 떼어내고 본다면 그대로 논설문이 될 법도 하다.[9] 다만 박생을 통해서 자신이 능력에 맞게 쓰이질 못하는 현실이 우의적으로 가미되었을 뿐이다. 이런 사정은 〈용궁부연록(龍宮赴宴錄)〉에 가도 마찬가지이다. 역시 글 잘하는 선비 한생(韓生)이 용궁에 초대받아 가서 한껏 글 자랑을 하고 용왕의 인정을 받고 돌아온다는 이야기이다. 이 작품의 경우는 논리를 펼치는 대신 글 솜씨를 뽐내는 것이 차이일 뿐, 계속되는 시문(詩文)이 이야기를 압도한다.

〈최치원〉과 『금오신화』

이미 언급한 대로, 이 강의의 주안점은 『금오신화』가 우리나라 '최초의 소설'이라는 통념에 대한 검토이다. 공연히 '최초의 소설'이라고 강조점을 주는 바람에 『금오신화』의 실제 가치가 지나치게 과대평가되거나, 거기에만 신경을 쏟느라 진정한 가치를 놓쳐버리는 폐단이 있었기 때문이다. 여기에서 무엇보다 경계해야 할 것은, 김시습을 무슨 '소설의 발명자' 정도로 여기는 태도이다. 자연과학 역시 일정 부분 그렇기는 하겠지만, 문학 예술에서 파천황(破天荒)의 발명은 없다고 해도 과언이 아니다. 그렇다면 『금오신화』 이전에는 정말 그와 유사한, 혹은 그보다는 못 미치지만 소설적인 요소가 있는 작품이 없었는가? 중국의 『전등신화 (剪燈神話)』가 있었음은 이미 상식화된 이야기이고,[10] 우리 문학에도 『삼국유사(三國遺事)』나 『수이전(殊異傳)』이 충분히 그러한 기능을 했 다고 여겨진다.

『수이전』은 자료가 유실되어 전모를 알 수 없지만 다른 문헌에 전 하는 몇몇 작품을 통해서 『금오신화』와 비교할 방법이 있기는 하 다.[11] 『태평통재(太平通載)』에 있는 〈최치원(崔致遠)〉이란 작품이 그 중 문제작이다. 『수이전』을 박인량이 지은 것으로 인정한다면, 적어도 이 작품은 『금오신화』보다 4세기 가량이나 앞선 것이 된다. 〈최치 원〉의 줄거리는 이렇다.

　　최치원이 당나라에 가서 과거에 급제하고 어느곳에 놀러갔다 가 '쌍녀분(雙女墳)'이라 하는 무덤가를 지나게 되었다. 그는 불쌍 한 마음이 들어서 애틋한 내용의 시를 적어 거기에 써 붙여 두었 다. 그리고 그가 숙소에 다시 돌아와서 보니 웬 여자가 하나 있었 다. 그 여자는 어떤 두 여인이 최치원에게 화답하는 시를 전해주 었다. 두 여인은 다름 아닌 쌍녀분의 주인공들이었다. 심부름 온 여인이 다시 최치원의 화답시를 얻어간 지 얼마 후 두 여인이 나 타났다. 그 두 여인은 어느 지방 부호의 딸들인데, 혼기가 되어 언니는 소금장수와 동생은 차(茶) 장수와 혼삿말이 오갔다. 딸들 은 바꿔줄 것을 간청했지만 뜻이 이루어지지 않자 원통하게 요절 했던 것이다. 최치원과 두 여인은 시도 주고받고 술도 마시다가, 급기야 한 이불에 셋이 누워 즐기기까지 하였다. 그러나 새벽이 되어 닭이 울자 두 여인은 이별을 고하고 떠나갔다. 최치원은 무덤에 가서 긴 시를 지어 스스로를 위로했다. 그리고는 귀국하여 여러 절을 전전하다가 세상을 마쳤다.

　이런 작품들을 '전기(傳奇)'라고 하며, 글자 그대로 기이한 이야기를 전해준다는 뜻이다. TV에서 한동안 자취를 감추었던 귀신이니 유령이니 하는 것들이 요사이 컴퓨터 그래픽 기술의 후광을 업고 다시 등장하고 있는데, 기본적인 틀은 이 '전기'와 크게 다르지 않다. 우선 비현실적인 세계의 이야기를 다루면서, 굳이 그것이 사실이라거나 거짓이라거나 하는 토를 달지 않는다. 프로그램 제목부터 아예 '이야기'나 '미스테리'임을 명기하여 다만 '그런 이야기가 전해지고 있어서 나도 한번 전해본다.'에 그친다.

　〈최치원〉의 경우를 보자. 최치원은 우연히 쌍녀분을 지나다가 '두 자매 처녀 귀신'과 만나는 기회를 얻는다. 무슨 이유를 댈 것도 없고, 또 그것이 사실이냐고 물을 것도 없다. 그저 전해지는 이야기에 따르면, '최치원이 처녀귀신과 잘 놀았다더라.', 혹은 '최치원은 그 정도로 신비한 인물이야.' 정도의 뜻이 담겨있을 뿐이다. 그러나 그저 이렇게 보기에는 이 작품의 실제가 상당히 복잡하다. 글 잘 짓기로 소문난 최치원이 무덤 벽에 써 붙인 시구나 쌍녀분의 두 자매가 써서 보낸 시구가 모두 남녀간의 진솔한 사랑을 희구하는 내용이기 때문이다. 특히 '운우(雲雨)의 정'을 강조하면서 남녀 간의 육체적 결합을 암시하는 데까지 이르고 있는 것에 주목해볼 필요가 있다. 최치원은 이역만리에서 외롭게 지내는 인물이고 두 자매는 혼인을 못해보고 죽은 처녀 귀신이다. 외로운 남녀가 서로를 간절히 바란다는 설정에는 그럴법함이 있다. 우연히 만났다가 하룻밤

잘 보내고 돌아와 보니 현실이더라는 식의 이야기보다는 다소 진전된 형태이다. 작품의 중간 중간에 등장인물을 통해 계속 읊어지는 시는 그들의 외로움과 그 외로움을 풀어줄 간절한 소망을 절절하게 담아내고 있어서 훨씬 더 그럴법하게 느끼도록 해준다.

최치원 표준영정(89×118cm). 이규선 作, 1983년 _국립현대미술관

게다가 이 최치원과 처녀들이 서로 만나는 데는 또 다른 이유가 존재한다. 처녀들의 아버지는 벼슬을 하지 않고 큰 부자가 된 사람으로, 역시 딸들을 장사꾼에게 시집보내려고 했다.

장사꾼이라고는 해도 차 장수와 소금 장수라고 했으니 당시로서는 상당히 귀한 물건을 취급했던 만큼 경제적 여유는 충분히 누렸겠지만, 처녀들이 바란 것은 그런 돈이 아니라 학문이나 문장 같은 고상한 가치였던 듯하다. 실제로 처녀들은, 무덤 앞을 왕래하는 사람들이 모두 비속한 사내들이었는데 지금에야 다행히 '수재(秀才)'를 만나 '심오한 이치'를 말할 만하다고 했다. 처녀들의 꿈은 아버지 같은 부자를 만나는 게 아니라, 학문에 밝고 시문(詩文)에 능한 그런 '멋있는' 청년을 만나 행복하게 사는 일이었다. 그런데 아버지의 세속적 욕망은 그런 꿈을 무참하게 짓밟았고 처녀들은 그 원을 이기지 못하고 죽었던 것이다.

최치원은 이 처녀들이 바라던 이상적인 남성상이므로 무덤에서라도 뛰쳐나와서 그를 맞을 법하다. 그렇다면 최치원은 단순히 그런 필요에 따라 선택된 사람들일 뿐인가? 그렇지 않다. 작품에서는 그가 오히려 먼저 처녀들을 유혹한 사람으로 되어 있다. 그가 써 붙인 시의 내용은, 긴긴 밤 외로운 나그네를 위로해달라고 호소할 뿐만 아니라 '운우(雲雨)의 정'을 나누었으면 하는 바람을 늘어놓는다. 그러나 사실 최치원의 외로움의 강도는 이 〈최치원〉이라는 작품 안에서 얻어지기보다는 우리가 익히 알고 있는 실존인물 최치원에서 충분히 헤아려진다. 일반인에게는 최치원의 작품으로 기억될 만한 거의 유일한 시 〈추야우중(秋夜雨中)〉을 생각해보자.

가을바람에 애써 시만 읊을 뿐
온 세상에 알아줄 사람 적구나
창 밖에는 삼경(三更)에 내리는 비,
등불 앞엔 만리(萬里)로 향하는 마음.[12]

그는 분명 시를 잘 쓰는 사람이었지만, 애써 시만 읊을 뿐이다. 흔히 최치원이 당나라에 가서 대단한 성공을 거둔 것으로 생각하는데, 사실은 일반인의 생각만큼 그리 큰 성공을 거둔 것은 아니었다. 당(唐)나라라는 국제무대에서 신라 출신의 문인이 나갈 수 있는 한계는 너무도 분명했다. 우선 당나라 사람보다 시를 잘 쓰기가 어려웠고, 잘 쓴다 한들 곱게 보아줄 수도 없었을 것이기 때문이다. 최치원은 열두 살에 당나라로 유학 가서 열여덟 살에 급제를 했는데, 그가 급제한 빈공과(賓貢科)는 말하자면 '손님' 접대용 시험일 뿐, 본토 사람과 함께 겨루는 정상적인 과거 시험은 아니었던 것이다. 따라서 그가 과거에 합격했다고 해서 그에 대한 대우가 갑작스레 파격적인 데 이를 수도 없었고 그가 얻은 벼슬은 율수현(溧水縣)의 현위(縣位)라는, 최치원의 큰 꿈에 비해 참으로 하찮은 자리였다. 그도 성공이라면 성공이지만, 그의 이상과 포부에 맞을 리 없었다.

작품에서의 쌍녀분은 바로 이 율수현의 남쪽에 있는 초현관(招賢館)에 놀러갔다가 만났다고 했다. 최치원의 입장으로 돌아가서 이때의 기분을 생각해보자. 자신의 재주를 있는 힘껏 뽐내보았고, 그래서 원하던 과거에도 합격했지만 막상 합격해서 보니 허탈한, 한편으로는 자신의 기량을 몰라주는 사람들이 야속하고 다른 한편으로는 자신의 한계를 느끼는 착잡한 심경이다. 생각할수록 외롭고, 외롭다 보면 고향 생각이 간절하다. 그런데 무슨 사연이 깃든 두 처녀의 무덤을 발견했고, 그는 거기에 시를 써 붙였다. 이 시는 결국 자신만큼이나 외로울 처녀 귀신을 달래면서 또 한편으로는 자기를 위안하는 것이기도 하다. '아, 너도 나처럼 외롭겠구나.'라는 동정이 없고서는 제대로 설명하기 어려운 부분인 것이다.

〈만복사저포기〉의 양생이 느끼는 외로움도 여기에서 멀지 않다. 노총각 양생은 배필이 필요했고 부처님께 자신의 간절한 염원을 털어놓는다. 그러자 왜구 때문에 죽은 처녀 귀신이 나타나서 서로 운우의 정을 나누다가 곧 헤어지게 된다. 〈이생규장전〉의 이생은 글 잘하는 총각이지만 양쪽 집안의 현격한 차이로 인해서 혼사가 정상적으로 성립되기 어려웠고, 죽을 각오를 한 최랑의 용기 덕분에 이들은 결합하며, 결합한 뒤에 다시 헤어져서 귀신으로 또 만난다. 이 두 작품이 보여주는, 이 세상의 남자와 저 세상의 여자가 만나는 방식은 〈최치원〉과 상당 부분 닮아있다. 이 점에서 『금오신화』가 소설이라면 『수이전』 역시 소설이라는 반론이 만만찮다. 이 둘 사이의 질적인 차이를 발견하기란 여간 어렵지 않다. 굳이 들자면, 인물의 성격화에 있어서 『금오신화』에 있는 두 작품의 경우, 〈최치원〉과는 너무도 현격한 수준 차이를 보인다는 점이다.

〈이생규장전〉의 경우, 이생은 우유부단하고 소심한 사람임이 금세 드러난다. 반면 최랑은 과단성 있고 대범한 사람이다. 직접적으로 성격이 어떻다라고 서술하는 일은 없지만 작품 안에 벌어지는 사건을 통해서 그런 성격을 충분히 유추할 수 있고, 그런 유추가 가능할 정도로 성격이 구체적이다. 〈만복사저포기〉에서는 양생이 부처님과 저포놀이로 내기를 시도하는 데에서나, 처녀가 남성을 리드하는 데에서 두 인물의 성격은 극명하게 드러난다. 반면, 〈최치원〉은 그 처음과 끝을 역사적 사실, 인물의 전기적(傳記的) 내용에 할애하여 최치원이라는 실제 인물에 많이 기대게 만든다. 말하자면, 『금오신화』의 두 작품은 소설 작품 안에서 인물의 성격을 부여하고 사건이 구체화되도록 완결성을 갖는 데 비해서, 〈최치원〉은 작품바깥에 있는 최치원의 성격과 최치원의 행적에 의지할 때 그 완결성이 보장된다. 만일 최치원이 아닌, 가공의 인물이 어디를 지나다 쌍녀분의 귀신과 놀다가 헤어졌다고 한다면, 이야기는 되겠지만 소설로서 함량미달이었을 공산이 크다.

이 점에서 『금오신화』가 '최초의 소설'이 될 만한 요인은 충분하지만 또한 김시습이 '우리 소설의 발명자'가 아니기도 하다. 여기에서 중요한 점을 찾는다면 김시습이 소설을 개척했다는 사실이 아니라, 기존의 갈래관습에 얽매이지 않고 다채롭게 수용하면서 새로운 변신을 꾀했다는 것이다. 작가의 특장을 살려 시와 논설이 대거 들어가면서 풍성한 내용의 작품이 탄생했다 하겠다.

『금오신화』, 그 이전과 이후

　　『금오신화』를 읽다 보면 주인공이 작가 김시습을 너무 닮았다. 가령, 〈만복사저포기〉의 양생이 그런 예이다. 그는 남원 만복사에서 홀로 지내는데, 조실부모한 고아로 아내가 없이 시를 잘 짓고 저포놀이를 즐기던 사람이다. 이는 실제 김시습이 금오신화를 짓던 상황과 아주 흡사하다. 그는 금오산 용장사에 혼자 있으며, 15세에 어머니를 여의고 아버지는 중병을 앓는 불우함을 맛보았다. 또 양생과 마찬가지로 시 잘 짓고 저포를 좋아하던 사람이다.[13] 〈만복사저포기〉에 처음 나오는 시는 자신의 외로움이 얼마나 절절한지 읊고 있는데, 그의 문집에 있는 실제의 시도 사실은 이에서 크게 다르지 않다. 시만 그런 것이 아니다. 작품 속에 보여주는 논설문, 가령 〈남염부주지〉의 '일리론'이나, 문답들 역시 상당부분은 김시습의 주장이 그대로 드러난 것이기도 하다. 결국, 작품 속의 남주인공이 이생이든, 양생이든, 혹은 박생이든 성씨가 달라서 그렇지 일정하게 김시습의 모습을 닮은 김시습의 목소리를 내는 분신들이다.

　　결국, 김시습은 허구적인 인물들을 내세워서 '자기 이야기'를 하고 싶었던 것이다. 이 점이야말로 『금오신화』를 그 이전의 전기(傳奇)와 구별하는 결정적인 요인이다. 사실 〈최치원〉 같은 전기(傳奇)에서는 작가가 개입할 틈이 거의 없다. 이미 전해지는 기이한 이야기를 전해주면 그뿐이라는 '전달자'에 그칠 뿐이지 무언가를 새롭게 지어서 남긴다는 '작가'가 되지는 못했던 것이다. 글로 쓴다는 점은 같지만 한쪽은 말로 전해지던 것을 글로 옮기는 수준에 머무는 데 반해서 한쪽은 창작의식이 분명하고 그 창작의식은 그대로 작가의 개인문제와 밀접한 연관이 있다. 〈최치원〉은 너무 길어서 전부 인용하기는 어려웠지만, 역시 『금오신화』와의 연관에서 문제가 되는 〈수삽석남(首揷石枏: 머리에 꽂은 석남 가지)〉이라는 작품은 아주 짧아서 전체를 한눈에 볼만하다.

　　신라 최항(崔伉)은 자(字)가 석남(石南)이다. 애첩(愛妾)이 있었는데 부모가 금했기 때문에 만나볼 수 없었다. 몇 개월 뒤에 최항이 갑작스레 죽었다. 그로부터 8일이 지난 후 밤중에 최항이 그 첩의 집에 나타났다. 첩은 그가 죽은 사실을 몰랐기 때문에 아주 기쁘게 그를 영접했다. 최항은 머리에 석남꽃을 꽂았는데 그것을 첩에게 나누어 주며 말했다.

　　"부모님께서 함께 살도록 허락하셔서 내가 왔을 뿐이다."

　　드디어 첩과 함께 그 집에 돌아갔는데 최항은 담장을 넘어 들어갔다. 그러나 날이 밝으려 할 때까지 오래도록 아무 소식이 없었다. 그러자 그 집 사람이 나와서 그 이유를 물었다. 첩은 그 이야기를 갖추어서 말했다. 그 집 사람이 말했다.

　　"최항은 죽은 지 8일입니다. 오늘 장사를 지내려하는데 무슨 그런 괴상한 말을 하시오?"

　　첩이 말했다.

　　"바깥 어른께서 저와 함께 석남 가지를 나누어 꽂았으니 이것으로 증거를 삼을 수 있습니다."

　　그래서 관을 열어보니 시신의 머리에 석남꽃이 꽂혀 있었다. 옷이 이슬에 젖었으며 신발을 신고 있었다. 첩은 그가 죽은 사실을 알고 통곡하며 죽고자 했다. 그러자 최항이 다시 살아나서 20

년이나 해로하고 죽었다.[14]

『대동운부군옥(大東韻府群玉)』이라는 책에 실려 있는 작품인데, 마치 〈만복사저포기〉에서 처녀가 준 은잔이 처녀의 장례 때 묻은 것이었다는 대목과 아주 흡사하다. 부모님이 반대해서 이루지 못한 사랑을 죽어서 이룬다는 점은 거의 전형적인 틀을 이룬다. 후대의 애정 소설에서는 그러한 장애를 자신의 능력으로 극복하고 멋진 사랑을 이룬다는 내용이 기둥줄거리이지만 설화나 전기에서는 늘 이런 식이다. 그러나 이 이야기를 적은 사람은 별로 윤색을 가한 흔적이 없다. 맨 마지막을 번역하면서 "– 해로하고 죽었다고 한다." 정도로 한다면 딱 어울릴 만한 내용이다. 우선 최항이 어떤 인물인지 전혀 밝혀지지 않는다. 최치원이라면 굳이 밝히지 않아도 대략적인 성격은 알 수 있으나 최항의 경우는 그런 지표가 전혀 보이지 않는 것이다. 게다가 최항과 애첩의 관계 역시 불분명하다. 사랑한 것은 알겠지만 왜 어느 정도 사랑했는지는 전혀 언급이 없는 것이다. 나아가서 최항이 죽었다고 했지만 그 죽은 이유 역시 불분명하다.

그러니 이런 작품에는 기이한 이야기 한 토막을 넘어설 만한 별다른 내용이 없다. 반면에 『금오신화』는 계속 자기의 상황과 연관한 문제 제기에 집중한다고 하겠다. 개인적으로 정치적으로 불우한, 그래서 더욱 고독한 자신의 처지를 투사하고, 자신의 능력이 출중함에도 불구하고 세상을 이끄는 데 나설 수 없는 딱한 처지를 은근히 강조하면서 은연중에 사회에 대해 비판한다. 이를 위해서 종래의 설화 등에서나 보이던 귀신을 사랑한 이야기를 끌어들임은 물론, 필요에 따라서는 시와 논설을 적절히 구사하면서 주제 의식을 한껏 드높인다. 이야기 자체는 서사적 갈래이지만, 시는 서정적 갈래이고, 논설은 교술적 갈래이므로, 사실 『금오신화』는 이 세 갈래를 종합하여 이루어진 셈이다.

그러나 거기에 담긴 기둥 줄거리는 여전히 기이성(奇異性)을 벗어나지 못하고, 이 세상과 저 세상의 교류에만 중심을 둔다면 현실적인 세계관을 문제 삼는 소설로서 일정한 한계를 지니지 않을 수 없다. 물론 『금오신화』와 유사한, 혹은 그보다 더한 기이성을 드러내는 작품이 그 후에도 계속 창작되었고 의미가 없다는 것은 아니지만, 아무래도 본격소설은 〈홍길동전〉과 〈구운몽〉을 기다려야만 할 것이다. 이런 작품들에서는 우선 귀신과 교류한다는 식의 매우 황당해 보이는 대목이 대폭 줄어들어 있으며, 무엇보다도 작가의 창작 의식에 상당한 변화가 있음에 유념해야 한다.

그렇다고 해서 『금오신화』보다 〈홍길동전〉이나 〈구운몽〉이 더 나은 작품이라거나, 작품성이 뛰어나다거나 하는 재단을 하려는 의도는 전혀 없으니 별다른 오해는 하지 말기를 바란다. 다만 소설은 유한계층이 자신의 감정을 한시로 담아내던 것과는 구별되는, 독자적인 사고의 틀과 유통방식을 갖고 있음을 짚고 넘어가려는 것이다. 가령, 후대의 〈홍길동전〉과 〈구운몽〉 등은 모두 방각본으로 출판되었던 책들인 데 비해서 『금오신화』는 그런 과정을 겪지 못했다. 이는 비단 유통방식만의 문제가 아니다. 중간중간 어려운 한시(漢詩)가 삽입되는 데다 간단치 않은 사상의 노출 역시 식자층이 아닌 여느 독자들을 짜증나게 하기 십상이다. 읽어서 재미있는 것이 '이야기책'이고 그래서 이야기책을 많이 사보는 것인데 『금오신화』는 그렇지 못했다. 즉, 전대의 전기(傳奇)를 이으면서 전기보다는 소설로 훨씬 나아갔지만 후대의 본격 소설에 비교해서는 일반인이 쉽게 접근하기 어려운 맹점을 안고 있다. 더욱이 〈이생규장전〉과 〈만복사저포기〉 정도만 해도 소설적 속성이 상당히 뚜렷하지만 상대적으로 볼 때 나머지 세 작품은 미약한 편이다.

이런 작품을 대하는 바람직한 자세는, 규정할 수 없는 작품이 나왔으니 이상하다고 매도하거나, 규정짓지 못할 작품을 내놓았으니 잘났다고 으스대는 것이 아니다. 작가 김시습은 자신의 괴로운 심정을 시로도, 논설로도 다 털어낼 수 없지 않았나 한다. 또 그의 정치적 울분은 현실로도 풀 수 없고 꿈으로도 풀 수 없는 매우 버거운 무엇이었을 것이다. 그래서 시도 쓰고 논설도 쓰고, 능력을 알아주지 않는 현실도 있지만 자신의 재주를 알아주는 이상세계도 있는, 현실만도 허구만도 아닌 그런 작품이 필요했고, 그것이 『금오신화』였을 것이다. 어떤 틀이었든 파기할 필요가 있을 때는 과감하게 파기하면서 자신이 가지고 있던 역량이나 재주는 최대한 활용하는 것, 그것이 바로 『금오신화』가 후대 문학사에 남긴 유산이다.

■ 주석

1) 이 부분에 관한 대표적 이론서인 이언 와트, 『小說의 發生』(전철민 옮김, 열린 책들, 1988)을 보라. '로만스(romance)'와 구별되는 '소설(novel)'은 여러 근거를 들어 18세기 이후에나 가능했던 것으로 판단하고 있다.
2) 김시습, 『金鰲新話』(上), 11~12장(『梅月堂文集』, 계명문화사 영인본, 1987, 418~419쪽. 이하 이 영인본의 쪽수만 표시)
3) 김시습, 앞의 책, 422~423쪽.
4) 김시습, 앞의 책, 441쪽.
5) 김시습, 앞의 책, 461~462쪽.
6) 김시습, 앞의 책, 466쪽.
7) 이 이원성에 대해서는 박희병, 『韓國傳奇小說의 美學』(돌베개, 1997), 234쪽 참조.

8) 김시습, 앞의 책, 469~470쪽.

9) 이에 대해서는 졸저, 『토의문학의 전통과 우리 소설』(태학사, 1997) Ⅱ.2.2에서 다룬 바 있다.

10) 한영환, 『剪燈新話와 金鰲新話의 構成 比較 研究』(개문사, 1975)에서 소상히 다루어지고 있다.

11) 김현양 외 共譯, 『譯註 殊異傳 逸文』(박이정, 1996)에서 자료들을 한데 모아 놓아서 쉽게 읽을 수 있다.

12) 최치원, 『孤雲集』권1(『韓國文集叢刊(1)』, 민족문화추진회, 1990, 150쪽.

13) 이에 대해서는 이재수, 「金鰲神話考」, 『한국소설연구』(형설출판사, 1969). 62쪽 참조.

14) 김현양 외 공역, 앞의 책, 213쪽.

제 6 강

다시 생각하는 '권선징악,'

나라면 놀부 하겠다

선생이 묻는다.

"여러분, 권선징악이 무엇입니까?"

학생들은 잠시 어리둥절하더니 낯빛을 바꾼다. 국문과 학생들을 그리 무시하는 처사에 낯빛이 고울 리가 없다. 한 학생이 거침없이 대답한다.

"선을 권하고 악을 징계하는 것입니다."

선생은 다시 묻는다.

"그래요? 그렇다면 악을 어떻게 징계합니까?"

학생들은 다시 불쾌한 표정.

"그야 뭐 때린다든지 죽인다든지, 또……, 그런 것이 아니겠습니까?"

선생은 때를 놓치지 않고 반격한다.

"〈춘향전〉에서 볼기를 맞는 사람은 누구지요?"

"춘향이지요."

"그렇습니다. 왜 선한 사람이 볼기를 맞습니까."

"처음에야 그렇게 고통을 당하지만 나중에는 뒤집히지 않습니까?"

"뒤집힌다? 그러면 나중에 변학도가 얻어맞거나, 귀양을 가거나, 혹 죽기라도 하나요?"

"……."

"옛날 소설에서 선악의 대비가 가장 극명한 경우가 〈흥부전〉입니다. 그런데 흥부는 고생고생하다가 끄트머리에 가서야 겨우 잘 살게되고, 놀부는 계속 잘 살다가 잠시 망했지만 곧 동생 흥부의 도움으로 다시 잘 살게 됩니다. 만약 세상이 이렇다면 나라면 놀부를 하겠다. 뭐하러 흥부를 해?"

이런 선생을 일러서 성격이 괴팍하다고 한다. 굳이 남들하고 다르게 보려고 애쓸 게 무엇이냔 말이다. 누가 뭐래도 〈춘향전〉이나 〈흥부전〉에서는 춘향이와 흥부 같은 사람이 되라고 권하며, 놀부나 변학도 같은 인물을 응징하려는 의도를 보인다. 그럼에도 불구하고 이 선생은 왜 이렇게 강변하는가? 아마도 그 '징계'에 미심쩍은 부분이 있기 때문일 듯하다. 흔히들 '권선징악'이라고 말하면서 당연히 '징악'을 통한 '권선'에 이르는 것으로 생각하지만 징악, 곧 악의 징계라는 말은 그 자체가 모호한 말이다. 또 흔히 고소설이 '해피엔딩(happy ending)'으로 귀결된다고 하지만 이 역시 애매한 부분이 있다. 가령, 우리는 일상에서 70평생 고생만 하다가 죽기 직전에야 겨우 무언가가 성취된 사람을 보고 행복한 사람이라고 말하지는 않는다. 그저 끝이 다소 행복한, 불행한 인생일 뿐이다.

고소설의 해피엔딩도 따지고 보면 승승장구로 계속 호시절만 보내는 줄거리가 아니라 끝에서야 겨우 반짝 햇빛이 드는 이야기일 수도 있겠다. 그렇다면, 문제는 선인이 아니라 악인에게 있을 듯하다. 고소설에서 어떤 악인은 자신이 못살게 굴던 선인에게 화를 입지만, 또 어떤 악인은 엉뚱한 데에서 죗값을 받기도 하고, 어떤 악인은 전혀 그런 과정을 거치지 않기도 한다. 이 강의에서는 이런 다양한 경우들을 살피면서, 선악을 둘러싼 윤리적인 문제는 물론 우리 민족의 보편적 심리까지 엿보기로 한다.

눈에는 눈, 이에는 이

오래 전, 〈데드맨 워킹(Deadman Walking)〉이라는 영화가 장안의 화제를 불러일으켰던 적이 있었다. 나는 학생들의 요청에 따라 이 영화를 가지고 교양 수업을 하게 되었다. 학생들은 아니나 다를까 사형제도의 존폐 문제로 집요한 토론을 벌였다. 영화의 내용은 뒷전이며, 영화만으로 얻을 수 있는 내용은 아예 도마 위에 오르지도 못한 채, 요란한 칼질 소리만 난무했다. 학생들은 워낙 착하니까(?) 사형처럼 야만적인 형벌은 없어져야 한다고 한결같이 입을 모았다. 리얼 타임으로 진행된 사형수의 처형 장면이 어린 가슴들을 싸늘하게 했을 것이야 익히 짐작할 만한 일. 더욱이 사형이란 동해보복(同害報復)밖에 안 되니 그만 두어야 한다는, 제법 전문적인 설명

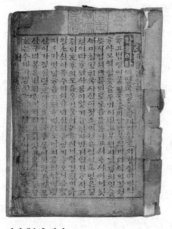
완판『유충렬전』

까지 듣고 보면 더 이상 할 말이 없었다.

실제로 사형을 통해 보복을 하든 말든, 적어도 현실이 아닌 곳에서 그런 답답함을 확 쓸어버리는 일은 정신적인 건강에 도움을 줄 수도 있다. 무협지나 만화, 영화나 전자오락 등에 폭력과 보복이 난무하는 것을 흔히 폭력의 조장으로 생각하기 쉽지만 잘만 활용한다면 인간에게 잠재된 폭력성을 완화하는 쪽으로 기능하기도 한다. 옛날 소설에서 폭력이나 무력에 의한 응징이 가장 잘 드러나는 예는 이른바 군담소설, 혹은 영웅소설이라고 하는 작품들이다. '군담(軍談)'이라는 말이 주는 느낌대로 이런 부류의 소설에서는 주인공이 병법(兵法)을 익혀서 군사를 이끌고 적을 물리치는 방식을 택한다. 군담소설의 대표작으로 꼽히는 〈유충렬전〉을 실례로 '눈에는 눈 이에는 이'가 어떻게 작용하는지 살펴보자. 이해를 돕기 위하여 먼저 〈유충렬전〉의 줄거리를 제시하면 다음과 같다.

중국 명(明)나라 시절, 유심이라고 하는 충신이 살고 있었다. 그는 늦도록 자식이 없자 치성을 드려서 아들을 낳으니 그가 바로 충렬이다. 그런데 유심은 간신 정한담 일파의 참소를 입어 귀양 간다. 충렬은 도망가다가 붙잡히지만 극적으로 살아나서, 충신 강희주의 딸과 혼인한다. 강희주는 상소를 올렸다가 역시 정한담 일파에 의해 귀양간다. 충렬은 부인과 이별하고 도사를 만나 병법을 익힌다. 마침내 정한담 일파는 반역하고 천자는 위기에 빠진다. 충렬은 이때 나서서 천자를 구하고 대원수(大元帥)가 되어 정한담을 잡는다. 충렬은 정한담 일파를 응징하고 부인과 어머니를 만나 부귀영화를 누리며 잘 산다.

너무 간단하게 요약해서 전체의 흐름을 잡기에도 부족할 정도이지만 '권선징악'의 성격을 드러내는 데는 그런대로 충분한 편이다. 이 줄거리를 유충렬 편과 정한담 편으로 갈라서 정리하면 아래와 같다.

[유충렬]
① 유충렬은 충신집안에서 귀하게 태어난다.
② 정한담은 반역할 음모를 품고 유심을 제거하려 한다.
③ 유심은 정한담의 참소로 귀양 가고 충렬은 극적으로 도망한다.
④ 유충렬은 병법을 익히고 정한담은 반역한다.
⑤ 유충렬은 대원수가 되어 정한담을 잡고 부귀영화를 누린다.

[정한담]
① 정한담은 당대 최고의 벼슬에 있지만 못된 심성을 지녔다.
② 유심을 몰아낸 후 천자의 자리를 넘본다.
③ 반역을 하여 천자를 굴복시킨다.
④ 유충렬과 병법으로 대결한다.
⑤ 유충렬에게 완패한다.

정확하게 짝을 이루며 대비를 보여주고 있다. 유충렬이 망하면 정한담은 흥하고, 유충렬이 흥하면 정한담은 망한다. ①에서는 유충렬은 귀한 집안 출신이며 충성스러운 개국공신의 후예임을 내세우는데, 이는 곧 유충렬 편이 높은 지위에다 높은 윤리성을 갖추고 있음을 뜻한다. ②에서는 정한담 일파의 음모로 유충렬의 균형상태가 깨질 전환점이 마련 되고, ③에서는 정한담 일파의 반역으로 유충렬의 지위는 낮아지고 윤리성은 여전히 높은 내적 갈등상태로 떨어진다. ④에서는 ②와 마찬가지로 그 중간단계로서 가까스로 살아난 유충렬이 다시 원상회복을 노리면서 그 준비작업을 하는 단계이다. ⑤에서는 유충렬은 대원수라는 높은 지위가 되어 천자를 돕고 부귀영화를 누린다. 이 일련의 과정을 간단히 하자면, '균형 → 불균형 → 균형'이 된다.

정한담 역시 같은 방식으로 분석해낼 수 있다. ①에서의 정한담은 대단한 능력을 지녀서 당대 최고의 벼슬을 하지만 그 근본이 아주 못된 인물로 그려진다. 그러나 주의할 점은 그가 비록 간신이라고 해서 능력이나 지위마저도 형편없는 인물로 그려지지 않았다는 사실이다. 만일 정한담이 철저하게 하찮은 인물이었다면 애초부터 갈등이나 대립은 일어나지 않는다.

이때에 조정에 두 신하 있으되, 하나는 도총대장 정한담이요 또 하나는 병부상서 최일귀라. 본디 천상 익성(翼星)으로 자미원(紫薇垣) 대장성(大將星)과 백옥루(白玉樓) 잔치에 대전한 죄로 상제께 득죄(得罪)하여 인간에 적강하여 대명국(大明國) 황제의 신하 되었는지라. 본시 천상 사람으로 지략이 넉넉하고 술법이 신묘한

중에 금산사 옥관도사를 데려다가 별당에 거처하고 술법을 배웠으니 만 사람이 당해내지 못할 용기가 있고 백만군중 대장의 재목이라. 벼슬이 일품이요 포악이 무쌍이라.[1]

여기에서 보듯이 정한담 역시 하늘에서 지상으로 유배 오는 적강형(謫降型) 인물로 이미 인간세계에서는 보기 어려운 귀한 재주를 가지고 있을 것은 당연한 일이다. 다만 그 적강의 이유라는 것이 유충렬의 그것과는 질적으로 다른 데에 있어서 악인이 될 수밖에 없도록 꾸며져 있다.

　일일은 한 꿈을 얻으니 천상에서부터 오색구름이 영롱하고 한 선관(仙官)이 청룡을 타고 내려와 말하되, "나는 청룡을 차지한 선관이더니 익성이 무도한 고로 상제께 아뢰되, 익성을 치죄(治罪)하여 다른 방으로 귀양을 보냈더니 익성이 그것을 분하게 여겨 백옥루 잔치 시에 익성과 대전한 후로 상제전에 득죄하여 인간세계에 내치시매 갈 바를 모르더니 남악산 신령이 부인댁으로 지시하기로 왔사오니[2]

이는 그 근원적인 데에서부터 그들의 대결이 비롯됨을 뜻한다. 정한담은 천상에서 죄를 지은 인물이고 유충렬은 그것을 직간(直諫)했다가 본의 아니게 득죄하는 인물이다. 죄를 지었다는 점에서는 한가지이지만 한 사람은 불의를 저질렀기 때문에, 또 한 사람은 그 불의를 용납하지 못하는 강직한 성격 탓에 지상에 내려오게 되는 것이다. ②는 역시 정한담의 뜻대로 반역하기 위한 하나의 계기가 되며, ③에서는 자칭 천자가 되는데, 일단 그 뜻을 이루면서 훨씬 더 높은 지위를 얻음과 동시에 그 자리를 얻는 것은 반역의 결과임으로 해서 윤리성에 있어서는 아주 낮은 상태를 보인다. 결국, ①에서의 갈등이나 대립보다 훨씬 더 심각한 국면에 빠져든다. ④는 역시 중간단계로서 그 최고정점에 달한 정한담의 지위가 아주 낮은 곳으로 떨어질 전초단계이며, ⑤에서는 유충렬에게 패하여 지위도 떨어지고 윤리성 역시 최저수준에 머문다. 이는 '불균형 → 불균형 → 균형'의 단계로 설명할 수 있다.

아주 간단하게 설명하자면, 충신은 잠시 모함을 받고 물러갔다가 다시 제 자리를 찾고, 간신은 반역으로 일시적인 성공을 한 것처럼 보이지만 결국에는 그 죗값을 치른다는 이야기이다. 그런데 문제는 대체 어느 정도의 죗값을 치르게 되느냐 하는 점이다. 사태가 역전되어 정한담이 유심에게 끌려나오자 유심은 노기등등하여 죄를 다 그쳐 묻는다. 그러자 정한담의 반응은 지나치게 공손하며, 백성들의 분위기는 너무도 격화되어 있다.

> 한담이 땅에 엎드려 아뢰기를,
> "소신의 털을 빼어 죄를 논하여도 털이 모자라오니 죽여주옵소서."
> 유심이 크게 노하여 말하기를,
> "죄목이 열 가지니 자세히 들으라. 네 놈이 천상에 익성으로 명나라로 적강하여 …(중략)… 이게 도시 네 놈이 한 짓이 아니냐?"
> 한담이 아무 말도 못하고 묵묵부답이라. 나졸을 재촉하여,
> "한담의 목을 장안(長安) 저자 거리에 베어라."

하니 나졸이 달려들어 한담의 목을 매어 수레 위에 높이 싣고 장안 대로상에 재촉하여 나오며 외쳐 말하기를,

"이봐 백성들아, 만고역적 정한담을 오늘 베려 가니 백성들도 구경하라."

하며 소리하고 나올 적에 성 안팎의 백성들이 한담을 죽이러 간단 말을 듣고 남녀노소 상하 없이 그 놈의 간을 내어먹고자 하여 동편 사람은 서편 사람을 부르고 남촌 사람은 북촌 사람을 불러 서로 찾아 골목 골목이 빈틈없이 나오며,

"이봐 벗님네야, 가세 가세 어서 가세. 만고역적 정한담을 우리 원수 장군님이 사로잡아 두 팔 끊고 전후 죄목 물은 후에 백성들을 뵈이려고 장안 저자거리에 벤다니 바삐바삐 어서 가서 그놈의 살을 베어 부모 잃은 사람은 부모 원수 갚아 주고 자식 잃은 사람은 자식 원수 갚아주세."

백발의 노파는 손자 업고 홍안의 젊은 부인은 자식 품고 전후 좌우 나열하여 어떤 사람은 달려들어 한담을 호령하고 어떠한 여인들은 한담의 상투 잡고 신짝 벗어 양귀 밑을 찰딱 찰딱 치며,

"네 이놈 정한담아, 너 아니면 내 가장이 죽었으며 내 자식이 죽을소냐? 덕택이 하해 같은 우리 원수(元帥)께서 네 놈 목을 진중(陣中)에서 베었더라면 네 놈 고기를 맛보지 못할 것을, 백성들을 뵈이려고 산 채로 잡아내어 오늘날 벤 고로, 네 고기를 나누어다가 우리 가장 혼백이나 여한 없이 갚으리라."

수레소를 재촉하여 사지를 나눠 놓으니 장안 만민들이 벌떼같이 달려들어 점점이 오려 놓고 간도 내어 씹어보고 살도 베어 먹어보며 유 원수의 높은 덕을 뉘 아니 칭송하리.[3]

아마도 고소설 현대소설 통틀어서 이렇게 잔인한 보복극이 없을 듯싶다. 정한담은 이미 자기의 죄를 충분히 시인한 터이고, 두 팔이 잘리운 포로이다. 그러나 이 정도로는 분이 풀리지 않아서 무언가 더 엄청난 응징을 강구한다. 우선 정한담을 모든 백성들이 훤히 볼 수 있는 데로 옮겨서 백성들이 일일이 원수를 갚을 기회를 마련해 준다. 그리하여 일단 수레에 매어서 사지를 찢는, 이른바 능지처참의 엄청난 형벌을 가한 후에도 백성들이 달려들어 고깃점을 떼고 간을 씹어보기까지 한다. 끔찍한 일이다. 사형장에서 약물을 주입해서 처형시키는 모습이 너무도 안쓰러워서 그런 형벌을 없애야 한다고 입을 모았던 나의 학생들이 보았다면 대체 어떤 반응을 보였을 것인가? 사실 이 소설에서 간을 씹는 것쯤은 너무도 쉽게 행해져서 무감각해질 정도이다. "분심을 참지 못하여 장성검을 높이 들어 호왕의 머리를 베어 칼 끝에 꿰어들고 호왕의 간을 내어 낱낱이 씹은 후에" 같은 대목은 쉽게 돌출한다.

결국, 이 소설의 '권선징악' 방법은 매우 간단하다. 악한 행위를 한 사람은 모든 이들이 보는 앞에서 가장 잔인한 방법으로 죽여 없애는 것이다. 이는 죽여 없애지 않고서는 그 죄의 싹이 다시 커서 다른 죄를 저지를지 모른다는 생각 때문이다. 개과천선을 유도한다거나 단순히 죽이는 정도의 응징은 아예 생각지도 않은 듯, 처음부터 몰아쳐서 일단 잡은 후에는 응징 자체를 즐기는 듯한 인상까지 준다. 이 경우, 선과 악은 너무도 분명하다. 선한 사람이든 악한 사람이든 이미 출생 이전에 선하게, 혹은 악하게 될 수 있는 가능성을 가지고 있기 때문이다. 자라면서 악하게 되었다든가, 뜻하지 않은 계기로 불행히도 악행을 저지를 수밖에 없었다는 설정은 어디에도 보이지 않는다. 굳이 명명하자면 '절대악(絶對惡)'이라고 하겠다. 이 절대악에 맞서는 주인공은 당연히 절대선(絶對善)이 되어 필연적인 승리를 보여주는 작품인 것이다.

군담소설이라고 하는 작품들이 택하고 있는 권선징악 방법은 정도의 차이는 있을지언정 대체로 비슷한 수순을 밟는다. 충신이 쫓겨나고 간신이 득세하고, 득세한 간신이 충신에 의해 응징을 당하면 작품이 끝난다. 그렇게 되면 천자는 다시 천자의 지위를 찾고, 잃었던 아내와 가족을 되찾게 됨은 물론, 평생의 부귀영화가 보장된다. 무협지류의 작품이나, 홍콩의 무술영화, 할리우드의 액션물이 사실은 모두 이와 유사한 선악구도를 보인다. 한번 선인은 영원한 선인이고 한번 악인은 영원한 악인이다. 악인은 선해질 수 없으며 선인 역시 악해질 수 없다. 그리고 선인은 항상 우리 편이며 악인은 항상 적의 편이다. 이런 단순한 도식이 흠이기는 해도 명쾌한 맛은 있으며, 그래서 여러 비난 속에도 가장 대중적인 면모를 잘 보여주고 있는 구도이며, 실제로 고소설에서 가장 대중적이었던 작품은 바로 군담소설이었다.

군담소설의 '권선징악'을 약간만 변형시키면 이른바 가정소설이라는 데에서도 똑같은 힘을 발휘하게 된다. 가령, 처첩 간의 갈등을 그린 〈사씨남정기〉를 생각해보자. 정실 사씨와 후실 교씨 사이의 다툼이 이 작품의 기본 갈등인데 군담소설에서의 충신과 간신 간의 대립을 사씨와 교씨 간의 대립으로 맞추어 놓으면 선악의 대결구도는 거의 일치한다. 다만 약간의 차이가 있다면 사씨가 교씨에게 다소 관대(?)했다는 점 정도이다. 교씨는 마지막까지 자신의 특장인 교활함을 발휘하여 사씨 부인에게 대자대비를 베풀어줄 것을 간청

『사씨남정기』_국립중앙도서관

한다. 남편 유 상서는 그 비굴한 모습에 더욱 분노하여 '가슴을 칼로 찢어 헤치고 심장을 꺼내라'고 명하였다. 얼마나 끔찍한 일인가? 자신이 데리고 살던 여자에게 그런 명령을 내린다는 것이 정상적인 사고로 가능한 일인지 모를 정도이다. 그래서 사씨가 나선다. 비록 교씨의 죄가 중하지만 대감을 모시고 살았던 사람이니까 시체나 온전하게 보존하도록 해달라고 간청한다.

사씨의 이 말에 유 상서는 감동하였다. 그래서 동편 언덕으로 끌어내다가 타살한 후에 시체를 그대로 까마귀밥이 되도록 했다. 시체를 토막내는 일이나 죽은 후 까마귀밥이 되는 것이나 큰 차이가 없을 것 같은데도 작품에서는 대단한 배려를 한 것처럼 써놓고 있다. 이는 이런 극악무도한 죄인은 아무리 많이 용서를 해도 '까마귀밥' 정도가 그 허용 가능한 최대치임을 드러내는 것이다.

그러나 우리가 간과해서는 안 될 사항은 어떠한 경우에도 죄를 짓지 않는 인물이 주인공 이외에도 또 있다는 사실이다. 군담소설에서는 천자가, 가정소설에서는 가장이 그렇다. 실제로 충신을 내치는 사람은 천자이고, 정처(正妻)를 내치는 사람은 가장이지만 그들에게는 아무런 죄도 없는 것으로 치부한다. 그저 약간의 반성을 하면서 간신과 후처를 내치면 모든 죄는 없어지고 만다. 물론 이는 봉건제 사회에서의 작품이 가질 수 있는 한계이지만 어떤 일이 있어도 죄를 짓지 않고 어떤 일을 해도 죄가 되지 않는 인물을 설정한다는 것은 소설로 볼 때 대단한 약점이다. 소설을 떠나서 인간사회가 그렇게 단순하지 않음에도 불구하고, 선한 인간과 악한 인간을 2분법으로 나누고, 선한 인간이 악한 인간에게 일시적으로 패배하지만 끝내는 승리한다는 귀결이 공허하게 느껴질 수 있다. 이리하여 '이에는 이 눈에는 눈'이 작품에서는 성공했지만 작품 바깥에서는 적잖은 회의를 불러일으키고 또 다른 권선징악을 요구하게 된다.

미워도 다시 한 번

세상을 살다보면 미운 사람이 한둘이 아니다. 미울 때마다 어떻게 해서든 그런 녀석은 코를 납작하게 해주어야겠다고 생각하지만 당최 그렇게 되지 않는 것이 현실이기도 하다. '이에는 이 눈에는 눈' 하고 덤벼든다고 해서 상대방이 제 이나 눈을 순순히 대 줄 리가 없다. 상대가 먼저 내 눈을 상하게 했다면 더욱 상대를 공격하기에는 퍽이나 불리하지 않은가. 더 나아가서 또 설혹 그렇게 할 수 있다고 한들 무슨 큰 즐거움이 있겠는가 생각하면 참으로 허망한 것이 복수요, 보복이다. 부처님 같은 말씀을 하자는 것이 아니라 실제 살아보면 뼈저리게 느끼는 바이기도 하고, 좀 더 중요하게는 자신에 대한 반성의 마음이 일기 때문이다. 상대편은 악하고 나는 선한 게 아니라, 상대편이 악한 만큼 나도 악할 수 있고, 실제로 알게 모르게 그런 일이 왕왕 있기도 하다.

이른바 '절대선/절대악'의 대립이 깨어지게 되면 권선징악은 근본적인 궤도 수정을 해야 한다. 물론 세상을 살다보면 그저 착하기만 한 사람이나 이유 없이 악하기만 한 사람이 아주 없는 것은 아니다. 그러나 그런 사람을 만나기란 미스코리아 선발대회에서 추녀 만나기만큼이나 어렵고 설사 용케 만난다 한들, 술이라도 한잔 나눠보면 뜻밖의 본모습을 확인하게 된다. '아 저렇게 착한 사람도 남에게 실은 내색 안 하느라 속이 썩을 대로 썩어서 마음까지 편한 것은 아니구나.' 혹은 '타고난 악인인 줄만 알았더니 속을 들춰보니 그럴 수밖에 없는 이유가 있구나.' 같은 깨달음(?) 말이다. 이런 깨달음이 쌓이면 세상을 달리 보게 되고, 당연히 문학도 달리 보인다. 이래서 대학 다닐 때는 멋모르고 읽고 지났던 구절이 나중에 가슴에 꽂히게 된다.

아동방(我東方)이 군자지국(君子之國)이요, 예의지방(禮義之邦)이라. 십실지읍(十室之邑)에도 충신(忠信)이 있고, 칠세지아(七歲之兒)도 효제(孝悌)를 일삼으니 무슨 불량한 사람이 있겠느냐마는, 순(舜)임금 세상에도 사흉(四凶)이 있었으며, 요(堯)임금 당년에도 도척(盜?)이 있었으니, 아마도 일종여기(一宗如己)는 어쩔 수 있겠느냐.[4]

신재효본 〈박타령〉의 맨 첫 구절이다. 흥부나 놀부 이야기가 나오는 것이 아니라 엉뚱하게도 우리나라가 군자지국이라는 등의, 다소 엉뚱한 이야기가 나온다. 한자가 많아서 선뜻 이해가 안 되는 독자를 위해서 쉽게 그대로 풀면 다음과 같은 뜻이다: '우리 동방이 군자의 나라요 예의의 나라이라. 열 집이 사는 작은 마을에도 충성과

신의 있는 사람이 있고, 일곱 살 먹은 어린 아이도 효도와 공경을 일삼으니 무슨 불량한 사람이 있겠느냐마는, 중국의 태평성대인 순임금 세상에도 네 명의 흉악한 사람들이 있었으며, 역시 태평성대인 요임금 당년에도 도척이라는 큰 도둑이 있었으니, 아마도 온 겨레가 나 같기는 어쩔 수 있겠느냐?' 대체 이렇게 말한 신재효의 저의는 무엇인가? 우리나라가 예의 있는 군자의 나라라고 말하면서 한편에서는 은근 슬쩍 '못된 사람'의 존재를 긍정하고 있다. 요순 시절에도 못된 사람은 있는 법인데 우리나라에 왜 못된 사람이 없겠느냐는 말이다. 놀부가 못된 사람이기는 하지만 그 사람이 천하에 없는, 있어서는 안 되는 그런 존재가 아니라 어느 시절에나 있는, 또 있을 법한 보편적 악인이라는 것이다.

'일종여기'를 주목하여 보면 이 문제는 더욱 분명히 드러난다. 어떤 본에는 '일동여기(一洞如己)'로 나타나기도 하는데, 어느 경우이거나 집단의 모든 구성원이 다 착할 수는 없다는 것이다. 누구나 다 착했으면 좋겠지만 다 착할 수는 없는 노릇. 그러니 놀부 같은 사람도 있다는 옹호성 발언이 된다. 그렇다고 놀부의 악행을 옹호한다는 것이 아니라 그런 악행이 있을 수도 있고, 또 있는 것이 당연하다는 논지를 펴서 놀부의 악행을 일방적으로 몰아붙이지 않겠다는 의도를 내보인다. 너무 심한 해석이라고 반박할 독자들도 있겠지만 바로 이 다음에 이어지는 대목을 생각해보면 그 의도가 어느 정도 명확히 드러난다. 〈흥보가〉에 익숙한 사람들은 누구나 알겠지만 흥부 놀부 형제가 있다는 소개가 끝나고 나면 제일 먼저 드러나는 대목이 바로 그 유명한 '놀부 심술 타령'이다. 신재효본의 경우, '본명방(本命方: 病을 조심하라는 干支의 방위)에 벌목하고~'로 시작하는 근 50가지의 심술이 나열된다. 요즘도 쉽게 이해될 만한 심술 몇 가지만 나열해보자.

- 길 가는 과객 양반 재울 듯이 붙들었다 해가 지면 내어쫓기
- 초상난 데 노래하기
- 혼인뻘에 바람 넣기
- 소경 의복 똥칠하기
- 배앓이 난 놈 살구 주기
- 잠든 놈에 뜸질하기
- 곱사등이 잦혀놓기
- 가난한 양반 보면 갓을 찢고
- 상인(喪人)을 잡고 춤추기
- 여승 보면 겁탈하기
- 애 밴 계집 배통 차기
- 우는 아이 똥 먹이기
- 의원 보면 침 도둑질
- 옹기 짐의 작대기 차기
- 귀먹은 이더러 욕하기

전체의 한 1/3쯤 제시해본 것인데, 느낌이 어떤가? 혹시라도 이 부분을 보면서 분개한 사람이 있는가? 만약 있다고 한다면, 실제 판소리 공연장에 가서 이 대목을 들어보기 바란다. 이 부분은 혹 연기에 능한 창자라면 몸짓을 섞어가며 아주 흥겹게 빠른 속도로 진행하기 때문에 모두들 박장대소하는 대목이다. 아이러니컬하게도, 만

약 이 중 몇 가지만 부각시켜서 집중적으로 서술했더라면 놀부에 대한 분노가 훨씬 더 치솟았겠지만, 이렇게 많은 것을 나열하였기 때문에 오히려 사실성이 떨어진다. 놀부의 심술을 모았다기보다는 그저 온갖 심술을 모아서 놀부에게 갖다 붙였다는 표현이 더 어울린다. '권선징악'이라고 할 때 독자들에게 악에 대한 경계심을 높이는 것이 상식이지만, 작품의 초두부터 등장하는 '심술 타령'을 하나의 잔치 분위기로 신명나게 몰고 가면서 그 악행이 사실상 희석되고 마는 것이다. 이는 앞서 살핀 바 있는 서두의 설정과 연결해 볼 때 매우 의미심장한 것이라고 생각된다.

착하다고 하는 흥부의 서술 역시 마찬가지이다. 흥부는 그냥 착하고 놀부는 그냥 악하지 않도록 배치하는 데 〈흥보가〉의 매력이 있다. 신재효본에서 놀부가 흥부를 내쫓는 논리는 매우 간단하다. 형제는 한 몸이니 내쫓지 말아달라며 어려운 문자와 고사를 들먹이는 흥부에게 놀부는 매우 심사가 뒤틀렸던지 다음과 같이 공박한다.

> "아버지 계실 적에 나는 생판 일만 시키고서 작은 아들 사랑스럽다 글 공부만 시키더니, 너 매우 유식하다. 당나라 태종은 성왕이로되 천하를 다투어서 그 동생을 죽였으며, 조비라는 사람은 영웅이지만 재주를 시기하여 그 아우를 죽였으니, 나 같은 초야 농부가 우애의 정을 알겠느냐."[5]

'유식하다.'의 그 빈정거리는 억양과 어투가 들리는 듯하다. 아마도 놀부는 공부를 못하는데 흥부는 잘 했던 모양이다. 공부 잘하는 아이를 편애하는 일은 글공부를 숭상하는 우리네 풍습에서 그리 낮

설지 않다. 흥부 아버지는 흥부는 공부를 시키고 놀부는 일을 시킨다. 아니, 흥부는 공부만 시키고, 놀부는 일만 시켰다. 결국, 흥부는 문자에 밝고 예의도덕에 능하지만, 놀부처럼 경제적인 능력을 갖출 수 없었다. 거꾸로 놀부는 경제력을 얻을 수 있었지만, 예의도덕을 갖출 기회가 없었다.[6] 윤리적으로만 보자면, 한쪽은 선하고 한쪽은 악해서 그 우열이 명확하지만 경제적인 요소를 첨가하자면 그 우열은 역전이 된다.

〈연의 각〉(활자본 흥부전)

앞서 살핀 군담소설 같았다면 흥부가 일시적으로 쫓겨나지만 흥부는 부자가 되고 놀부는 완전히 망해서 거지가 되는 것으로 끝나야 옳다. 더 심하게는 놀부가 거지가 되는 것은 물론 형제애를 모른다는 죄목으로 서울 한복판에 목이라도 매달아야 할지도 모르겠다. 그러나 결과는 어찌되는가? 흥부는 부자가 되고 놀부는 개과천선한다. 이제 둘 다 착하고 둘 다 부자가 되는 것이다. 최종결과로 보자면 양쪽 어느 인물에도 불균형이 존재하지 않는다. 이는 흥부의 승리이면서 놀부와의 공동승리이다. 유충렬의 승리가 곧바로 정한담의 패배를 의미하는 것이었던 데 비하면 이는 대단히 파격적인 일이다.

그런데 이런 현상은 판소리 문학 어디에도 두루 드러난다. 판소리이든 판소리의 영향을 받은 소설이든 그 결말은 화해와 갈등 해소로 끝나는 것이다.

이때 흥보는 놀보의 패가망신함을 알고 크게 놀라 한편으로 노복을 시켜 제 집으로 돌아와 한편으로 안방을 치우고 안돈시킨 후에 의식을 후하게 하여 때로 음식을 드리며 날로 위로하고, 한편으로 좋은 터를 정하여 수만금을 들여 집을 제 집같이 짓고 세간집물이며 의복음식을 한결같이 하여 그 형을 살게 하니 놀보 같은 몹쓸놈일망정 흥보의 어진 덕에 감동하여 전일을 회과(悔過)하고 형제 서로 화목하여 남의 없는 형제가 되니라. 흥보내외는 부귀다남하야 팔십 향수를 다하시고 자손이 번성하야 모두 다 옥수경지 같아 가산이 대대로 풍족하니 그 후 사람들이 흥보의 어진 덕을 칭송하여 그 이름이 백세에 없어지지 아니할 뿐더러 광대의 가사까지지 올라 그 사적이 천백대에 전해오더라[7]

이때 어사또는 전라좌도와 우도의 여러 고을을 두루 돌아보며 민정을 살핀 후에 서울로 올라가 어전에 숙배(肅拜)하니, 삼당상(三堂上: 判書·參判·參議) 입시(入侍)하사 문부(文簿)를 사증(査證)한 후에 임금께서 크게 칭찬하시고 즉시 이조참의 대사성(大司成)을 봉하시고 춘향으로 정열부인을 봉하시니 은혜에 감사하고 숙배하고 물러나와 부모전에 뵈온대, 성은(聖恩)을 축사하시더라[8]

심봉사 깜짝 놀라 "이게 웬 말이냐?"하더니 어찌 하도 반갑던지 뜻밖의 두 눈이 갈모(기름 종이로 만들어 비올 때 갓 위에 덮던 것) 떨어지는 소리가 나면서 두 눈이 활딱 밝았으니 자리를 메운 맹인들이 심봉사 눈뜨는 소리에 일시에 눈들이 혀번떡… 맹인에게는 천지개벽하였더니[9]

부인이 얼척 없어 묵묵부답하고 방안에 돌아다니며 헛옹가의 자식 살펴보니 이리 보아도 허수아비 저리 보아도 허수아비, 아무리 보아도 허수아비떼가 분명하다. 부인이 일변은 반갑고 일변은 부끄러하다가 도승의 술법을 탄복하여 모친께 효성하고 불도를 공경하야 개과천선하니 그 어짊을 칭찬하더라[10]

차례로 〈흥부전〉, 〈춘향전〉, 〈심청전〉, 〈옹고집전〉인데 어느 것이든 개과천선이나 대규모의 화합으로 끝맺는다. 〈흥부전〉에 있는 '놀보 같은 몹쓸놈일망정 홍보의 어진 덕에 감동하여 전일을 회과(悔過)하고 형제 서로 화목하여 남의 없는 형제가 되니라' 는 사실 이 소설들의 핵심적인 주제라고 할 만한다. 〈유충렬전〉이나 〈사씨남정기〉가 악에 대해 강력한 응징을 통한 선의 장려 쪽으로 나섰다면, 이 소설들은 악이 선으로 될 가능성에 중심을 두고 제 잘못을 뉘우치게 하는 쪽에 중심을 둔다. 그 결과 어느 쪽이나 불만이 없도록 이야기가 전개된다. 〈흥부전〉에서 놀부가 새 사람이 되면서 모든 문제가 해결되듯이 대부분의 판소리 작품에서도 그런 공동의 승리를 구가하는 점은 신기하기조차 하다.

가령, 〈춘향전〉의 최고 악인은 누가 뭐래도 변학도이다. 그러나 변학도에 대한 징치(懲治)는 매우 미약한 편이다. 봉고파직(封庫罷職: 官庫를 봉하고 파면시킴)을 무슨 대단한 응징으로 생각하지만, 요즘도 비리와 관련하여 감사업무에 들어가면 금고를 봉하고 업무를 일시 정지시키는 것이 일반적이다. 적어도 춘향이가 옥중에서 귀신몰골이 되어 곤장을 맞고 다 죽게 된 데 비한다면 봉고파직이 제대로 된 응징이라 보기 어렵다. 이는 춘향/변학도의 선악 대립 구도 쪽보다

는 춘향의 정절을 드러내 보이는 데 중심
이 있기 때문인데, 이것이 심화되면 엉뚱
하게도 어사가 된 이몽룡이 변학도에게
감사하는 일까지 벌어진다. 드문 예이겠
지만, 1915년에 출간된 〈무쌍 춘향전〉에
서는 "남아의 탐화(探花)함은 영웅열사 일
반이라. 그러나 거현천능(擧賢薦能: 어진이
와 능력 있는 사람을 천거함) 아니하면 현능
을 누가 알며 본관이 아니면 춘향 절행 어
찌 아오리까? 본관의 수고함이 얼마쯤 감

〈특별무쌍춘향전〉(활자본)

사하오."라는[11] 데까지 나아간다. 이쯤이면 일반인이 생각하는 '징
악'과는 완전히 멀어지게 된다.

　〈심청전〉에서의 악인은 뺑덕어미와 황봉사이다. 뺑덕어미는 불쌍
한 심봉사를 등쳐먹었고 황봉사는 뺑덕어미와 줄행랑을 친 인물이
다. 그런데 대개의 판소리에서는 심봉사가 눈을 뜨고 황후가 된 딸
과 만나는 것으로 작품을 마무리한다. 많이 부연을 한 소설의 경우
에도 개중에는 뺑덕어미를 능지처참하기도 하지만, 황봉사에 대한
가혹한 응징은 보이지 않는다. 다만 눈을 뜨지 못하다가 나중에 뜬
다거나, 심봉사가 훈계를 하고 용서하는 식의 관용이 주종을 이룬
다. 〈수궁가〉에서는 위기에서 탈출한 토끼의 행동이 관심거리이다.
일단 육지로 나온 이상 겁날 것이 없을 텐데 별주부에 대한 어떠한
위해도 가하지 않는 것이다. 다만 별주부의 충성심을 높이 사서 용
서하고, 경우에 따라서는 자기 똥을 주어서 용왕의 병에 약으로 쓰
게 한다.

좋다. 공동의 승리. 화해와 관용. 아무리 미운 사람도 다시 한 번 기회를 주어서 더 잘 할 수 있게 하는 것, 이것이 바로 이런 문학에 담긴 소중한 정신이 아닐까 한다. 누구는 착하고 누구는 악한 것이 아니라 누구나 착할 수도 있고 악할 수도 있으며, 한편으로는 착하지만 한편으로는 악하다는 쪽으로의 선회를 보여준다. 그러나 앞서 살핀 결말을 보면서 다소 불만스러운 마음이 아주 없는 것은 아니다. 그저 처음의 목표만 이루어지면, 그로써 모든 한이 풀리기만 하면 상대방이 범한 전날의 악행은 모두 용서되는가? 또 용서될 수 있다고 한들, 실제로 그런 한풀이가 현실적으로 가능한가? 스물이 안된 이몽룡이 어사로 다시 나타나며, 제비가 박씨를 물어다 주고, 물에 빠진 심청이가 다시 살아나며, 용궁에 잡혀간 토끼가 다시 육지 구경을 하고, 옹고집 같은 사람이 반성을 할까? 그런가? 그렇다면 별문제이지만, 그렇지 않다면 이런 식의 '미워도 다시 한 번'은 값싼 감상에 지나지 않을 위험이 항상 내포되어 있다. 이 점에서 우리는 또 다른 '권선징악'을 꿈꾸게 된다.

윤리적 해결의 한계를 넘어

흔히 착한 사람이 모인 집단은 착한 일만 하고 악한 사람이 모인 집단은 악한 일을 하는 것으로 알고 있다. 그러나 착한 사람이 모여서도 악한 일을 하기도 하고, 악한 사람이 모여서도 착한 일을 하기도 하는 것이 집단의 매력이다. 김승옥 소설에서 '찐빵의 법칙'으로 명명한 것이 그 적절한 예이다. 순해터진 친구들 몇이 모여서 신기하게 무언가 사건을 벌이는 일이 생긴다. 그들 하나하나는 아주 착한 친구들이고, 각자는 그저 일개 밀가루, 팥, 설탕일 뿐이지만 그것들이 합쳐지면 찐빵이 된다. 이런 모임에서 개개의 밀가루, 개개의 팥, 개개의 설탕만을 논의한다는 것은 무의미할 수 있다.

군담소설이나 판소리계 소설에서는 윤리적 선행이 실질적인 힘이 된다는 도식이 펼쳐지지만, 실제 현실에서 통용될 만한 것은 거의 없어 보인다. 더욱이 윤리적 선행에 대한 우연한 하늘의 도움으로 선한 이가 복을 받고 악한 이가 응징을 받게 된다는 발상은 만화책이나 동화책을 넘어서면 참으로 보기 힘든 진풍경이다. 설령 복을 받더라도 현실적인 이해관계에서 얻어질 수 있는 작은 복이지, 아무도 예상치 못했던 엄청난 복이 되기는 어렵다. 이 점에서 그런 한계를 딛고 일어서는 작품들이 있다.

박지원(朴趾源, 1737~1805)의 〈양반전〉이 그 대표적 예이다. 바로 다음 강의에서 집중적으로 거론되기 때문에 상술하지는 않겠지만 이 작품의 줄거리는 이렇다.

한 양반이 있었는데 군수가 부임해오면 인사 올 만큼 덕망이 있었으나 너무도 가난했다. 마침 이웃에 신분은 천하지만 부유한 사람이 하나 살고 있었다. 양반은 부자에게 자기 양반 신분을 팔고 빚을 갚으려 했다. 고을 군수가 이 둘의 거래를 중개하기로 하였는데, 매매 문건 두 장을 읽어보고는 부자가 양반되기를 포기했다.

실제 작품도 짧고 내용도 사실 간단한 편이다. 앞서 살핀 소설들이 주로 국문 장편이었다면 이 작품은 한문 단편이다. 앞의 작품들이 독립된 소설책으로 나온 것이라면 이 작품은 박지원의 문집에 있는 한문 작품이다.

양반과 부자는 흥부와 놀부의 관계처럼 매우 극명하게 대립하는 구도를 보인다. 흥부는 착했지만 가난했고 놀부는 악했지만 부자였다. 마찬가지로 양반은 신분이 높았지만 가난했으며, 부자는 신분은 낮았지만 부자였다. 이런 불균형이 어떻게 되느냐가 문제인데, 결론은 다시 원상복구가 된다는 것이다. 처음의 불균형은 양반 신분의 매매로 일시적인 균형을 찾아가는 듯하다. 양반은 천한 신분이 되면서 빚만 갚았을 뿐 여전히 돈이 없었을 것이며, 부자는 양반 신분이 되면서 여전히 부자였을 것이다. 이렇게 되면 피차 신분에 합당한 재력을 갖춘 것이어서 내적 갈등이 없는 균형상태를 이룬 셈이다. 그렇지만 맨 마지막의 결론은 다시 원상으로 돌아간다는 것이다. 고소설에서 흔한, 몰락했다가 다시 상승하는 해피엔딩이 드러나지 않는다.

더욱 중요한 것은 이제 어느 한쪽이 일방적으로 선하고 어느 한쪽이 일방적으로 악한, 고질적인 선악의 이분법적 대립을 벗어나고 있다는 점이다. 양반은 선한가? 물론 선하다. 그는 아무 하는 일 없이 노는 사람처럼 보이겠지만, 군수가 부임 올 때마다 인사를 올 정도의 명망가이다. 돈 한푼 없이 벼슬 하나 없이 사는데도 군수가 인사를 온다면 틀림없이 학행이 뛰어나거나 덕행이 남달라야만 한다. 그러니 선하다. 그러나 아내로부터는 늘 불만을 사고 끝내는 국가의 재물을 축내고 마는 인물이다. 그래도 선한가? 마찬가지로, 부자

〈양반전〉이 들어 있는 박지원의
문집 『연암집』 _두산백과사전

는 선한가? 물론 선하다. 양반의 온갖 못된 행실을 나열한 문건을
보면서 도둑놈이 되기 싫다며 달아날 정도의 양심을 지닌 인물이
다. 그러나 그 이전에 양반의 위기를 틈타서 그 신분을 사려는 시도
를 보인 인물이다. 그래도 선한가?

　이 작품은 그렇게 선악으로 판단이 되지 않으니 선악의 구도로 해
결될 수도 없다. 이미 개인의 문제를 넘어선 마당에 뾰족한 해결책이
있을 수도 없다. 이는 작가가 바라보는 사회적 문제의 심각성이 어느
정도인지를 잘 보여준다. 이는 그에게 내비쳐진 경제적 분배, 고질적
인 신분제의 모순 등등이 이미 개인의 성실함이나 선량함만으로는 제
대로 극복될 수 없는 것임을 뜻한다. 박지원의 다른 작품 〈허생전〉이
나 〈호질〉 등등을 보아도 대개 그 끝이 문제의 완전한 해결을 지향하
지 않고 처음 문제를 반복함으로 해서 결과적으로 그 문제의 심각성
을 강화하는 쪽으로 흘러간다. 요컨대 박지원의 소설에서는 선한 인
물은 그에 상응하는 신분이나 지위를 지녀야 한다든지 하는 당위성을
앞세워 어느 한 쪽을 낮추거나 높이는 조작으로 그 불균형을 해결하

는 것이 아니라, 그 불균형상태를 그대로 보여줌으로 해서 그것이 얼마나 부당한 것인가를 일깨워주는 셈이다.

살기가 힘에 부칠 때

살다보면 온갖 문제에 봉착한다. 개중에는 힘이 넘쳐서 제 문제를 다 해결하고 남의 문제까지 해결해주는 사람도 있지만 대개는 제 문제를 해결하기에도 힘에 부칠 때가 많다. 나는 그럴 때마다 앞서 살핀 '권선징악'의 세 유형을 생각해본다. 대체 어떻게 타개할 것인가? 나는 이 셋을 각각, 〈유충렬전〉 같은 작품은 문제를 직접 해결한다는 점에서 '문제해결형'이라고 명명하고, 〈흥부전〉 같은 작품은 양쪽 모두의 문제를 풀어버린다는 점에서 '문제해소형'이라고 하고, 〈양반전〉 같은 작품은 아무 해결 없이 문제를 제기하기만 한다는 점에서 '문제제기형'이라고 한다.[12]

문제해결형은 매우 간단하게 문제를 해결해주는 만큼 통쾌한 맛이 난다. 무엇보다 싸우는 재미가 쏠쏠할 뿐만 아니라, 상대를 내앞에 무릎 꿇려 보려는 유혹을 벗어나기 어렵다. 만일 소설에서처럼만 된다면야 어떤 문제에 봉착하든 일전을 불사해야 마땅하다. 그러나 어디 세상일이 소설처럼 되는가? 게다가 무슨 근거로 내가 유충렬이라고 자신할 수 있겠는가? 내가 만약 유충렬이 아니고 정한담이라면 제 간이 도려내질 각오를 할 때에라야 비로소 이런 싸움에 낄 수 있다. 그럼에도 불구하고 그 간명한 대립과 도식 덕분에 많은 독자층을 확보할 수 있었으며, 그 주요인은 단순한 이야기임에도 불구하고 간단한 구조의 여러 이야기를 뒤섞어놓아서 소설 읽는 재미를 한껏 느끼게 한 데에 있을 것이다. 비록 단순한 한 가지 틀이지만 개인·남녀·가문·국가 등등의 여러 요소들을 다양하게 배치하여 읽는 재미를 증폭시켜준다.

다음으로, 문제해소형은 어느 한 쪽의 일방적 승리에 의한 문제해결을 피한다는 점이 특징이다. 악인들은 강력한 응징을 받기보다는 참회를 통하여 올바른 인간으로 탄생시키는 길을 모색한다. 악인들의 강력한 응징이 불가능하다는 점에서 문제제기형보다 통쾌감이 줄지만, 악인들과도 함께 살 수 있는 세상을 마련할 수 있다는 점에서 건설적이다. 그러나 실제 사회생활을 해본 사람들은 알 것이다. 이런 식으로 문제를 풀 수 있는 상대란 적어도 '기본이 된', '어느 정도 갖추어진' 사람들이다. 또 상대의 감화 가능성 못지않게 자신의 감화능력도 중요하다. 감화시키려다 오히려 상대에게 제가 물들거나 상대의 심기를 더 건드려서 공연히 긁어 부스럼을 만드는 일이 적지 않다. 그러니 웬만한 일쯤은 무심히 잘 넘기면서 이쪽 저쪽을 다 포용할 수 있을 때 비로소 문제가 '해소' 된다.

문제제기형은 이상의 두 유형이 갖고 있는 한계를 어느 정도 극복한 것으로 보인다. 실제로 현대소설의 대부분이 이 문제제기형이라고 할 수 있을 것이다. 현실적으로 불가능할 것 같은 응징도, 도덕적 감화도 없다. 처음부터 끝까지 본래의 문제가 풀리지 않는다. 어찌 보면 문제는 더욱 복잡하게 꼬이는지도 모른다. 그러나 이렇게 함으로 해서 적어도 현실적이고 합리적인 해결을 시도할 여지를 남긴다는 점이 큰 미덕이다. 그럼에도 불구하고 이런 작품을 읽는 것은 한편으로는 현실 인식의 즐거움을 줄지 모르지만 매우 피곤한 일이다. 문제의식이 충만한 작품 가운데 재미있는 작품이 그리 많지 않은 것은 바로 그때문이다. 삶으로 돌아와서 생각한다 해도, 사사건건 시비를 가리고 문제를 제기하는 사람이 꼭 그렇게 훌륭한 사람인가 의문이 들 때가 있다. 그러나 개인의 힘으로는 도저히 어찌할 수 없는 문제가 꼭 있다면 이 문제제기형 방법이야말로 주효하다.

그러므로 우리는 어떤 문제에서든지 잘 생각해보아야 한다. 내 힘으로 상대를 제압해서 넘어설 수 있는 문제인가, 아니면 그렇게 하다가 공연히 일만 그르치고 나만 피해를 볼 일인가? 상대를 감화시켜서 공동체의 장으로 끌어올 수 있는 문제인가, 아니면 그랬다가 공연히 못된 사람만 수수방관하는 꼴이 될 문제인가? 냉철하게 분석하여 집단의 전체적인 문제를 제기해야 할 사안인가, 아니면 그렇게 했다가 오히려 결속력만 떨어뜨리거나 공연한 문제 나열에만 그칠 사안인가?

■ 주석

1)『유충렬전』완판 86장본(상) 5~6장. (김동욱 편 ,『景印 板刻本古小說全集(2)』, 연세대 인문과학연구소, 1971, 337쪽. 이하 '전집' 으로 약칭)
2)『유충렬전』, 앞의 책, 3~4장. 전집(2), 336쪽.
3)『유충렬전』(하), 같은 책, 28~29장. 전집(2), 368쪽.
4) 강한영 校注,『신재효 판소리사설집(全)』(보성문화사, 1978), 325쪽.
5) 강한영 校注, 같은 책, 331쪽.
6) '불구적 인간상'에 대해서는 설성경·박태상,『고소설의 구조와 의미』(새문사, 1986), 341~357쪽 참조.
7)『흥부전』(세창서관, 1962), 56쪽.
8)『열여춘향슈졀가』, 완판 84장본(하), 39장. 전집(3), 356쪽.
9)『심청전』, 완판 71장본(하), 34장. 전집(2), 240쪽.

10) 김삼불 교주, 『배비장전 · 옹고집전』, (국제문화관, 1950), 111쪽.

11) 『無雙 춘향전』(조선서관, 1915), 143쪽.

12) 상세한 내용은 졸고, 「18 · 19세기 소설에 나타난 '대결' 양상」(『열상고전연구』 제4집, 열상고전연구회, 1991) 참조.

제 7 강

〈양반전〉의 주제는
양반비판인가?

국어교육의 허실과 〈양반전〉

대학 신입생을 가르치는 일은 언제나 가슴 설레는 일이다. 나도 그랬듯이 신입생들은 정말 신선함 그 자체이다. 어디서고 풋풋한 냄새가 난다. 당연히 요령을 피우는 일도 별로 없고 호기심은 충만한지라 스펀지처럼 모든 것을 받아들인다. 그렇지만 그 가운데에도 참으로 답답한 일이 있으니, 바로 사전(事前) 학습 때문이다. 물론 강의 전에 예습을 하고 들어온다면야 훌륭한 일이지만, 그런 노력은 전혀 없이 고등학교 수업시간이나 참고서 한 귀퉁이에서 얻은 내용으로 중무장을 하고 앉아 있으면 도무지 강의가 먹혀들 틈이 없다.

교양국어 교재에 실린 〈양반전〉을 읽히고 나서 수업에 들어가기 전에 학생들에게 묻는다.

"지금 읽은 이 작품의 주제가 무엇이라고 생각합니까?"

이때부터가 절망의 극치이다. 열이면 열, 백이면 백 답이 똑같기

연암 박지원 초상(30×39cm) _박찬우
소장

때문이다.

"양반 비판입니다."

다시 한 번 더 묻는다.

"어디에 그런 비판이 들어있나요?"

학생들은 의기양양하게 대답한다.

"바로 지금 읽은 여기 문서에 적힌 내용이 다 양반들의 허위와 무능을 말하고 있습니다."

이쯤에서 수업 이야기는 더 이상 하지 않겠다. 학생들이 이구동성으로 대답할 수 있는 것은 소설주제에 대한 교감이 있어서가 아니라 고등학교 교육에서 배운 그 획일성 때문이다. 만일 이 작품이 고등학교 교과서에 수록되지 않았고 언급조차 없는 것이었다면 꼭 그렇게 동일한 대답이 나오지 않았을 것이다. 실제로 고등학교에서 전혀 다루지 않았을 작품을 보여주면서 수업을 해보면 이 점은 곧 사실로 판명된다. 어쨌거나 학생들의 이런 대답에는 적어도 다음의 몇 가지 문제가 있다. 첫째, 실제로 작품을 읽어가면서 주제를 추출해보지 않았다. 둘째, '양반비판'은 너무 포괄적인 언급이다. 셋째, '양반비판' 행위 자체만으로 가치를 평가하려 든다.[1]

이제 그러한 문제를 염두에 두고, 작품을 꼼꼼하게 읽어가면서 주제를 따져보기로 한다. 박지원의 다른 소설에도 두루 통용될 만한 주제를 이 작품만의 주제라고 이야기하지 말고, 양반에 대한 못마땅한 시선을 거둔다면 분명 〈양반전〉은 새롭게 읽힐 수 있을 것이다.

박지원의 '코끼리' 다루는 솜씨

박지원의 글 솜씨가 대단하다는 말은 누구나 들어서 알고 있다. 오죽했으면 임금까지 나서서 그의 문장에 대해 왈가왈부했으랴. 그러나 실제로 그의 문장이 얼마나 대단한지 아는 사람은 그리 흔치 않다. 문득, 대학 시절 '연암 박지원 소설의 한계에 대해 쓰라'는 문제를 만나 졸지에 창작(?)을 했던 기억이 난다. 연암은 늘 극찬의 대상이었지 어디 한 군데 비판을 받아본 일이 없었던 터라 햇병아리 학부생이 그 문제에 걸맞은 답을 쓴다는 것은 참으로 기대하기 어려운 판이었다. 그러나 사정이 지금이라고 별로 나아지지는 않았다. 하지만 내가 대학 다닐 때 겪던 그 참담함을 겪는 독자들에게 먼저 준비운동을 권해주고 싶다.

선뜻 눈에 익은 작품은 아니지만 박지원의 산문 중에 〈상기(象記)〉라는 작품이 있다. 박지원의 문장이 이러니저러니 아무리 말해보아야 문장론을 정식으로 배우려는 입장이 아닌 바에야 큰 소용이 없을 것이므로 이런 본보기를 통해서 그만의 문장이 지닌 개성의 일단을 훑어보기로 하자.

만일 괴이하고 속임수 있고, 기이하며 거대한 모습을 보려거든 먼저 선무문(宣武門: 북경의 남서문) 안에 상방(象房: 의장용 등으로 쓰던 코끼리를 기르던 곳)에 가보아야 할 것이다. 내가 북경에서 코끼리 열 여섯 마리를 보았지만 모두 쇠사슬로 발을 매어놓은 통에 그 움직이는 모습을 보지 못했었다. 지금 열하(熱河) 행궁(行宮: 임금이 거둥할 때 묵던 別宮) 서쪽에서 두 마리를 보니 온 몸이 꿈틀거리며 풍우처럼 갔다.

  내가 언젠가 새벽녘에 동해 바닷가에 갔다가 파도 위에 말처럼 서 있는 것을 무수히 보았다. 모두 커서 집채만 한데 물고기인지 짐승인지 알 수 없었다. 해가 뜨기를 기다렸다가 보려고 했으나 해가 막 바닷물에 솟을 즈음 파도 위에 말처럼 서 있던 것은 이미 바다 속으로 숨어버렸다. 지금 10보 밖에서 코끼리를 보니 그 동해의 생각이 들만 했다.

  그 물체의 됨됨이란 이렇다. 소 몸뚱이에 나귀 꼬리, 낙타 무릎에 호랑이 발굽이고, 짧은 털은 회색이다. 어질게 생긴 모양에 슬픈 소리를 내고, 귀는 구름이 드리운 듯하며, 눈은 초생달 같고, 양 어금니는 크기가 두 아름이며, 길이는 한 발 남짓이고, 코는 어금니보다 긴데, 구부렸다 펴는 것이 마치 자벌레 같으며, 둥그렇게 마는 것은 굼벵이 같으며, 끝은 누에 꽁무니 같은데, 물건을 끼는 것이 족집게 같아서 말아서 집어넣는다. 입은, 혹 코를 주둥이로 오인하는 사람도 있어서 다시 코 있는 데를 찾아보기도 한다. 대체로 코가 이렇게까지 생겼을 줄 생각지 못하기 때문이다. 혹 코끼리 다리를 다섯이라고도 하는 사람도 있고, 혹 코끼리 눈을 쥐 같다고 하기도 하는데, 이는 대개 코와 어금니 사이에 정신을 빼앗겨서 그런 것이다. 그 온몸에서 가장 작은 것을 집어서 보는 사람에게는 이렇게 턱없는 비교가 있게 된다. 대개 코끼리 눈은 몹시 가늘어서 간사한 사람이 아부하며 눈부터 먼저 웃는 것 같다. 그러나 그 어진 성품은 눈에 있다.

  강희(康熙) 황제 시절에 남해자(南海子: 북경의 동산 이름)에 사나운 호랑이 두 마리가 있었는데 끝내 길들일 수가 없었다. 황제는 화가 나서 호랑이를 상방(象房)에 집어넣게 했다. 코끼리가 크게 놀라서 그 코를 한번 휘두르자 사나운 호랑이 두 마리는 그 자리에서 죽고 말았다. 코끼리가 호랑이를 죽이려했던 것이 아니라 날고기 냄새가 싫어서 코를 휘둘러 잘못 건드린 것이다.

아, 세간 사물의 미미한 것으로 겨우 털끝 같은 것이라도 하늘을 가리키지 않는 것이 없지만, 하늘이 어찌 다 일일이 명했겠는가? 형체로 이야기한다면 '천(天)'이요, 성정(性情)으로 이야기한다면 '건(乾)'이요, 주재하는 것으로 이야기한다면 '제(帝)'요, 오묘한 작용으로 이야기한다면 '신(神)'이니. 부르는 이름이 여러 방면이다. 너무 친밀하게 일러서, 이(理)와 기(氣)는 풀무로 삼고, 뿌리고 부여하는 것을 조물(造物)로 삼으니, 하늘을 재주 있는 장인에 비하여 망치질, 끌질, 도끼질, 칼질에 쉴 사이가 없다고 본다. 그러므로 『주역(周易)』에 이르기를, '하늘이 초매(草昧: 혼돈)를 지었다.'고 했다. '초매'란 것은 그 빛이 컴컴하며 그 모양이 자오록하여 비유하자면 동이 틀락말락할 때와 같아서 사람과 물건을 분별할 수 없다. 컴컴하고 자오록한 속에서 하늘이 만든 것이 과연 무엇인지 나는 모른다. 밀가루 집에서 밀을 갈 때, 가는 것·큰 것·잘 갈린 것·거친 것이 뒤섞여서 땅에 흩어지니 무릇 맷돌의 공은 도는 것뿐이지 처음에 어찌 잘 갈린 것과 거친 것에 뜻을 두

『연암집』 중의 〈상기〉

었겠는가?

그런데 이야기하는 사람은 말하기를, "뿔이 있는 것에게는 이빨을 주지 않았다."고 하여 세상 만물을 만드는 데 무슨 결함이나 있는 듯이 생각하지만 이는 망령된 것이다. 감히 묻겠는데, "이빨을 준 사람은 누구인가?" 사람들은 "하늘이 주었다."고 말할 것이다. "장차 무엇 하려 주었는가?" 사람들은 "하늘이 그것으로 물건을 씹게 하려 했다."고 말할 것이다. 다시 묻겠다. "그것으로 물건을 씹게 한다는 것은 무엇인가?" 사람들은 말할 것이다. "이것이 저 이치이다. 금수가 손이 없으므로 꼭 주둥이와 부리를 구부려 땅에 닿아서 음식을 구하는 것이다. 그래서 학의 다리가 이미 높고 보니 목이 길지 않을 수 없다. 그러고도 오히려 혹시라도 땅에 닿지 않을까 염려하여 또 그 부리를 길게 한 것이다. 만약 닭의 다리가 학의 다리를 본받는다면 뜰에서 굶어죽을 것이다."

나는 크게 웃으며 말한다. "그대가 말하는 '이(理)'라는 게 소·말·닭·개에게는 맞는 것일 뿐이다. 하늘이 이빨을 준 것은 반드시 구부려서 물건을 씹게 하려는 것이라면 지금 저 코끼리는 아무 쓸모없는 어금니를 심어준 것이다. 장차 구부려서 땅에 닿으려고 한즉 이미 먼저 걸리니 이른바 물건을 씹는다는 것이 스스로 방해받지 않겠는가." 혹자는 말할 것이다. "코에 기댈 수 있다." 나는 말한다. "어금니가 길어서 코에 기대는 것보다 차라리 어금니를 없애고 코를 짧게 하는 것만 못하다." 이에 이야기하는 사람이 처음의 이야기를 능히 세우지 못하고 배운 바를 좀 수그러뜨렸는데, 이는 기껏 생각이 미친다는 것이 소·말·닭·개뿐이요, 용(龍)·봉(鳳)·거북·기린(麒麟) 같은 데에는 미치지 못했기 때문이다.

코끼리가 호랑이를 만나면 코로 쳐서 죽이니 그 코는 천하무적이지만, 쥐를 만나면 코를 땅에 둘 데가 없어 하늘을 쳐다보며 멍하니 서 있다. 그렇다고 장차 쥐가 호랑이보다 무섭다고 한다면 아까 말한 이치에 맞지 않을 것이다. 대체 코끼리는 오히려 눈에 보이는 것인데도 그 이치의 모를 것이 이와 같으니 하물며 천하 만물이야 코끼리의 만 배나 복잡함에랴.

그러므로 성인(聖人)이 『주역(周易)』을 지을 때 '상(象: '형상'의 뜻으로 『주역』에서 만물변화의 이치를 설명하는 용어)'을 따서 지은 것도 코끼리 같은 형상을 보고 만물의 변화하는 이치를 연구하게 하는 것이다.[2]

제목은 '상기(象記)'이다. '기(記)'는 있었던 사실을 기록하는, 한문 문장의 한 갈래이다. 그러므로 이 글은 '코끼리 기(記)'라는 뜻이다. 요즘 초등학생쯤이 짓는 글이라면 〈코끼리를 보고〉 정도의 글이다. 그러나 여기의 '코끼리'는 맨 마지막에 있듯이 '형상(形象)'의 뜻까지 포함하는 것이어서 제목을 원문대로 그대로 두는 편이 낫다. 코끼리처럼 구체적인 사물에서 출발하여 주역의 '상(象)' 같은 추상적인 논의로까지 뻗쳐나가는 박지원의 글재주와 힘이 이 글을 감상하는 요체일 것이다. 보면 알겠지만, 박지원의 글은 그가 하고자 하는 뜻을 단번에 표면적으로 드러내는 법이 없다. 늘 우회적으로, 다른 내용과 곁들여서, 여러 단계를 거쳐서 '치밀하게' 보여준다.

맨 처음부터가 그렇다. 그는 글을 시작하자마자 우선 사람들의 호기심을 한껏 부풀려 놓는다. 요즈음이야 서너 살만 되면 동물원에 가서 제일 먼저 눈으로 확인하는 짐승이 코끼리이겠지만 예전에는, 그것도 조선 같은 변경에 사는 사람으로 코끼리를 구경하는 일은 좀처럼 얻기 어려운 기회였겠다. 그렇게 구경은커녕 구경할 꿈도 못 꾸던 독자들에게 대뜸 어디로 가보는 게 좋을 것이라고 이야기한다. 그런데, 둘째 단락에서는 전혀 엉뚱해 보이는 내용이 돌출한다. 난데없이 동해안의 괴물체 이야기를 해나가는데, 사실 이 괴물체는 나중에 코끼리 이야기를 끌어다 세상 사물을 인식하는 방법쪽으로 몰고 가는 핵심축이 된다. 만일 코끼리의 외형이나 그려내고 말 것이라면 이런 내용은 전혀 불필요했을 뿐만 아니라 오히려방해가 되었을 것이다. 그러니 이런 내용을 집어넣으면서 자신이원하는 주제 쪽으로 이끌어간다는 데에 박지원 글의 매력이 있다.무언가 대단한 괴물체인 줄 알고 해뜨기를 기다려보았더니 정작 날이 밝자 그 물체는 바다 속으로 사라졌다고 했다. 자기가 눈으로 보았던, 그래서 있다고 믿었던 것이 헛것이라는 말이다. 코끼리를 보면서 그럴 가능성을 타진하고 있다.

이 다음 단락에서는 또 한 번의 충격을 준다. 어차피 바로 이 앞단락에서는 무언가 알 수 없는 물체가 있었는데 나중에 보니 아니었다고 하면서 심각한 주제를, 사상적인 주제를 내놓을 것처럼 보인 바 있다. 그렇다면 코끼리 이야기를 가지고 단번에 그런 고차원적인 주제로 넘어갈 것으로 예상할 만하다. 하지만 사실은 영 그렇지 않다. 보는 대로 갑자기 현란한 묘사로 이어지고 있는 것이다.바로 이 대목에서 우리는 박지원의 비범함을 엿보게 된다. 나만 해도 창경원에서 어린이대공원으로, 다시 과천의 서울대공원으로 그간 코끼리를 본 것이 대체 몇 번이며, TV에서 코끼리의 클로즈업 장면은 또 얼마나 많이 보았던가. 도회지 어린이라면 소보다 더 많이 본 것이 코끼리일 수도 있다. 그러나 불행하게도 박지원이 묘사한 만큼은 고사하고 그 반의 반도 따라갈 수가 없다. 어쩌면 그렇게 자세하게 묘사할 수 있는지 그 탁월한 재주에 절로 머리가 숙여지고 무릎이 구부려진다.

나는 이 작품을 읽은 뒤, 작정을 하고 동물원에 가본 일이 있다. 다행히 불과 10m 안쪽 거리에서 유심히 관찰할 기회를 얻었지만 이 작품의 관찰력을 따라갈 수 없었다. 원고지로 따지자면 불과 두 장 이상 넘어갈 내용을 얻지 못했던 것이다. 이러니 보통 사람의 묘사력은 참으로 보잘것없는 것이 아니겠는가. 그러나 『열하일기』에 있는 코끼리에 관련된 또 다른 작품인 〈상방(象房)〉을 보면, 이런 코끼리 묘사가 공연히 이루어진 것이 아님을 알 수 있다. 박지원은 코끼리 부리는 사람에게 부채와 환약을 뇌물로 주면서까지 그 움직이는 모양을 자세하게 관찰했던 것이다. 그렇다고 내가 뇌물이 없어서 박지원만 못하다는 이야기는 절대로 아니다. 그렇게까지 해서라도 사물을 자세하게 관찰하려는 그 문인다운 고집이 그만 못하고, 결정적으로는 묘사를 하더라도 단순히 보이는 대로 하는 것이 아니라 매우 치밀하게 앞으로의 글에 맞추어서 하는 능력에서 그만 못하다. '소 몸뚱이에 나귀 꼬리, 낙타 무릎에 호랑이 발굽' 같은 묘사가 특히 그렇다. 소는 매우 크고 점잖아 보이며, 나귀는 매우 작고 방정맞아 보인다. 낙타는 인내심을 가진 순한 짐승이지만 호랑이는 용맹함을 갖춘 무서운 짐승이다. 이렇게 짝을 맞추어놓다 보니까 은연중에 코끼리 안에 어떤 모순이 있는 것으로 여겨지게 만든다.[3] 그런 모순의 절정에 '눈'이 있다. 눈이 가늘다는 데에 있어서 간사함을 느끼지만, 사실은 코끼리의 인자함이 눈에 들어있다고 했다.

　이런 묘사가 끝나고는 갑자기 실제 있었던 사건을 하나 끄집어내면서 새로운 국면전환을 시도한다. 코끼리가 매우 순한 듯하지만 기실은 호랑이 두 마리쯤은 단번에 날릴 만한 힘이 있다는 점을 강조한다. 이는 맨 끝쯤에 있는 코끼리와 호랑이, 쥐의 관계를 보여주기 위한 것이다. 코끼리와 호랑이로만 보면 코끼리의 코는 매우 유용한 무기이지만, 코끼리와 쥐의 관계로 보면 코란 것이 없느니만도 못한 거추장스러운 몸의 일부일 뿐이다. 그런데 얼핏 보면 코끼리가 호랑이를 물리친 이야기는 앞서 보인 코끼리의 외형 묘사와는 아주 거리가 먼 엉뚱한 느낌을 준다. 코끼리가 그렇게 힘이 세다는 말을 끝으로, 맨 뒤쪽의 쥐 이야기가 나올 때까지 전혀 언급조차 없기 때문이다. 그러나 앞서 코끼리의 눈을 제대로 못 본 사람과 연결해보면 엉뚱하기는커녕 사실은 아주 정연한 일관성을 갖는 이야기임이 금세 드러난다. 코끼리를 볼 때, 코와 어금니에만 빠져 있으면 코끼리의 실상을 놓치는 것처럼 코끼리의 행동 역시 일부의 내용에만 현혹되면 제대로 볼 수 없다는 것이다.

　이런 정지작업을 거친 후 '아,~' 이후의 내용이 비로소 본격적인 논설이 된다. 천하 만물이 모두 조물주가 뜻한 바 있어서 일일이 맞추어놓은 것이며, 그런 조작에 의하여 운명적으로 만들어진다고 믿는 통념에 대한 반격을 하는 것이다. 사람들이 그런 통념의 허상을 깨우치지 못하는 것은 오로지 일반적으로 가장 흔한 사례만을 들어서 거기에 맞게 합리화하였기 때문이다. 여기에서 박지원이 맨 마지막에 『주역』을 들고 나온 심사를 좀 더 쉽게 이해할 근거가 생긴다. 『주역』은 지금도 그렇지만 많은 사람들이 무슨 점이나 치는 책

정도로 이해하는 경향이 있다. 박지원의 말대로 이 책은 본래 만물의 변화하는 이치를 연구하도록 한 책임에도 불구하고, 오히려 역술서 쪽을 부각시켜서 오히려 변화 가능성을 막고 고정된 방향으로 나아가도록 종용하는 경우도 많았던 것이다.

박지원은 '코끼리'를 통해, 사물의 전체를 총괄하여 합리적으로 헤아릴 것을 촉구하고 있다. 우선 그가 코끼리를 얼마나 다양하게 볼 수 있는가를 몸소 보여주면서, 그렇게 하지 못하는 사람들이 보인 한계를 분명히 드러냈고, 그런 한계를 벗어나는 것이 참된 공부임을 역설했다. 이처럼 기발한 착상에 의해 이질적인 내용들을 얽어놓으면서 그것이 중심을 잃지 않게 한쪽으로 집중되게 만드는 솜씨, 계속적으로 앞의 내용을 부정하고 뒤집으며 뒤의 이야기를 덧보태어 새로운 사실로 나아가도록 하는 재주가 박지원의 글에서 신경을 써야 할 부분이다.

문제의 매매 문서 두 장

〈양반전〉은 박지원의 다른 작품들에 비해 확실히 간단하다. 줄거리는 바로 이 앞 강에서 살펴본 대로인데, 그런 줄거리만으로는 〈양반전〉의 속을 전혀 알 수 없다. 실제 작품을 읽어본 사람들이라면 이 줄거리는 〈양반전〉의 맛을 완전히 없애버린 허울뿐이라고 생각할 것이다. 그도 그럴 것이 〈양반전〉은 작품의 태반이 매매 문서의 내용으로 구성되어 있어서 그것을 빼고 나면 달리 무슨 내용이 남을지 의문스러울 정도이다. 게다가 이 문서에 대한 해석 여하에 따라서 이 작품의 주제를 보는 시각은 아주 달라질 수 있기 때문에 세심한 논의를 요한다. 따라서 우선 문서 내용의 실체를 파악하는 것이 좋겠는데, 먼저 첫 번째 문서부터 살펴보자. 문서의 시작은 상당히 규범적이며 공식적인 계약서 형식을 갖추면서 시작된다.

건륭(乾隆) 10년(서기 1745년) 9월 〇일, 이 문서는 양반을 팔아서 관가의 곡식을 갚은 것으로 그 값은 천 석이다.

'양반' 이란 여러 가지 호칭이 있다. 책을 읽으면 '선비' 라 하고, 정치에 종사하면 '대부' 라 하며, 덕(德)이 있으면 '군자' 라 하며, 무반(武班)은 서쪽에 늘어서고 무반(武班)은 동쪽에 벌여 있으므로 이를 '양반' 이라 한다. 이 가운데 네 멋대로 따르라.[4]

이 첫 대목부터가 심상치 않다. 사람들이 흔히 주목하는 바는 바로 이 다음에 이어지는 양반의 행실이지만 그 발단은 사실 여기에 있으며, 이 첫머리가 전체를 이끌기 때문이다. 양반의 호칭이 여럿 있다는 것은 양반이 해야 하는 역할이 여럿 있다는 말이다. '양반' 이전에 각자 자기 호칭을 생각해보면 이는 쉽게 이해되는 말이다. 가령, 나 같은 경우라면 '아들, 아빠, 남편, 친구, 선생님, 박사…' 등 실로 많은 호칭이 있는데 이 호칭들은 그대로 나의 역할인 것이다. 그런데 〈양반전〉에서는 선비, 대부, 군자, 양반 중 아무것이나 네 마음대로 하라고 했다. 이는 역할과 관계없이 호칭을 취하는 폐단을 드러낸 대목이다. 공부를 안 하는 사람이 '선비' 를, 덕이 없는 사람이 '군자' 를 취하는 것은 단순히 이름을 바르게 하는 문제만이

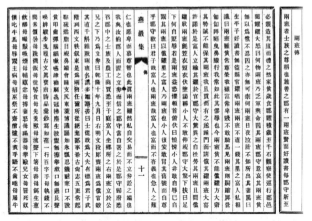

『연암집』중의 〈양반전〉

아니라 질서를 어지럽히는 일이다.

따라서 맨 처음의 이런 시작은 다분히 '양반'의 정체성을 문제 삼고자 하는 의도가 강하다. 이런 도입부가 끝나면 양반으로서 마땅히 해야 할 규범들을 늘어놓으며 비로소 논쟁이 시작된다.

이전에 하던 비속한 일은 하지 말고, 옛 사람처럼 되기를 바라서 뜻을 고상하게 하며, 밤이 오경(五更: 새벽 3~5시)이면 항상 일어나서 성냥을 그어 등불을 켜고, 눈으로 코끝을 슬며시 내려다보며, 양 발을 단정히 모아 볼기를 괴고 앉아서『동래박의(東萊博議: 송나라의 여조겸이 지은 책으로 역사에 대한 논평을 담음)』를 얼음 위에 박 밀 듯 외고, 배고픔을 참고 추위를 견디며, '가난'을 입에 올리지 말며, 이를 부딪쳐 소리를 내고 뒤통수를 튕기며, 가는 기침을 하고 침을 삼키고, 소매로 갓을 쓸어서 먼지를 털어 없애며, 세수할 때 주먹을 비비지 말며, 양치질 할 때 너무 지나치게 하지 말며, 소리를 길게 끌어 계집종을 부르며, 신을 끌면서 천천히 걷고, 『고문진보(古文眞寶)』와 『당시품휘(唐詩品彙)』를 깨알처럼 베껴 쓰되 한 줄에 백자씩 쓰며, 손에 돈을 말며, 쌀값을 묻지 말며, 더워도 버선을 벗지 말며, 맨상투 차림으로 밥을 먹지 말며, 국물을 먼저 마셔버리지 말며, 마실 때는 훌쩍이지 말며, 젓가락으로 상에 방아 찧지 말며, 생파를 먹지 말며, 막걸리를 마시면서 수염을 빨지 말며, 담배를 필 적에는 볼이 오목하도록 빨지 말며, 분하다고 아내를 치지 말며, 화 났다고 그릇을 차지 말며, 주먹으로 아녀자를 때리지 말며, 하인을 야단쳐 죽이지 말며, 소나 말을 꾸짖으며 전 주인을 욕하지 말며, 병이 들었다고 무당을 부르지 말며, 제사를 지낸다고 중을 불러 재(齋)를 올리지 말며, 화로 곁에 불을 쬐지 말며, 말하다가 이빨 사이로 침을 튀기지 말며, 소를 도살하지 말며, 도박하지 말라. 무릇 이 온갖 행실에 양반에 위배됨이 있으면 이 문서를 가지고 관가에 와서 바로잡는다.

성주(城主) 정선군수 서명. 좌수(座首)와 별감(別監) 증서(證署)[5]

부자가 양반 신분으로 되기 위해서는 천인이 하던 비속한 일은 죄다 버리고 새로운 양반신분에 적응하기 위한 훈련을 받아야 하는 것이야 너무도 당연한 일이다. 그리하여 그 이른 새벽에 일어나 책상에 앉는 것으로부터 시작하여 '양반수업'에 임해야 한다는 것이다. 그런데 조금만 읽어나가면 좀 이상한 부분이 돌출한다. 코끝을 보고 침을 삼키고 뒤통수를 튕기고 하는 일련의 행위들이 그렇다. 김태준이 "전(傳) 속에 실린 양반백행(兩班百行)은 조선예의(朝鮮禮儀)가 너무나 형식에만 나아가서 말세적 습관을 일렀다고 비소(鼻笑)"[6]

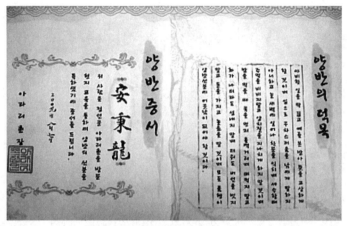

강원도 정선 아라리촌에서 관광기념품으로 발행한 양반 증서

한 것으로 본 이래 한동안 이 부분에 대한 한 별다른 이견이 없었다. 아무리 좋게 보아주려한들 "더러운 행투"나 "불결하고 예의에 어긋난 행동"[7] 이상으로 보일 수 없기 때문이다.

　그런데, 이런 부분에 대한 해석을 달리하는 논의가 제기되어 주목을 끈다.[8] '이를 부딪쳐 소리를 내고 뒤통수를 튕긴다'는 원문에 '고치탄뇌(叩齒彈腦)'로 되어 있는데, 기존 번역에서 "아래 윗니를 마주 부딪치어 똑똑 소리를 내며 손가락으로 뒤통수를 퉁겨 코똥을 키잉하고 뀐다."[9]처럼 아주 장황하게 번역이 된 경우도 있는데 상당히 악의적인 면이 있다. 이는 사실 불결한 행동이 아니라, 이른 새벽에 일어나 멍한 정신을 수습하고 공부하기 위한 준비 동작으로 보는 편이 옳다. 실제로 연암 자신도 정신이 제대도 수습되지 않는 상황에서 '고치탄뇌(叩齒彈腦)' 했다고 하니 굳이 그렇게 심한 번역을 할 필요는 없을 것이다. 도가의 양생법(養生法)[10]이나 가벼운 실내운동 정도로 이해하는 것이 문맥에서 오히려 타당하다.

이하의 다른 대목도 사정은 마찬가지이다. 그 바로 다음의 '가는 기침을 하고 침을 삼키고'도 원문은 '세수연진(細漱嚥津)'인데 일부 번역에서 '가는 기침이 날 때마다 가래침을 지근지근 씹어 넘기고'[11]로 번역하여 누구라도 불결한 행동을 상상하게 만든다. 그러나 상식적으로 양반이라고 해서 아마 이유 없이 아침부터 일어나서 가래침을 삼킬 리가 있겠는가. 이 역시 "가는 기침을 하고 침을 삼키고" 정도의 번역이 타당할 것이라는 견해가 합리적일 듯하다. 지금도 노래를 부르거나 연설을 할 일이 있을 때, 누구나 목을 가다듬느라 헛기침도 하고 침도 삼키고 하는데 이와 마찬가지이다. 이렇게 본다면 이 두 가지 행위에 대해서 지저분하고 허식에 가득한 양반의 행동거지를 비판한 것이라는 해석은 자연히 수그러들 수밖에 없다.[12]

결국, 이 첫 번째 문서에서 객관적으로 보아 몹시 못마땅하게 여겨질 만한 것들은 그 내용이 실제로 그러해서라기보다는 선입견에 의해 악의적으로 원문을 대할 때 생기기 쉬운 오독(誤讀)에서 기인한 것이며, 이 점에서 이 첫 번째 문서에 대한 의미는 새롭게 조망될 필요가 있다. 적어도 당대의 양반이라면 공부를 시작할 때『소학(小學)』을 배우는 것이 기본이었고, 이 책이야말로 선비가 갖추어야 할 시시콜콜한 조목을 다 늘어놓은 것이어서 번잡하기 그지없지만, 연암과 동시대에 대표적 선비상을 갖춘 인물로 지목되는 이덕무(李德懋, 1741~1793)는 이에서 더 나아가 아예 '소절(小節: 작은 범절)'을 표제로 내건『사소절(士小節)』이라는 책을 내기에 이른다. 이덕무는 이 책의 서문에서, 항간에는 사소한 예절에는 구속을 받지 않는다는 의식이 팽배해 있지만 "미세한 행실을 삼가지 않으면 끝내는 큰 덕을 더럽힌다."는『서경(書經)』의 말을 인용해[13] 작은 범절의 의미를 부각시킨다.

이렇게 본다면 이 첫 번째 문서의 일차적 의미는 양반이라면 반드시 이행해야 할 의무조항의 나열이다. 그것이 지나치게 번잡하니 바로 양반의 허식에 대한 풍자라고 단정짓는 것은 적어도 이 일차적 판단 이후에나 가능한 것이지, 여기에 적힌 사항들 자체가 아예 부정적인 내용들뿐이라고 몰아쳐서는 작품해석의 온당성을 잃기 쉽다. 그렇다면 이러한 일차적 판단 위에 우리가 덧붙일 수 있는 의미는 무엇일까. 이에 대한 판단을 하기 위하여 이 문서가 있은 후에 나오는 부자의 다음과 같은 하소연을 되새길 필요가 있다. "양반이 겨우 이것뿐입니까? 내가 듣기로는 양반은 신선 같다는데 사실이 이렇다면 곡식만 잃은 꼴이니 이득이 되게 고쳐주십시오." 그래서야 자신에게 아무 이득이 없으니 억울하다는 주장이고 보면, 양반의 의무조항이 곧바로 이익으로 연결되지 못하는 현실을 뜻한다.

물론 선비가 행실을 닦는 것이 장사치와 같은 이득을 구하자는 일은 아닐 테지만, 적어도 그 행실을 닦은 만큼 응분의 보답이 있어야 하는데 유감스럽게도 그 첫 번째 문서에서는 그런 희망사항이 전혀 내비쳐지지 않아서 부자의 마음을 애타게 한다. 문서의 초두에서 부자가 양반의 네 가지 호칭 중에서 아무것이나 원하는 대로 고르라고 했지만 실제 여기에서 보여준 양반은 독서(讀書)하는 '선비'와 덕(德)을 쌓은 '군자'인 것이었다. 그런데 우리가 이 문제를 부자 한 개인의 문제로 치부하지 말고 당대 양반 일반으로 확대해 보면 그 의미가 더 명확히 드러난다. 여기에서 우리는 애써 작은 예절이나 규범까지 지켜가며 새벽부터 밤늦게까지 공부하며 악한 행실이라고는 전혀 하지 않지만 아무런 보답이 없이 무능한 존재로 자리하는 양반상(兩班像)을 상정할 수 있는 것이다. 다시 말하자면 이 문서로 해서 양반으로서의 의무조항에는 충실하지만 그에 상응하는 권리는 전혀 보장받지 못하는 불구적 양반상이 제시된다 하겠다.

두 번째 문서의 내용은 첫 번째 문서와는 아주 상반된 내용이다.

"대체 하늘이 백성을 낳으실 제, 그 갈래를 넷으로 나누셨다. 이 네 갈래의 백성들 중에서 가장 존귀한 이가 선비이고, 바로 선비를 불러 '양반'이라 한다. 이 세상에선 양반보다 더 큰 이문은 없음이라, 그들은 제 손으로 농사도 장수도 할 것 없이 옛 글이나 역사를 대략만 알 정도이면 곧 과거를 치러 크게 되면 문과요, 작게 이루더라도 진사(進士)는 떼어놓은 것이다. 문과(文科)의 홍패(紅牌)야말로 그 길이가 두 자도 못되어 보잘 것이 없지만 온갖 물건이 예서 갖추어 나게 되니, 이는 곧 돈자루나 다름없다. 그리고 진사에 오른 선비는 나이 서른에 첫 벼슬을 하더라도 오히려 늦지 않아서 이름 높은 음관이 될 수 있고, 게다가 훌륭한 남인에게 잘 보인다면 수령노릇을 하느라고 귓바퀴는 일산(日傘) 바람에 해쓱해지고, 배는 동헌(東軒) 사령들이 '예이' 하는 소리에 살찌게 되는 법이다. 뿐만 아니라, 깊숙한 방안에서 귀이개로 기생이나 놀리고, 뜰 앞에 쌓인 곡식은 학을 기르는 양식이다. 비록 그렇지 못해서 궁한 선비의 몸으로 시골살이를 하더라도 오히려 무단적인 행위를 감행할 수 있다. 이웃집 소를 몰아다가 내 밭을 먼저 갈고, 동네 농민을 잡아내어 내 김을 먼저 매게 하되 어느 놈이 감힌들 나를 괄시하랴. 네 놈의 코엔 잿물을 따르고, 상투를 범벅이며, 수염을 뽑더라도 원망조차 못하리라."

증서가 겨우 반쯤 이룩되었다. 부자는 어이가 없어서 혀를 빼면서 떨떨했다.

"아이구, 그만 두시유. 제발 그만 두셔유. 참 맹랑합니다그려. 당신네들이 나를 도둑놈이 되라 하시유."

하고 머리채를 휘휘 흔들면서 달아나 버렸다. 그리고 부자는 이 뒤로부터서는 한 평생을 다시금 '양반' 이란 소리를 입에도 담지 않았다.[14]

아무 잇속 없는 양반 놀음에 불만을 느낀 부자를 달래기 위한 두 번째 문서의 내용이다. 제일 먼저 양반은 얼마나 고귀한 존재인가를 말하지만 기실은 그 권세에 역점을 두어 설명한다. 그런데 이 대목의 기본형식은 바로 위 인용문에서 밑줄 친 부분으로 대표된다. 앞서 살펴본 첫 번째 문서에서는 양반이라면 모름지기 『동래박의』 같은 어려운 책을 얼음에 박 밀 듯이 술술 외워댈 만한 학식을 기본자격으로 제시하기는 했어도 그에 상응하는 실질적 보상이 전혀 드러나지 않아서 부자의 불만을 샀다. 그런데 여기에서는 거꾸로, 대략만 알 정도이더라도 최소한 진사는 한다는 사탕발림이 돌출한다. 그 이하의 논의도 마찬가지이다. 당시로서는 상당히 늦은 나이인 30세에 벼슬길에 올라도 오히려 늦지 않으며, 하는 일 없이 빈둥대도 살이 찔 만치 좋은 대우를 받고, 내 소가 없더라도 남의 소로 내 농사를 지을 수 있다는 식의 어법이 계속 중첩된다. 앞서 첫 번째 문서의 기본형식이 "— 을 하더라도 (…이 안된다)"[15]였다면 이제 이 두 번째 문서의 기본 형식은 "— 을 하지 않더라도 …이 된다"로 역전된 꼴이다.

이런 식의 나열이 계속되자 부자는 '도둑놈' 이 되기 싫다며 도망

가는데, 이는 결국 의무이행은 전혀 하지 않은 채 자신의 권리 내지는 잇속이나 챙기는 양반상을 그려낸 것으로 볼 수 있다. 앞서 보인 첫 번째 문서의 양반이 의무이행에는 과도하게 집착하지만 현실적 잇속에는 전혀 밝지 못했던 불구적 존재였다면, 이제 이 두 번째 유형의 양반은 그와는 정반대로 의무이행은 아주 등한시하지만 현실적 잇속에는 과도하게 집착하는 불구적 존재인 것이다. 결국, 첫 번째 문서나 두 번째 문서나 다소의 과장이나 해학이 곁들여지기는 해도 기본적으로는 당대에 팽배했던 비정상적인, 불구적 양반상을 제시한 것으로 파악할 수 있다. 이렇게 볼 때, 두 문서의 차별화가 가능해지고 그로써 작품 주제를 밝히는 데 도움을 준다. 어느 쪽이든 양반의 허세나 부도덕함을 비판하는 내용이라는 식으로만 설명해서는 곤란한 것이다.

〈상기(象記)〉에서 이미 보았듯이 박지원은 쓸데없는 중복이나 무의미한 나열 등을 보여줄 만한 작가가 아니다. 두 문서에는 위의 분석과 같은 양반의 두 측면이 드러나는 것이 당연하고, 그것이 어떻게 통합되는지는 더 두고 볼 일이다.

정선 양반과 군수, 양반의 두 얼굴

첫 번째 문서에 의한다면 양반은 지극히 선한, 성실한 인간 그 자체이다. 이를 허식으로 보는 사람들이 많지만, 적어도 공부하는 사람 입장에서 볼 때 이 내용대로 행하기는 여간 어려운 일이 아니다. 제일 먼저 아침 일찍 일어나는 대목부터가 그렇다. 요즈음은 하도 잠을 늦게 자는 것이 보편화되어 있어서 아침에 일어나는 시간이 당연히 늦어진다고 할 수도 있겠지만, 저녁에 늦도록 하는 일이라는 게 고작 TV를 본다거나 빈둥거리는 일이 태반임을 생각하면 참으로 비경제적이다. 새벽 네 시쯤 일어나 맑은 정신에 한 두어 시간쯤 책을 본다면 얼마나 좋을까? 그러나 이런 생각은 늘 생각뿐이다. 아침밥이나 여유 있게 먹고 올 정도면 그도 다행인 것이 현실이다. 책을 읽을 때는 자세를 바르게 하며, 그 어렵다는 책도 수월하게 읽는 일, 이야말로 학자들이 해야 할 일이다. 필요한 책은 작은 글씨로 베껴두어서 언제 어디서나 읽을 수 있게 하고, 어떤 경우에도 체통을 잃지 않는다면 사실 이보다 더 좋은 일이 어디 있으랴?

이미 사농공상(士農工商)의 서열이 완전히 뒤집힌 상태이기는 하지만, 그럴수록 참된 선비가 그리운 것이 현실이기도 하다. 그런데 이 작품의 정선 양반이 바로 그런 인물이 아닐까 한다. 〈양반전〉의 서두를 좀 더 주의 깊게 읽어보자.

'양반'이란 사족(士族)를 높여 부르는 말이다. 강원도 정선(旌善)에 한 양반이 살고 있었다. 그는 어질고도 책 읽기를 즐겨하여서 고을 군수가 새로 부임해올 때마다 그 초가집에 직접 가서 예의를 표하곤 했다. 그러나 집이 가난하여 해마다 관가에서 환곡을 빌리기를 여러 해 거듭하자 천 석이 넘게 되었다. 관찰사(觀察使)가 여러 고을을 돌다가 관곡의 출납을 검열하고는 크게 노하였다.

"어떤 놈의 양반이 군량을 이렇게 축냈느냐?"

그리고는 곧 그 양반을 가두도록 명했다. 군수는 속으로 그 양반이 가난하여 갚을 방도가 없는 것을 딱하게 여겨서 차마 가두지는 못하지만 또 어쩔 도리가 없었다.

양반은 밤낮으로 울기만 했을 뿐 생각해도 아무 대책이 없었다. 그 아내가 퍼부어댔다.

"당신이 평생 책 읽기만 좋아하더니 환곡 갚기에 아무 보탬이 없군요. 쯧쯧, 양반! 양반이라는 게 한푼도 못 되는군."[16]

강원도 정선(旌善)은 '정선 아리랑' 이 제일 먼저 생각나는, 경치좋은 곳이다. 물과 산이 잘 어우러져서 서울 사람들이 한번 가면 홀딱 빠질 정도의 풍광을 자랑하는 그런 곳이다. 그러나 교통이 편한요즈음도 여간한 마음을 먹지 않고서는 가기 힘든 곳인 만큼, 옛날에는 말할 것도 없이 오지 중의 오지였을 것이다. 이런 오지에서 공부만 하면서 있는 양반이란 존재는 아무래도 권력이나 출세와는 담을 쌓기 마련이다. 하지만 그는 어질고도 책 읽기를 좋아하였다고했다. 앞서 살핀 첫 번째 문서의 내용에 따르자면 '어질고도' 는 그가 '군자' 이며, '책 읽기를 좋아하였다' 는 그가 '선비' 임을 뜻한다. 그는 군자이며 선비이기에 그 고을에 군수가 새로 부임해오면 고을유지를 찾아뵌다는 차원에서 명망가인 양반을 찾는 것이다. 그러나굳이 '초가집' 이라고 하여 그 누추함을 강조하고 있다.

그뿐인가? 자존심 하나로 버티는 그를, 관찰사는 '어떤 놈의 양반' 이라는 표현을 썼다. 원문의 '하물(何物) 양반' 은 직역하자면 '어떤 물건의 양반' 이다. 그렇다. 이 순간, 그는 군자도 아니고 선비도아니다. 군자나 선비는 고사하고 인간도 아니다. 인간도 못되는 꿔

김득신 作, 반
상도(班常圖)
_평양박물관소장

다 쓴 곡식을 갚지 못하는 '물건' 수준으로 격하한다. 그러나 불행
은 늘 쌍으로 오는 법이어서 혼자 조용히 왔다 갈 리가 없다. 봉건
사회에서 남편의 지위는 가히 하늘같은 존재이다. 그러나 이 양반
의 아내는 그런 철칙을 완전히 무시한다. 욕을 퍼부어대며[罵] '양
반'을 조롱한다. '한푼도 못 된다'는 표현은 그냥 보아 넘길 것이
아니다. 지금도 고기 '한 근 반'은 그냥 줄여서 '근반'이라고 하는
데, 이 '양반(兩班)'은 '양반(兩半)'으로 탈바꿈하였다. 입으로는 늘
양반, 곧 '한 냥하고도 반'이라고 하더니 한 푼도 안 된다는 뜻이다.
말장난을 통한 지독한 조롱이다.

　이 점에서, 정선 양반이 몸소 보여주고 있는 것은 '양반의 허세'
가 아니라 '양반의 딱한 처지'이다. 열심히 공부하고 인덕이 있지
만, 그가 현실에서 당하는 곤욕은 이만큼 크다. 관찰사는 같은 양반
신분인 그를 마음 놓고 욕을 하며, 집에서는 아내가 그를 가장으로
대우하지 않는다. 나오나 들어가나 아무도 인정해주지 않고, 그가

택할 수 있는 길이라고는 옥살이밖에 없다. 이런 모습이 바로 양반의 첫째 모습인데, 이는 첫 번째 문서와 연계하여 생각해보면 금세이해가 된다. 첫 번째 문서에 있는 온갖 행실을 다 닦은 이 양반에게 돌아온 것이라고는 빚더미밖에 없는 것이다. 그래서 이 문서를다 읽게 되었을 때, 양반이 고작 이것뿐이냐는 불만을 사게 된다. 정선 양반이야말로 양반이 해야 할 덕목을 아무리 열심히 지켜보아도 되는 것이 아무것도 없는 그런 이상한 양반인 셈이다.

그러나 이 작품에는 그런 양반만 있는 것이 아니다. 군수 또한 양반이고 그 역시 일정 부분 당대 양반의 한 모습을 투영하고 있다. 그는 그가 개입하지만 않았더라면 당연히 잘 이루어졌을 신분 매매현장에 스스로 뛰어들어 일의 방향을 묘한 곳으로 흘러가게 만든다. 일단 부자의 선량함을 한껏 추켜 세워준 뒤에 앞일을 단단하게하겠다는 취지를 내세워서 동헌(東軒)에 고을 백성들을 모아놓고 매매문서를 작성하였다. 그런데 바로 이 문서가 극단적인 내용을 담아냄으로 해서 양반이 되려는 부자를 스스로 물러나게 만들었다. 이는 고도로 계산된 트릭이다. 아무리 좋게 보아주려고 해도 군수는 자신의 권세를 이용하여 불공정 거래를 이끌어내었다. 불쌍한양반을 돕는다는 핑계로 공연한 부자의 재산을 갈취한 것이나 다름없다. 굳이 명명하자면 '신분 이기주의'적 발상에서 같은 양반의 편을 드는 편법을 취했다.

사실 군수의 이러한 행위는 두 번째 문서에서 보여준 양반의 부도덕한 행실을 여지없이 보여준다. '궁한 선비의 몸으로 시골살이를 하더라도 오히려 무단적인 행위를 감행할 수 있다'고 했으니, 양반이 상민의 돈을 좀 갈취한다고 해도 아무도 나설 수 없겠다. 군수는 양반의 특권을 누구보다도 잘 알고 있는 사람이었지만, 불행하게도 이런 식의 사기성 짙은 행각을 벌일 만큼 질이 좋지 못한 인물이었다. 가난한 양반이 선비나 군자로서 해야 할 의무조항은 충실하게 하지만 그것만으로는 생계유지도 불가능했던 데 비한다면 이 군수야말로 참으로 파렴치한 인물이다. 군수는 고을 백성의 아버지를 자임하는 인물이다. 그런데도 한 백성의 재산을 뜯어내는 데 조금도 거리낌이 없다. 이것이 바로 양반의 두 번째 얼굴이다.

이처럼 첫 번째 문서에서의 양반은 곧바로 가난한 양반에 연결되며, 두 번째 문서의 양반은 고을 군수에 연결될 수 있다. 즉 이런 두 인물과 두 문서의 대립을 통해서, 양반의 무능이나 횡포를 비판하는 것이라기보다는 오히려 올바른 양반상(兩班像)의 정립을 도모하고 있다. 이미 제4강에서 익히 강조했듯이 '사대부(士大夫)'라고 하는 것은 공부하는 '사(士)'와 벼슬하는 '대부(大夫)'의 합성어이다. 그러므로 사(士)는 자신의 수양도 수양이지만 남들을 다스릴 수 있는 가능성 때문에 벼슬이 없어도 당당하고, 대부(大夫)는 사(士)로서 닦은 학문과 덕행 때문에 그릇된 권세에 빠지지 않게 된다. 그러나 이 〈양반전〉에 나오는 양반은 그 중의 어느 하나만 갖춘 불구적 존재이기 때문에 사대부가 존중될 근본원인을 망각한, 극히 바람직하지 못한 양반이다.

그런데 이런 문제는 한 개인이 선하게 된다고 해서 해결될 수 있는 것이 아니다. 이에 대해서는 바로 앞의 제6강에서 논의한 바 있어 생략하겠지만, 박지원이 노린 바는 조선조를 떠받쳐온 신분제도가 근본적인 한계를 갖고 있음을 알리자는 것이라 하겠다. 실제로 조선 후기로 가면, 많은 양반들이 벼슬과는 거리가 먼 반(半)건달 신세로 낙척불우(落拓不遇)한 삶을 사는 한편에서, 일부의 양반들은 그저 집안의 세도 덕에 쉽게 벼슬과 부(富)를 거머쥐기도 했다. 이는 묘하게도, 결과에 있어서는 엄청난 차이를 빚지만, 경제적 능력 없이 윤리의식만 굳건한 흥부와 윤리의식 없이 경제적 이익에만 집착하는 놀부가 대비되어 풍자하던 그 방법과 대단히 유사하다.

게릴라전의 성과

박지원의 글쓰기 전략은 한마디로 게릴라전이다. 도대체 무슨 이야기를 하려하는지 종잡을 수 없게 이 이야기 저 이야기를 들쑤시며 해대거나, 무언가 말할 때쯤 되어서는 입을 다물고 이야기를 끝내는 방식을 쓰는 것이다. '나는 지금부터 너희들을 공격하겠다'는 선전포고도 없고, '이제 싸움을 끝낸다'는 종전 선언도 없다. 어디에서 시작했는지 모를 싸움이 마구잡이로 들어오다가 어느 순간 멈추어버린다. 그러나 작품 안에서 글쓰기가 멈추었을 뿐이지 늘 시비와 논란의 여지를 남겨두고 있어서, 작가가 쓴 작품은 끝났지만 독자가 읽는 작품은 언제든 새로 시작할 채비를 갖추게 만든다. 물론, 폼 나는 전쟁이야 전면전을 통해서 상대방의 항복을 받아내는 일일 것이다. 그러나 그것이 원천적으로 불가능할 만큼 상대가 힘이 세거나, 위험 부담이 너무 커서 섣불리 나설 수 없을 때 게릴라전은 유효하다.

〈상기〉의 경우, 코끼리를 이야기했지만 코끼리가 공격 목표가 아니었다. 코끼리를 통해서 다른 이야기를 하고 싶었던 것이다. 읽어 보면 알겠지만 코끼리는 하나의 비유에 지나지 않는다. 박지원은 실제로 그의 문학론에서 "비유가 유격(遊擊) 기병(騎兵)"[17]임을 말한 바 있다. 코끼리를 이야기하다가, 동해의 괴물을 이야기하고, 동해의 괴물을 이야기하다 코끼리의 세부 모습을 이야기하는 식의 어지러운 용병술이 드러난다. 이는 사람들의 잘못된 상식을 깨부수는 박지원 나름의 기법이라고 할 수 있다. 이규보가 계속되는 뒤집기를 통해 발상의 전환을 유도했다면, 박지원은 게릴라전 식의 헷갈리기 전법으로 상대를 공략한다.

코끼리를 코와 어금니에만 집중해서 보기 때문에 온갖 오류가 생긴다는 것이 박지원의 설명이고 보면, 〈양반전〉의 문서 두 장에만 집중하고, 또 그 문서 두 장 모두가 양반의 비판이라고 몰아붙여서는 코끼리를 잘못 보는 것만큼의 오류를 범하게 된다. 사실상 같은 내용의 이야기를 두 군데로 나누어서 장황하게 펼쳐놓는 방식은 확실히 연암답지 않다. 양반을 비판하는 듯하지만 양반을 칭찬하는 내용이며, 양반을 칭찬하는 내용인 듯하지만 양반을 비판하는 내용인, 여기에서는 양반의 이런 면을 이야기하고, 저기에서는 양반의 저런 면을 이야기하는, 양반의 양면성을 이야기하고 입을 다물어버리지만, 그를 통해 새로운 양반상을 정립하도록 촉구하는 방법이야말로 연암만의 독특한 전법이며 특장이라고 하겠다.

물론 박지원이 이런 식의 복잡한 전략을 구사하는 데는 여러 가지 이유가 있었을 것이다. 우선 그의 개인적 기질이나 능력이 그런 복잡한 글쓰기를 전개할 만큼 대단했다는 점을 인정하지 않을 수 없다. 또 그가 다루는 내용이 신분제도나 경제제도 같은 사회문제여서 아무래도 다른 사람들의 반발을 사기 쉽다는 점도 고려 대상이었을 것이다. 그럼에도 불구하고 자신의 생각에 동조하는 사람들이 많다면 그들을 규합해서 전면전에 나설 가능성이 높지만, 어차피 외로운 싸움에 나설 바에야 소규모 병력으로 전과를 극대화할 수 있는 게릴라전이 효과적이었겠다.

　박지원의 글쓰기 방식은 결국 그의 생존 전략이며, 세상을 사는 처세였다. 글쓰기가 아니더라도, 무모하게 덤벼들다 나자빠지는 일이 많은 이때, 연암 산문집에서 몇 편 쓸 만한 문장을 읽어두는 것도 많은 도움이 되리라 본다.

■ 주석

1) 고등학교의 국어 교육에서 〈양반전〉을 다루는 데 생기는 문제에 대해서는, 졸고, 「소설교육에서의 주제 탐색방법 試論-「兩班傳」을 실례로」(『국어교육』 87 · 88합집, 한국국어교육연구회, 1995)에서 다룬 바 있다.

2) 박지원, 『연암집(燕巖集)』(3) (계명문화사 영인본, 1986), 72~74쪽.

3) 이런 깨달음은 이현식 교수의 가르침 덕이다. 이현식 교수의 지도로 1997년 2학기에 연희연구실에서 연암 작품 몇을 제대로 감상할 기회를 얻었는데, 〈상기〉나 〈상방〉은 이때 비로소 꼼꼼하게 읽을 수 있었다.

4) 박지원, 『연암집(燕巖集)』(2) (계명문화사 영인본, 1986), 22쪽.

5) 박지원, 『연암집(燕巖集)』(2) (계명문화사 영인본, 1986), 22~23쪽.

6) 김태준, 『조선소설사』(학예사, 1939), 179쪽.

7) 이런 식의 논의는 기존연구문헌 중 이 부분을 양반에 대한 호된 비판으로 보는 글에서라면 어렵잖게 구해볼 수 있다. 가령, 이가원, 『燕巖小說研究』(을유문화사, 1965) 중 〈양반전〉 부분이나, 성기열, 「〈양반전〉 중 當行禁止節目에 대하여」(『石溪 趙仁濟博士 還曆紀念論叢』, 石溪 趙仁濟博士 回甲紀念 出刊委員會, 1977)를 들 수 있다.

8) 이하의 원문해석 시비는 전적으로 이원주, 「兩班傳 再考」(차용주 편, 『燕巖研究』, 계명대학교 출판부, 1984)에 의존한다.

9) 이가원 校注, 『韓國漢文小說選』(교문사, 1984), 221쪽.

10) 이런 식의 이해는 이우성 · 임형택 역편, 『李朝漢文短篇集(下)』(일조각, 1979), 280쪽에서 시도된 바 있다.

11) 이가원 校注, 앞의 책, 같은 부분.

12) 이하의 원문해석 역시 이원주의 논의를 참조로 하면 그 동안에 있어온 악의적인 해석에서

상당히 벗어날 수 있는데, 자세한 사항은 그 논문으로 돌린다. 허춘,「燕巖小說의 인물연구」(『淵民李家源先生七秩頌壽紀念論叢』, 정음사, 1987) 같은 논문에서도 이런 식의 견해가 엿보인다. "1차문권의 여러 절목은 이상적이라 할 수 있는 양반상을 보여 주고 있는데 이를 이중적으로만 파악하려는 것은 '풍자성'에 집착한 나머지의 지나친 해석이라고 생각한다. … (중략) … 따라서 1차문권은 비현실적이고 실속없이 허례허식만을 중시하는 양반에 대한 비판이라기보다는(이 점은 이차적이다) 이처럼 힘들고 지켜야 할 규범이 많은 양반을 돈으로 사려 한 천부에 대한 질책이라고 하겠다." (344~345쪽)

13) 人有恒言 "不拘小節" 竊嘗以爲畔經之言也. 『書』曰, "不矜細行 降累大德 細行卽小節也." 이덕무,『청장관전서6』(민족문화추진회, 1986), 원문 1쪽.

14) 이 두번째 문서는 첫번째 문서와 달리 번역상의 논란이 없는 부분이어서 이가원 校注, 앞의 책, 223쪽을 그대로 따른다.

15) '(…이 안된다)'를 굳이 괄호로 처리한 것은 내용상으로는 그렇게 이해되더라도 실제 작품의 문면에는 구체화되지 않기 때문이다.

16) 박지원,『연암집(燕巖集)』(2) (계명문화사 영인본, 1986), 20~21쪽.

17) 박지원,『연암집(燕巖集)』(1) (계명문화사 영인본, 1986), 〈騷壇赤幟引〉 중, 97쪽.

제 8 강

심청이가 물에
빠진 까닭

무후(無後)가 제1 불효이다

영화 〈타이타닉〉에 보면, 배가 침몰하고 탈출하는 장면이 나온다. 이때, 곱게 모셔져 있던 구명정이 밧줄에 묶여 내려오면서 탈 사람들을 기다린다. 나는 대체 어떤 순서로 사람들이 내리는지 지켜보았다. 예상대로 '여자와 아이'가 우선이었다. 이 원칙이 얼마나 굳건했던지, 마지막 남은 배에 승선하려는 비겁한 남자가 궁여지책으로 남의 아이를 하나 구해올 정도였다. 우리는 여기에서 서양의 오래된 기사도 정신을 엿볼 수 있다. 남자는 탈 수 없지만 여자는 탈 수 있고, 돈을 주고도 탈 수 없는 배에 아이를 데리고는 탈 수 있는 그런 정신을 말이다.

이런 구조원칙이 지금 우리나라에도 통용되는지는 모르겠지만, 적어도 옛날 우리 조상네들이 살던 세상에서는 가당치 않은 일이었음을 밝혀두어야겠다. '아녀자'라는 말이 대개 "이런 일에 아녀자가 웬 참견이냐?"는 식의 성차별적인 발언에서 등장하는 것만 보아도 충분히 알조이다. 실제로 여자를 낮추어서 그냥 '아녀자'라고 쓰기도 했으며 현재에도 이렇게 통용되고 있는 것이다. 우리나라에 몽고군이나 왜군이 쳐들어왔을 때 대체 어떤 일이 있었는가? 제일 먼저 도망간 사람들이 누구인가? 청나라에 온 나라가 짓밟힐 때 여자들이 잡혀가는 수모를 겪은 것이야 누구나 아는 일이다. 그리고 다시 돌아오는 그들에게 '환향녀(還鄕女)'라는 곱지 않은 이름을 안긴 것은 바로 남자들이다. 그렇다면 그때 남편들은 무엇을 하고 있다가 나중에 돌아오는 아내들을 욕했을까?

그러나 그런 데에도 다 이유가 있었다. 당시에는 인간이 할 도리 중 으뜸이 효도였으며, 효도를 못하는 것 중에 후사를 잇지 못하는 무후(無後)가 최고였다. 그런데 이 후사는 남성만 이을 수 있었으니 그로 인해 온갖 희비극이 양산되었고 문학에서도 그런 상황이 반영되지 않을 수 없었다. 더욱이 우리 고전문학에서 여성들은 다른 분야에서는 익히 드러내지 못했던 역량을 유감없이 발휘한다. 실제로 여성은 고소설의 주요 독자층이었으며, 내방 가사를 짓던 창작층이기도 했다. 이른바 '암클'로 폄시하던 우리 한글을 지킨 수호자들도 사실은 이 여성들이었던 것이다.

페미니즘이니 여성주의니 하는 말을 쓰며 시류에 편승하지 않더라도 그렇게 보면 수긍이 갈만한 부분이 적지 않게 있고, 지금부터는 그런 점에 대해 살펴볼까 한다.

아버지, 저는 여식(女息)인지라……

여성들이 문학에 어느 정도 관여했는지를 알자면 먼저 세심한 논의가 있어야 하겠지만, 적어도 본격적인 문학에서 제 목소리를 낼 수 있었던 것은 극히 최근의 일이다. 요사이 세칭 잘나간다는 작가는 대개가 여성이며, 그것도 아주 젊은 축에 드는 경우가 많다. 그래서 80년대만 해도 여성작가들에게 곧잘 따라다니던 '여류'라는 딱지가 이제는 자연스럽게 떨어지게 되었다. 그러나 예전에는 한문학은 물론 국문문학에서조차도 여성들이 참여할 공간은 그리 많지 않았다. 가장 광범위한 기반을 가지고 있었던 판소리에서조차 여성의 참여는 제한적이었다. 판소리가 왕부터 서민까지 국민 모두가 즐기는 문학이라는 의미에서 '국민문학'이라는 칭호를 받기도 했지만[1], 거기에조차 여성은 배제되었던 것이다. '무당' 하면 으레 여자이듯이 '판소리 광대' 하면 으레 남자였는데, 신재효가 진채선이라는 여자 제자를 들이면서 금녀(禁女)의 벽이 깨어졌다고 한다.

또 원로 명창의 증언에 귀기울여보면 청중 역시 대개는 남성으로 제한되었고 여성이 듣는 일은 극히 드물었던 듯하다. 다만, 〈심청가〉에 한해서만은 여성도 들을 수 있도록 개방해 놓았다고 하는데[2], 이 점을 근거로 판소리에 내재한 여성상의 일단을 집어내 볼 수 있다. 왜 하필이면 이 작품만을 듣게 했던가?

곽씨 부인 대답하되, "옛글에 하였으되 오형(五刑: 다섯 가지 중한 형벌)을 받는 큰 죄가 삼천인데 불효가 큼이 되고, 불효한 죄 중에

활자본 〈심청전〉 중의 삽화 '현철
하신 곽씨 부인'

는 무후가 크다 하니 우리의 무후함은 다 첩의 죄악이라. 내침직하건마는 봉사님 넓은 덕택 이때까지 동거하니 자식 곧 낳을 세면 무슨 수고 피하리까."[3]

곽씨 부인은 봉사인 남편을 지성으로 받들어서 착실한 생활을 해온 사람이다. 그녀가 행했다는 온갖 노동은 일일이 헤아리기도 번잡할 만큼 많고 고된 것이었으며 그녀 앞에 붙는 관형어는 으레 '현철(賢哲)하신' 이다. 그럼에도 불구하고 이렇게 '현철하신' 곽씨 부인의 발언은 단순한 겸사를 넘어서 진실한 참회에 가깝게 느껴질 정도이다. 한마디로, 그녀가 행한 어떤 선행조차도 '무후(無後)' 라는 죄목을 상쇄할 수 없어서 그저 내쫓지 않는 것을 남편의 덕으로 알아야 한다는 말이다.

이런 문제는 곽씨 부인에게서 끝날 수 있었던 것이 아니고 딸 심청이에게까지 대물림이 된다. 심청이가 물에 빠진 행위 자체가 여성이기 때문에 겪는 수난의 대표적인 예이다. 효도를 하기 위해 자식이 죽는 게 정당한 일일 수 없기 때문이다. 그렇다면 이런 문제에 대해 실제 작품에서는 어떤 식으로 대응하는가?

방으로 들어가서 애비의 손을 잡고 온화한 말소리로 조용히 여쭈오되, "몽은사의 시주미를 주선할 수 없삽기로 남경장사 선인에게 인당수 제수(祭需)로 이 몸을 팔았더니 행선(行船)이 오늘이라 선

인(船人)들이 왔사오니 함께 따라갈 테오니 불초한 이 자식은 조금
도 생각 말고 어서 쉽게 눈을 떠서 양가(良家)에 재취(再娶)하여 아들
을 낳으시오. 심청은 여식(女息)이라 설령 살아 있다기로 여자유행
(女子有行) 원부모(遠父母)라 남의 집 사람 되면 어디다 쓰오리까."[4]

심청이가 배를 타고 떠나기 전에 아버지 앞에서 울고불고했다면
오히려 현실적이겠는데, 여기에서 보듯이 작가 신재효가 택한 방식
은 매우 논리적인 설득이다. 이 논리의 기본골자는 이렇다: '나는
딸자식이고, 결국은 부모를 멀리 떠나게 되어 있으니 살아 있어도
별 수 없다. 그러니, 아버지는 눈을 떠서 빨리 재혼하여 아들을 낳
으시라.' 보다시피 엉뚱하게도 아들 타령으로 변절되고 있다. 실제
로 〈심청전〉에서 심청이가 죽은 후로 심봉사는 뺑덕어미와 잠깐 살
림을 하기도 하고, 나중에 안씨 맹인을 부인으로 얻어서 정말 득남
의 꿈을 이루어내고 만다. 현대 독자들이 심청의 희생과 심봉사의
득안(得眼)에만 집중하기 일쑤지만 작품의 구석구석에는 그렇게 남
성우월의 논리가 숨어있는 것이다. 이 논리를 수긍하자면 적어도
이런 부분을 담아낸 작품에서[5] 효(孝)라는 외피를 두르고 여성의 희
생을 합리화했다는 점을 간과하기 어려울 것이다. 내가 죽어도 나
중에 재혼하여 자식을 보며 살라는 것과, 나는 딸이기 때문에 살아
있은들 제 구실을 할 수 없으니 나중에 아들을 낳으라는 말 사이에
는 상당한 거리감이 감지된다. 전자는 인간 본연의 아름다운 심성
에 기인한 자발적인 희생인 데 비해서, 후자는 인간이 만들어낸 이
데올로기의 희생으로 떨어지게 되는 것이다.

이처럼 곽씨 부인과 심청이의 고난을 남성논리로 정당화하는 데에

서 이 작품을 여성들에게 개방한 심사를 엿볼 수 있는데, 이런 사정은 정반대의 작품에서도 발견된다. 가령, 〈변강쇠가〉 같은 경우는 여성은 물론 남성들조차도 외설스럽다고 해서 꺼리던 작품인데, 의외로 여성의 수난이 엄청나게 강조되고 있다. 우선 작품의 초입부터 계속되는 남편의 죽음을 '남편을 잡아먹었다.'는 쪽으로 몰고 가고 있다. 또 그 꼴을 더 이상 보지 않으려고 변강쇠를 만난 결과, 옹녀는 변강쇠의 노름 돈을 대주기 위해서 들병이 신세가 되는 파탄을 맞는다. 그뿐 아니라 장승 동티가 난 강쇠의 장례를 둘러싸고 벌어지는 뭇사내들의 떼죽음이라는 엄청난 시련을 겪어야 했다. 곽씨 부인이 봉사를 벌어 먹이고 옹녀가 주색잡기에 빠진 남편을 먹여 살려야 했던 상황은 여성의 수난이라는 측면에서 그리 먼 것이 아니다.

이처럼 판소리의 여성주인공들, 심청이와 옹녀를 포함하여 흥부의 아내까지 그녀들은 모두 무능한 남성 때문에 생긴 생계대책을 세우느라 감내하기 힘든 고통을 겪으면서도 웬만하면 팔자소관으로 돌려버린다는 점이 공통점이라면 공통점이다. 심청이가 천상에서 진 죄과를 받는다는 설정이나, 옹녀의 '청상살(青孀煞)'은 물론, 흥부의 아내가 극심한 가난과 놀부의 멸시에 속앓이를 하는 것이 모두 한 계열이다. 좀 더 확대하자면, 비록 생계문제는 아니라 하더라도 이몽룡이 뿌리고 간 사랑의 불씨를 꺼뜨리지 않으려고 옥중에서 귀신의 몰골로 인내하는 춘향도 마찬가지이다. 어째서 살기는 둘이 사는데 고생은 혼자서 독차지하는가? 사랑은 둘이 하고 헤어지고 난 뒤의 고통은 여자만이 감당해야 하는가?

이런 부당한 일들에 대해서 반발하지 못한 주된 원인으로 가부장제 아래 남존여비를 불문율로 내세우며 횡포를 부린 남성 중심 문화를 꼽지 않을 수 없다. 실제로 그렇지 않다고 하더라도 그렇게 읽힐 소지마저 없애기는 어렵다. 그런데 위의 이야기가 혹시라도 판소리라는 극히 지엽적인 데에서 드러나는 이례적인 현상이라고 생각하는 독자들이 있을지도 모르겠다. 판소리라는 것이 본래 '판'을 필요로 하는 것이고 남녀칠세부동석을 외치던 시대에 여성이 참여할 수 없는 노릇이어서 생기는 문제쯤으로 말이다.

이런 의구심을 풀기 위해서는 여성들을 주요독자로 상정했던 고소설에서 이런 현상들을 다시 확인해볼 필요가 있다. 옛날 우리네 여성들이 얼마나 소설책을 많이 읽었는지는 몇 가지 기록을 통해서 쉽게 확인되는데, 가령 여성들이 책을 빌려보느라 가산을 탕진한다는 개탄의 목소리가 있다든지, 또는 시집가는 딸에게 책을 베껴서 주었다든지, 심지어는 책을 읽어주는 남자가 여장을 하고 사대부집에 들어갔던 일까지 벌어졌던 것이다.[6] 요즘은 책보다는 비디오가 그 역할을 주도하는 경향이 짙은 편이지만, 현재도 소설의 주요독자층이 여성인 점을 부인할 수 없다. 사실 소설의 발달에 여성이 기여했다는 사실은 동서고금을 통해 보편적으로 인정되는 바이므로 굳이 이것을 한국적 특성이라고 우길 의사는 추호도 없다.

다만 한 가지 확실한 것은 소설이라고 해서 마음대로 볼 수 있게 방치하지는 않았다는 점이다. 책이 귀하던 시절이어서 그만큼 많은 비용을 들여야 한다는 점을 감안하면 자연스럽게 그랬으리라고 추측할 수는 있지만, 그것만으로는 설명이 안 되는 부분이 확실히 있다. 이런 사실은 고소설의 실제독자들의 증언에서 아주 간단하게 확인된다. 우선 지금이 어느 때인데 고소설의 실제독자가 있느냐고 따지지 말기 바란다. 대체로 신소설이 나올 무렵쯤에는 고소설이

〈창선감의록〉 (활자본)

자취를 감춘 것으로 이해하는 독자들이 많겠지만 어떤 문학이고 그렇게 바톤 터치하듯이 사라지지 않는 법이어서, 우리의 고소설도 최소한 1970년대까지 실제로 출간되었다. 물론 옛날의 고서를 파는 것이 아니라 옛날책처럼 허름한 종이에다 현대기술로 인쇄하여 시골 장터쯤에서 출판했던 것이다.[7] 이리하여 1970년대에 고소설을 읽는, 그것도 연구를 위해서가 아니라 정말 '소설'로 읽는 여성 독자들의 증언을 담을 수 있게 된다.

1970년대에 경북지방에 있던 할머니들을 통해 확인한 바에 따르면, 여성들이 읽을 수 있는 책과 읽을 수 없는 책, 읽어서 좋은 책과 읽어서 나쁜 책은 아주 간단하게 나뉜다.[8] 고소설은 '-전(傳)' 계열과 '-록(錄)' 계열로 나뉘는데, 전자는 읽어서는 안 되는 책, 후자는 읽어도 좋은 책으로 구분된다는 것이다. 전자는 〈유충렬전〉처럼 대체로 제목 뒤에 '전' 자가 붙는 작품이고 후자는 〈창선감의록(彰善感義錄)〉처럼 제목 뒤에 '록' 자가 붙는 작품이다. 물론 제목 뒤의 글자만 가지고 꼭 이렇게 양분할 수 있는 것은 아니지만, 대개 전자가 남녀의 애정 등에 중심을 두는 반면 후자는 부덕(婦德)을 강조하는 쪽에 좀 더 비중을 둔다. 후자의 대표로 지목되는 작품은 〈사씨남정기(謝氏南征記)〉와 〈창선감의록〉이다. '-기(記)'든 '-록(錄)'이든 사실의 정확한 기록이라는 데 초점이 두어지므로 소설화하여 황당한 이야기를 꾸며대는 '전' 쪽보다 권장되었을 가능성은 그만큼 높다.

그렇다면 〈창선감의록〉은 어떤 내용인가? 중국 명나라 시절, 병부상서를 하는 화욱(花郁)이라는 사람이 심씨, 요씨, 정씨 등 세 아내를 거느리고 살게 되면서 벌어지는 복잡한 가정 문제를 다루고 있다. 이런 이야기가 흔히 그렇듯이 두 부인이 각각 아들과 딸을 남은 부인에게 맡긴 채 숨을 거두고 마는데, 여기에서부터 온갖 비극이 시작된다. 엎친 데 덮친 격으로 화욱마저 맏아들만을 결혼시킨 채 세상을 뜬다. 이리하여 유일하게 살아남은 심부인과 그의 아들이 결탁하여, 다른 부인의 아들과 딸을 못살게 구는 쪽으로 이야기가 진행된다. 물론, 그런 고난을 딛고 대단한 승리를 거두는 쪽으로 결말지어지는데, 문제의 핵심은 거기에 있지 않다. 심부인과 그의 아들 화춘(花瑃)의 모함으로 화진은 귀양가고 그의 두 아내는 내침을 당하지만, 그들은 전혀 그런 부당한 처사를 행하는 계모와 이복형제에게 불만을 터뜨리거나 원망을 하지 않는다.

그뿐이 아니다. 화진이 남방을 평정한 공로를 인정받아 모든 문제가 해결되고, 그의 아내들이 다시 집으로 돌아오게 되었을 때, 참으로 놀라운 일이 벌어진다. 사태의 반전이 일어난 만큼 처지의 반전 또한 일어나야 마땅할 텐데 어찌된 일인지 화진의 아내는 다시 심부인을 정성으로 섬겨서 가정의 화목을 일구어낸다. 결국, 처첩 간의 갈등에서 빚어진 가정불화를 감내하는 여성의 고통을 아름답게 표현하고, 아버지와 함께 살았다는 이유만으로 심부인에게 아무런 불만도 표출하지 못하는 맹목적인 효성을 추켜올려주고 있다.

이런 작품을 여성에게 읽혔다면 이는 다분히 의도적이라 아니할 수 없다. 그런다고 여성들이 꼭 이런 작품을 읽었을 리는 없지만 적어도 실권을 쥐고 있던 남성들이 여성들에게 권장한 책의 성격이 이렇다는 점에서 그 이면에 깔린 이데올로기는 충분히 짐작할 수 있는 것이다. 이 점에서 〈사씨남정기〉는 그런 성향을 아주 극명하게 드러내준다. 정부인 사씨(謝氏)는 후실 교씨(喬氏)의 모함으로 남쪽으로 정처 없이 떠나는 '남정(南征)' 이야기가 바로 이 작품이다. 후실을 얻는 과정부터가 지독한 남성 중심 사고의 산물이다. 온갖 덕을 갖춘 사씨였지만 시집온 지 근 10년이 되도록 자식을 얻지 못한다. 역시 무후(無後)를 걱정한 사씨는 남편의 거절에도 불구하고 새로운 여자를 맞아들이게 하였고, 이 사람이 바로 교씨이다. 자기가 들인 사람에게 핍박을 받고 정실 자리를 내놓게 되면서도, 거기에 변변한 항거 한번 해보지 못하고 떠나는 사씨 부인은 지고의 미덕을 갖춘 여성으로 묘사된다. 그녀는 그저 남편이 자신을 다시 받아들였다는 사실만을 고마워할 뿐이다.

이런 시각으로 고소설을 바라보면, 어쩌면 이렇게 고소설의 여성들이 닮은꼴인가 의아할 정도이다. 마치 한 작가가 여러 해를 두고 서로 다른 작품으로 구성한 것처럼 닮아있다. 여성은 고통을 전담하고 남성은 쾌락을 전담한다. 또 남녀의 이런 역할 분담에 대해 아무런 이의를 제기하지 않는 것은 부덕(婦德)이고 그렇지 못한 것은 부덕(不德)이다. 결론은 그렇게 간단하게 맺어진다.

이별의 고통과 애정의 성취

앞에서의 설명이 개별작품에서 들어맞는다고 해도 사

실 고소설 일반이 될 수는 없다. 예를 들어 〈홍길동전〉 같은 경우, 그런 남녀 간의 문제보다는 아무래도 사회 문제가 크게 대두된다. 또 〈유충렬전〉이나 〈조웅전〉에서도 사실은 영웅소설이라고 불리는 만큼 그 영웅적인 힘에 강조점이 두어지기 때문이다. 사실 영웅적인 힘을 보이는 데에서 여성 문제가 개입하는 것은 아무래도 좀 어색한 부분이 많을 것이다. 그런 문제가 배제된 채, 남성과 남성이 목숨을 건 한 판 승부를 벌일 때 그 힘이 훨씬 더 크게 느껴질 것이기 때문이다. 그러나 대중적인 재미를 내건 소설에서 남녀관계가 소거되는 것은 적어도 상업적인 목적에서 손해이면 손해지 결코 이익이 되지는 않는다. 아무리 정통 액션을 내세우는 할리우드 갱스터의 영화에서도 약방의 감초처럼 빠지지 않는 것이 바로 여자이고 보면, 우리 소설도 예외는 아니다. 먼저, 신화적 전통을 가장 충실하게 이었다는 〈홍길동전〉을 보자.

길동이 그 놈의 잡은 칼을 빼앗아 무수한 율동(〈홍길동전〉에 나오는 괴물)을 다 베이고 바로 들어가 여자 3인을 죽이려하니 그 여자 울며 왈, "첩 등은 요괴 아니요, 불행하여 요괴에게 잡히여 와 죽고자 하나 틈을 얻지 못하여 죽지 못하였나이다." 길동이 그 여자의 성명을 물으니 하나는 낙천현 백룡의 여자요, 또 두 여자 정통 양인의 여자라. 길동이 세 여자를 데리고 돌아와 백룡을 찾아 이 일을 다 말하니 백룡이 평생 사랑하던 여자를 찾으매 마음 가득 기뻐 천금으로 큰 잔치를 열고 현당을 모아 홍생으로 사위를 삼으니, 사람마다 칭찬하는 소리 진동하더라. 또 정통 양인이 홍생을 청하여 사례하여 왈, "은혜를 갚을 길이 없으니 각각 여자로 시첩을 허하나이다." 길동이 나이 이십이 되도록 봉황이 쌍으로 노는 기쁨을 모르다가 하루아침에 3부인 숙녀를 만나 친근하니[9]

흔히 〈홍길동전〉의 주제를 '적서차별에 대한 항의' 쯤으로 여기곤 하는데 실제 작품에서 이런 대목을 읽고 나면 정말 그런가 의심스럽다. 적서(嫡庶) 차별이 생긴 것은 한 남자가 여러 여자를 거느리는 데에서 오는 폐단인데, 홍길동은 세 여자를 거느리기를 마다하지 않는다. 더욱이 위에서 보듯이 홍길동이 여자를 취하는 방식은 흡사 전리품을 얻는 정도로 처리되고 있다. 율동이라는 요괴에게 잡혀있던 여자가 있었는데, 요괴를 퇴치한 결과 그 여자들을 처첩으로 거두어들이는 것이다. 이처럼 여성의 역할은 재미있는 삽화 정도의 구실에 머물고 있다. 물론, 이 이후의 군담소설 등에서 여성의 활약상이 두드러진 작품이 속출하기는 하지만 여성의 활약이 비현실적인 군공(軍功)에 놓인다거나, 남자 의복으로 갈아입고 남자행세를 해야 하는 등의 일정한 제약이 따른다.

〈홍길동전〉 후대의 소설에서 이런 모습은 상당한 변모를 보인다. 여성이 남성 주인공과 결연하는 장면만 보아도 여성의 역할은 〈홍길동전〉과는 엄청난 차이가 있다.

이때에 퉁소를 그치고 달빛 아래 배회하야 무슨 소식이 있을까 바라되 종시 동정이 없는지라. 자탄 왈, "다만 거문고 곡조만 알 따름이요 퉁소 곡조는 아지 못하고, 예사 나그네의 퉁소로 아는가 싶으니 애닯도다." 하고 자탄만 하더니, 이윽하여 풍월 읊는 소리 공중에 솟아나거늘 들으니 산호 부채를 들어 옥쟁반을 깨치는 듯, 활달한 마음을 이기지 못하여 중문(中門)을 열고 안뜰에 들어가니 인적은 고요하고 월색은 삼경이라. 후원 별당에 등촉이 영롱한데 풍월소리 나는지라. 조용히 문을 열고 완연히 들어앉아 사면을 둘러보니 분벽사창(粉壁紗窓)에 병풍을 둘렀는데 풍월하는 옥녀 침금에 비겼다가, 웅을 보고 크게 놀라 침금을 무릅쓰고 전신을 감추거늘, 웅이 등불 아래에 앉아 예를 마치고 왈, "소저는 놀라지 마오. 나는 초당에 머무는 손이옵더니……[10] ― 〈조웅전〉

이때에 영릉땅에서 사는 강희주라 하는 재상이 있으되 소년 시절 과거에 급제하여 승상 벼슬을 하더니, 간신의 참소를 만나 벼슬을 물러나서 고향에 돌아왔으니 일단충심이 국가를 잊지 못하여 매양 천자가 잘못 결정하는 일이 있으면 상소하여 구완하니 조정이 그 직간을 꺼려하되 그 중에 정한담과 최일귀가 가장 미워하더니 마침 본부(本府)에 갔다가 돌아오는 길 오른편 주점에서 자더니 비몽간에 오색구름이 멱라수에 어리었는데 청룡이 물속에 빠지려 하며 하늘을 향하여 무수히 통곡하며 백사장에 배회하거늘, 속 마음에 괴상히 여겨 날새기를 기다리더니 닭울음소리 나며 날이 장차 밝거늘 멱라수에 바삐오니 과연 어떠한 동자 물가에 앉아 울거늘 급히 달려들어 그 아이 손을 잡고 회사정에 올라와 자세히 물어 왈, "너는 어떠한 아이로서 어디로 가며 무슨 연고로 이곳에 와 우느냐?"[11] ― 〈유충렬전〉

각설, 이때 기주 땅 장미동에 장화라 하는 사람이 있으되, 일찍 청운에 올라 벼슬이 한림학사에 처하매 명망이 조정에 진동하여

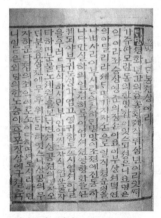
〈이대봉전〉(완판) _기록역사박물관

부귀 극진하나 나이 사십이 가깝도록 슬하에 자녀 없어 부인 소씨와 더불어 매일 슬퍼하시더니, 부인 소씨 우연히 태기 있어 열 달이 당하매 일일은 홀연 몸이 곤핍하여 침금을 의지하여 혼곤하더니 비몽간의 천상으로서 봉황 한 쌍이 내려오더니, 봉(鳳)은 모란동 이시랑의 집으로 가고 황(皇)은 부인 품안에 날아드니 이르는 바 봉이 나매 황이 나고 장군이 나매 용마가 나는도다[12] — 〈이대봉전〉

화설, 원나라 명종황제 시절에 낙양땅에 한 재상이 있으니 성은 이요 명은 경윤이라. 대대로 명문후예라. 소년 시절 과거에 급제하여 벼슬이 이부상서에 처하니 명망이 천하에 진동하고 부귀 일국에 으뜸이라. 세상에 꺼릴 것이 없으나 다만 슬하에 일점혈육이 없어 매양 한탄하더니 일일은 상서 한 꿈을 얻으니 하늘에서 한 선녀 구름을 타고 공중에서 외어 왈, "그대 자식이 없어 매일 한탄하기로 옥녀 하나를 점지하나니 남자 아님을 한치 말고 귀히 기르소서. 연한이 차면 만종의 봉록을 받아 영화가 일국에 진동하리이다." 하거늘……[13] — 〈유문성전〉

여기에 인용한 〈조웅전〉, 〈유충렬전〉, 〈이대봉전〉, 〈유문성전〉은 앞서 예를 들어 보인 〈홍길동전〉의 뒤를 이은 군담소설인데, 남성의 영웅성과는 별도로 그의 상대역인 여성이 등장하는 과정을 극명하게 보여준다. 〈홍길동전〉에서는 결연 대상이 되는 여자가 단순한 전리품 정도의 성격이었던 데 반해서, 〈조웅전〉은 정식 혼례 절차를 무시한 야합적 성격이 짙었고, 부분적으로는 전리품 성격을 벗어나지 않는다. 반면 〈유충렬전〉, 〈이대봉전〉, 〈유문성전〉 등은 정식 혼례를 전제로 한 결연이었다. 구체적으로 살피면, 〈유충렬전〉은 철저한 두 가문 간의 이념적 동지, 혹은 동맹관계임이 중시되었다면, 〈이대봉전〉에서는 동맹관계가 유지되면서 한편으로

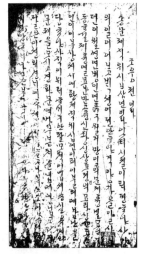

〈조웅전〉 (필사본)

는 애정관계가 개입되었다. 끝으로 〈유문성전〉에 오면 결연의 시작부터, 고난, 재회에 이르는 전과정이 애정중심으로 일관되었다.[14]

또, 결연담의 위치 역시 상당한 편차를 보인다. 〈홍길동전〉에서는 후반부에서 한 차례 드러나는 반면, 〈조웅전〉은 전반부에 첫만남이 후반부에 재회가 나오는 식으로 분산된다. 〈유충렬전〉도 그 위치에서는 〈조웅전〉과 다르지 않지만 주인공이 겪는 시련과 직관되는 결연을 택한다는 점이 다소 차이가 있다. 〈이대봉전〉과 〈유문성전〉에 오면 〈조웅전〉과 〈유충렬전〉처럼 1차 시련을 겪은 이후에 결연이 이루어지는 것이 아니라 아예 초반부터 결연이 이루어지고 나서 그 이후에 시련이 이어지기 때문에 그 주된 관심은 결연이 어떻게 방해받고 또 어떻게 극복되느냐에 있게 된다. 또 그 분포에 있어서도 산발적인 것이 아니라 초지일관 계속되는 남녀관계를 설정한 것도 주목할 만하다. 결국 각단계별로 살펴보면 그 결연담의 시작지점은 후반부에서 전반

부를 거쳐 작품 초두까지 옮겨오면서, 전체분포도 1회로 완결되는 것에서부터 2회로 분산시킨 것을 거쳐서 수차례로 분산되는 것, 처음부터 끝까지 연결되는 것으로까지 변화한다.

그렇다면 이런 변화과정의 의미는 무엇일까? 소설이 후대로 갈수록 단순한 만남이 아니라 만남과 이별을 몇 차례 교차시키고, 이 과정에서 여성의 수난을 특히 강조한 것 역시 여성독자들의 심리에 많이 영합한 처사로 보인다. 한 예로, 조웅의 어머니는 머리를 깎고 승려처럼 행세를 해야 했으며 무뢰배로부터 겁탈 당할 위기에 처하기까지 한다. 이러한 여성적 제약 때문에 겪어야 했던 굴종과 인내는 소설 속의 이야기라기보다는 오히려 당대 여성들의 실제 삶 그 자체였을 것이고, 이런 맥락에서 여성의 수난이 독자들의 공감을 사는 것은 너무도 당연한 일이기 때문이다. 그러나 수난만을 강조한다고 해서 독자들의 기대에 부응할 수 있는 것은 아니어서, 대중소설이 거개가 그렇듯이 그에 따른 보상으로 애정의 성취가 이루어진다. 비록 여성의 역할이 남장을 하는 등의 일정한 제약 위에서만 행해지거나 비현실적인 무공(武功) 등이 드러나기도 하지만 여성이 적극적인 의사표시를 하고 여성을 애정의 대상으로 끌어올렸다는 점에서 대단한 발전인 셈이다.

남성우위가 보장된 사회에서 남성에 의한 여성의 피해는 피할 수 없었을 것이다. 환상적인 능력을 발휘하면서 고난을 극복해나간다는 설정이나 끝없는 인고를 통해 행복한 결말을 얻을 수 있다는 설정이 비현실적이기는 마찬가지였겠지만, 여성의 수난이 현실보다 훨씬 더 강하게 나타나서 공감대를 형성한 후 결국은 자신의 남성 상대를 되찾는다는 점은 억눌린 여성 입장에서는 대단히 매력적인 일이다. 이 점에서 이런 변화의 근저에는 여성독자들을 노린 상업적 의도가 짙게 배어 있다고 하겠다. 이리하여 급기야 여성이 주인공이 되어 남성 의복으로 갈아입고 남성 못지않은 군공(軍功)을 세우는 일련의 소설이 생기게 된다. 〈유문성전〉의 여성주인공이 그랬듯이 여성들도 무술을 연마하여 남성보다 우위에 서서 힘을 펼치는 것이다.

　작품을 읽다보면 어떻게 여성이 그런 힘을 발휘하며, 실제로 그렇게 오랜 세월을 남성인 것처럼 변장하고 다닐 수 있기나 한지 의심스럽지만, 그런 이야기를 통해서 여성들의 막힌 속을 툭 털어놓는 재미가 꽤 크리라고 본다. 현재에도 〈델마와 루이스〉를 '통쾌하게' 여기며 〈뮬란〉을 '아름답고 재미있게' 생각하는 여성이 많다는 것은, 이런 여성 영웅담이 상당히 대중적인 인기를 갖고 있음을 뜻한다.

여자라서 참는다, 배운 사람이라 참는다

　앞서 살핀 것은 허구적 세계인 소설 속에서의 이야기였다. 그러나 그렇게 누군가가 만들어서 전파하는 갈래가 아니라, 당사자인 여성들이 직접 짓고 즐기는 갈래에서는 상황이 사뭇 달라진다. 요즈음은 별로 그런 문학 갈래가 눈에 띄지 않지만, 동네 아주머니들이 모여서 이른바 수다를 떠는 대목을 보면, 태반이 남편과 시집식구들 흠잡기로 일관되는 예를 흔히 보게 된다. 옛날에 이런

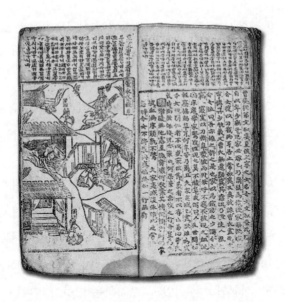

삼강행실도(열녀
편) : 세종 때 엮어
진 도덕서로 목판
본, 3권 1책이다.
조선과 중국의 서
적에서 충신 · 효
자 · 열녀의 행적을
그림과 글로 칭송
한 책이다. _두산백
과사전

기능을 담당했던 갈래로는 민요와 가사를 들 수 있
다. 민요는 문자를 모르는 계층이라도 얼마든지 지
어서 입으로 불렀던 노래이고, 가사는 적어도 문자
를 아는 계층에서 글로 적었던 시가이다. 대체로
민요가 하층에서 이루어졌다면 상대적으로 가사는
상층에서 이루어졌다고 할 수 있다. 그도 그럴 것
이 민요의 중심은 노동이며, 노동의 고통을 절절하
게 느낄만한 계층이 아니라면 민요는 그다지 필요
한 것이 아닐 수도 있다. 더욱이 여성들이 노랫가
락을 흥얼대는 것을 대단한 일탈쯤으로 여기던 양
반네 풍토에서라면 기생이 아니고서는 남들 앞에
서 노래한다는 게 어색했을 것이다. 다음은 베틀노
래 중의 하나로 베를 짜는 노동 과정이 큰 마디 없

이 길게 이루어지므로 가사 역시 제법 긴 줄거리를 가지고 있다.

> 울도 담도 없는 집에 시집 석삼년 살고 나니
>
> 시어마님 하시는 말씀 야야 며늘아가
>
> 진주낭군 볼라거든 진주 남강 빨래 가라
>
> 진주 남강 빨래를 가니 물도 좋고 돌도 좋다
>
> 토당토당 빨래를 씨니 진주낭군 오신 소리
>
> 토적토적 소리 나서 못본 듯이 걷다보니
>
> 하늘 같은 갓을 쓰고 구름 같은 말을 타고 얼렁철렁 지나치네
>
> 껌둥 서답 껌게 씻고 흰 서답은 희게 씻고 집을 찾아 들어오니
>
> 시어머님 하시는 말씀 야야 며늘아가
>
> 진주낭군을 볼라거든 사랑방에 들려 봐라
>
> 사랑방에 들어가니 열두 가지 안주 놓고 기생첩을 옆에 놓고
>
> 술을 부어 나누면서 본체만체 하고 있네
>
> 웃방에 올라와서 아홉 가지 약을 짓고
>
> 석 자 세 치 명주수건 목을 매여 늘어지니
>
> 시어머님 하신 말씀 야 웃방에 올라 봐라
>
> 웃방에 올라오니 목을 매어 늘어졌네
>
> 진주낭군 하신 말씀
>
> 이 사람아 죽을 일에 죽더라도 내 말 한 말 들어보게
>
> 기생첩은 삼년이고 자네와 나와 백년일세 백년해로 하잔 말라[5]

줄거리는 매우 단순하다. 오지 않는 남편을 기다렸지만 기껏 온 남편이 자신을 거들떠보지도 않고 기생첩이나 끼고 노는 것이다.

참다못한 아내는 자살을 하고 남편은 후회를 한다. 어디까지가 실제 있었던 일일지 가늠하기는 어렵지만 최소한 남편이 후회하는 부분을 빼고 본다면 처첩 간의 갈등에서 여성이 겪는 고통이 어느 정도였던지 짐작할 수 있다. 사실 이런 내용은 한역(漢譯) 민요로까지 남아 있어서 오랜 연원이 있음을 알려준다. 민사평이 한역한 작품 〈월정화(月精花)〉의 유래를 『고려사』 악지(樂志)에서는 다음과 같이 증언한다.

> "월정화는 진주 기생이다. 사록(司錄) 위제만(魏齊萬)이 그 기생에게 빠져 부인으로 하여금 이를 비관해 죽게 했다. 진주읍 사람들은 이를 슬퍼하여 부인이 살아 있을 동안 남편이 친애하지 아니한 일을 말하여 위제만의 광혹(狂惑)함을 풍자한 것이다."[16]

이러한 처첩 간의 갈등이야말로 사실상의 일부다처가 허용되는 상황에서는 피할 수 없는 일이었을 터이므로 상당히 오랜 시간 동안 여러 갈래에 두루 퍼져 있는 요소이다. 따지고 보면 〈사씨남정기〉 역시 그런 범주에 들겠지만 이런 민요에서 보여주는 작품세계는 여타의 갈래에서 보여주는 사랑 다툼과는 확실히 구분되는 특성을 지닌다. 다른 갈래에서는 본처가 참고 견디면 언젠가는 남편이 잘못을 깨닫고 되돌아온다는 줄거리가 기본틀이었지만 여기에서는 본처의 자살로 끝맺는다. 죽지는 않더라도 "간다 간다 나는 간다. 첩으연아 잘 살아라." 같은 식의 자발적인 이별이 펼쳐지기도 한다.

만일 시집살이에 문제가 있다면 그것을 참고 지내는 것이 아니라 직정적인 토로가 주조를 이룬다.

열다섯에 시집을 가니 키 작다고 수심이라

시집살이를 살자 하니 흉도 많고 탈도 많다

아니 그리 살자 하니 시집을 못 살고 가라 하면

내 팔자가 이리되면 어느 누가 나를 찾아 오리로다

… (이하 생략) …[17]

시집살이가 괴로우면 괴로움을 표하는 것이야 지금 생각하면 너무나 당연한 이야기지만 사실은 엄격히 통제되었던 부분이고, 이 점은 이런 서민층의 민요가 아닌, 양반층의 가사와 비교하여 그 특성이 극명히 드러난다. 가령, 철종비 김씨가 지었다는 〈훈민가〉에서는 "친가에서 자랄 적에 친부모를 섬기다가 / 자란 후에 출가하여 시부모를 효양하니 / 그 남편 섬길 적에 삼종행실 떳떳하다 / 부부는 천정이라 당당한 가장이니 / 가장이 성을 낸들 그 가장 어이하리 / 이 몸 평생 고락 사내 손에 매였으니 / 그 가장 성을 내도 말을 부디 답지 마소." 라는 식으로 인고할 것을 주문한다. 유교의 윤리규범으로 보자면 출가 전에 예의범절을 충실하게 배우고 부덕(婦德)을 닦은 사람은 시집살이의 고통을 표출해서는 안 되었던 것이다. 더욱이 양반층 부녀자들은 여느 백성들보다 시간적, 경제적, 문화적 여유가 더 있었기 때문에 현실적인 고통도 상대적으로 적었을 것이어서 불만이 직접 표출될 가능성은 그만큼 줄어든다고 하겠다.

이에 비해 민요에서 펼쳐진 세계는 어쨌거나 답답한 속을 툭 터지게 하는 역할을 한다. 이는 이념에 침윤되지 않은 서민계층이 보일 수 있는 발랄함으로 해석할 수 있겠는데, 처참한 현실에 달콤한 꿈이 맞붙어 있지 않다는 점이 앞서 보인 여타 갈래의 문학과 다른 점이다. 특히 서사민요는 다른 서사물과는 달리 청자의 존재여부와 상관없이 혼자서 노래로 표출할 수 있는 갈래여서 답답한 속을 풀어내기에는 제격이다. 하늘같은 시부모도 '시금털털 시어머니'라고 말할 수 있는 것도 이 갈래며, 남편의 바람기에 대해 직설적인 공격을 퍼부을 수 있는 것도 이 갈래이다. 그러나 아무리 민요에서 그렇게 터놓는다고 한들 현실에서도 그랬을리는 만무하다. '시금털털 시어머니'라 토로할 수 있는 공간은 작품 속에 국한되는 것이 엄연한 현실이다.

그러나 시집살이 등만 강조하다 보면 여성들이 겪는 고통이 마치 심리적 갈등이 전부인양 오인될 소지를 갖는 것이 문제이다. 요즈음의 고부(姑婦) 갈등이 대개 그런 것처럼 단순히 시댁식구들의 간섭과 구박만이 문제인 것이 아니라 매우 현실적인 고통이 수반되기 때문이다. 이런 점에서 우리 고전에서 여성 노동이나 경제적 부담 등이 중심 주제에 떠오르는 것은 하나 이상할 것이 없다. 물론 여성들이 그런 일을 입 밖에 낼 수 있는 여건도 되지 못했지만, 설사 글을 안다고 해도 그런 것들을 조목조목 세심하게 그려낼 수 있는 여성도 극히 드물었기에 자료 역시 많지 않다. 이 점에서 허난설헌(許蘭雪軒, 1563~1589)은 매우 소중한 존재이다. 그녀는 우리 문학사에서 '여류'라는 보호막이 없이도 가히 최고의 시인이라는 평을 듣기에 조금도 손색이 없었는데, 그녀가 쓴 〈가난한 여인의 노래(貧女吟)〉를 보자.

어찌 용모가 남들에게 빠질까
바느질도 길쌈도 모두 잘하네

허난설헌 묘와
시비 _두산백과
사전

어려서부터 집이 가난해
좋은 매파를 알지 못했네

깊은 밤 쉬지 않고 베 짜는 여인
삐걱삐걱 찬 베틀이 울고 있구나
베틀 위 비단 한 필
뉘 집 아씨 시집갈 때 예복 되려나

금가위 손에 잡고 놀리다 보면
밤이 추워 열 손가락 뻣뻣해지네
다른 여인 시집갈 옷 짓고 있지만
해마다 자신은 독수공방 신세라오[18]

베 짜는 가난한 여인 이야기는 흔한 편이지만, 그 절절함에 있어서 이 작품만한 것은 찾기 어렵다. 용모도 빼어나고 바느질 길쌈도 능하다면 그 시절의 규범으로 최상급의 여성이다. 그럼에도 불구하고 그녀에게 펼쳐진 삶은 최악으로 떨어지고 만다. 추운 겨울밤에 차가운 베틀에 홀로 앉아서 남의 옷이나 짓고 앉아있는 여인의 처지는 참으로 딱하다. 다른 여자의 결혼 예복을 짜면서 정작 본인은 그 결혼생활의 참맛을 알지 못한다. 그런데 이런 부당한 일이 왜 일어났는가? 이유는 단지 하나. 집이 가난해서 그렇다. 집이 가난하면 여성의 고통은 더욱더 가중된다. 좋은 집으로 시집가기 어렵고, 그래서 어려운 집으로 시집가고 나면 그때부터 경제적인 부담까지 떠안게 되는 것이다. 추운 겨울 긴긴 밤을 베틀 앞에 앉아 지새다 보면 이런 신세타령이 절로 나왔겠다는 생각이 든다.

이와 같은 불쌍한 여인에 대한 연민의 시선은 인간이라면 누구나 가질법한 일이므로 굳이 남녀를 가릴 필요가 없겠다. 다음은 우리에게는 실학자로 널리 알려진 정약용(丁若鏞, 1762~1836)이 어느 불쌍한 여성의 기구한 삶에 대해 시로 읊은 내용 중의 일부이다.[19]

저 아이 본래 강진 사람이온데
어려서부터 읍내서 살았지요.
지금 나이 열여덟 살인데
참으로 팔자도 기구합니다.
시집이라고 간 것이 판수네라
소경은 성질이 고약하여
우리 아이 삭발하고 중이 된 것은
곧 그 굴레 벗어나기 위함이지요.

소경은 관가와 결탁하여 고발하니

붙잡으러 나오길 바람보다 빠릅디다.

… (중략) …

소경은 이미 나이가 높아

칠칠이 사십구 마흔아홉이라오.

전에 벌써 두번 초례를 치러

내 아이는 이제 세 번째 여자라.

초취에서 두 딸을 낳고

재취에서 아들 하나를 얻어

사내자식도 이미 다 큰 아이요

작은 딸이 지금 스물세 살이랍디다.

차라리 구렁창에 버릴지언정

이런 소경에게 시집보낼 리 있으리까.

저 아인 부모를 잘못 만난 탓이니

우리 영감이 본래 주정뱅이거든요.

아름다운 꿩이 개에 물린 격이라

한탄한들 이제 무슨 소용 있으리까.

중매장인 돈을 많이 먹고서

말을 공교히 꾸며 하는데,

… (이하 생략) …

　이 작품은 소경에게 시집간 여자 이야기이다. 말이 좋아 시집이
지 주정뱅이 아버지 탓에 거의 팔려가다시피 했다는 것을 알 수 있
다. 아버지는 그저 좋은 집 좋은 옷을 보장해주겠다는 꾀임에 빠져

딸을 내주고 만다. 그런데 막상 시집가 보니 자신이 세 번째 처일 뿐만 아니라 성질까지 고약했다. 그뿐이 아니다. 전실 자식들까지 못살게 구는 통에 견딜 재간이 없게 되자 그녀는 어쩔 수 없이 머리를 깎고 중이 되어 암자로 숨어들었지만, 남편의 고발로 인해 관가로 끌려가는 신세가 되고 만다. 시집살이가 어려워서 중이 되는 내용을 담은 민요를 '중노래'라고 명명할 정도로 이런 내용은 퍽이나 보편적이다.[20] 부모님이 혼사를 맺어주면 초혼이든 재혼이든, 애꾸든 장님이든 그저 순순히 따라야 했으며, 싫다고 도망한들 숨을 곳조차 없었던 딱한 상황이 너무도 애절하게 그려져 있다. 오죽 했으면 절로 들어갔을까. 지면관계상 다 실을 수 없는 것이 유감이지만, 마음 약한 사람이라면 보기만 해도 눈물이 줄줄 나올 정도의 딱한 사연이 계속된다.

관가로 끌려왔을 때, 그 고을 원님의 판결은 이 모든 문제의 핵심을 집약적으로 보여준다.

> 부녀자의 행실 왜 그리 편협한고?
> 남편을 헌 버선짝처럼 팽개치다니
> 지금부턴 다시 머리를 기르고,
> 부부간에 금실 좋게 지내어라.[21]

이리하여 전의 불행을 다 지워버리고 잘 살게 되었으면 그도 참을만하겠지만, 실제로는 이 여인은 다시 절로 도망하고, 또다시 관아에 잡혀오는 가련한 신세가 되고 만다. 이제 모두들 저 여자가 저러다가 자살을 하지 않을까 조바심을 내는 지경에 이른다. 그러나 사태가 아무리 그렇게 급박하게 간다 해도, 실제로 정약용처럼 동정적인 시각을 지닌 사람들이 아무리 많다고 해도 여필종부(女必從夫)라는 기본규율을 어긴 여자에게 달리 벗어날 방도가 없었다. 이것이 현실이다. 가상의 이야기 속에서 춘향이가 죄 없이 옥중에 갇혔다가 뜻밖의 낭군을 다시 만나고, 심청이가 물에 빠졌다가 살아나서 황후가 되는 동안, 우리 옛 여성들이 처한 현실은 그만큼 가혹했다. 그리고 이 가혹한

정약용 표준영정(84×121cm), 장우성 作, 1974년 _한국은행 소장

현실을 제대로 그려낸 것은 역사도 철학도 아닌 문학이었다.

　물론 문학적 표현으로 여성들의 삶이 한 단계 올라갔다거나 세상이 바로잡아진 것은 아니니 그 자체만으로 대단하게 내세울 것은 못될지도 모른다. 가령 정약용의 한시만 하더라도 그렇게 시를 쓰고 있느니 고을원님에게라도 제 뜻을 직접 펴 보이는 것이 낫지 않았겠느냐는 반론이 있을 수 있다. 그러나 이런 작품들의 한계는 사실 개인의 한계가 아니라 시대의 한계라고 할 수 있다. 허난설헌이나 정약용은 그런 시대의 한계에 매몰된 사람이 아니라 오히려 시대의 한계에도 불구하고 일정 부분 제 목소리를 낸 의롭고 지혜로운 사람이라고 보는 편이 옳겠다. 문자를 모르는 일반 백성들이 속을 터놓고 이야기하면서 카타르시스를 경험하고, 문자에 익숙한 작가들은 부당한 대우를 받는 여성들의 이면에 있는 구조적 모순을

조심스럽게 지적하는 동안, 여성문제에 대한 자각은 점점 더 정확성과 심도를 더해갔다.

끝나지 않는 이야기

앞서 살핀 여러 작품에서의 여성은 어떤 경우이든 심각한 피해자의 입장이었으며, 이 점은 굳이 여성주의 시각을 들먹이지 않더라도 상식적인 선에서 충분히 이해될 만한 것이었다. 그러나 이렇게 단순하게 처리해버리면 남성은 피해자이고 여성은 가해자라는 인식을 확인한 것 이상의 의미를 지닐 수 없을지도 모른다. 따라서 각 갈래별로 지적된 문제를 다시 조목조목 확인하면서 이런 작품을 읽는 의미를 키워나가야 한다.

소설에서는 대개 여성주인공이 남성주인공과 헤어졌다가 나중에 다시 만나는 꼴을 취했다. 그러나 이 과정에서 환상적인 능력을 발휘하거나 초인간적인 인내심을 통해 행복한 결말을 얻을 수 있다는 설정은 억눌린 여성의 심리에서 대단히 매력적인 이야기였겠고 이는 곧 상업적인 배려이기도 하다. 판소리에서는 여성주인공의 고통이 단순히 남성을 잃은 이별의 아픔이 아니라 실제 생활해나가면서 겪는 현실적인 고통이었다. 생계문제에 골몰한다거나 무능한 남편의 뒷바라지를 해야 한다는 등의 설정이 바로 그런 예인데, 그 결과 주인공이 얻는 것은 자기 혼자만의 문제해결이 아니라 집단적인 한풀이 성격을 띠고 있었다. 반면, 민요는 여성들이 시집살이에서 겪는 인간관계에서의 문제를 중심으로 이야기를 진행하는 편이었다. 외도하는 남편이나 자신을 구박하는 시집식구들 중 누구든 불만스러운 상대는 비판과 저주의 대상이었으며, 이런 문제는 작품의 끝까지 풀리지 않는다. 이는 민요가 다른 갈래와는 달리 꿈의 공간에서 심리적 보상을 하려하기보다는 있는 그대로를 풀어냄으로써 카타르시스를 경험하는 쪽으로 씌어졌음을 의미한다. 반면 한시 등에서는 사실적인 분석과 합리적 현실인식을 통한 문제 제기 기능이 강화된 꼴이었다.

그러나 이런 사실들이 그저 옛날이야기 속에나 등장하는 골동품이라고 생각해서는 곤란하다. 이는 어쩌면 우리민족의 시작이라고 하는 단군신화에서부터 현대문학까지 지속되는, '끝나지 않는 이야기'일 것이다. 단군신화에는 이후 등장하는 문학에서 살필 만한 여성 문제의 원형을 추출해낼 수 있다. 첫째, 여성주인공[웅녀]만 고통을 당한다. 둘째, 고난을 겪은 존재[곰]는 여성이 되고 그렇지 못한 존재[범]는 실패한다. 셋째, 여성이 성취하고자 하는 바는 자신의 과업이 아니라 다른 존재의 생산이나 보조[여기에서는 출산] 정도이다. 넷째, 결국 여성의 성취는 남성에 의해 이루어진다.

물론, 이런 도식은 신화의 특성을 무시하고 속화하여 설명한다는 점에서 매우 위험한 발상일 수도 있고 다른 시각에서의 접근도 얼마든지 가능한 것이어서 문제가 되지만 그것이 여기에 그치지 않고 계속 진행되기에 논의의 유효성은 쉽게 수그러들지 않는다. 〈단군신화〉의 뒤를 이어 생각해볼 수 있는 작품은 〈주몽신화〉인데, 여기에서는 여성의 수난이 좀 더 심하게 드러난다. 유화는 애당초 남자를 원하지 않았는데 겁간(혹은 유인)의 형태로 관계를 맺고, 관계를 맺은 남자는 아무 책임 없이 사라지며, 유화는 그 책임을 뒤집어쓰고 입술이 잡아 당겨 늘어나는 징벌을 받지만, 끝내 주몽을 낳아 모성 본능을 발휘하여 위험으로부터 보호하며 그를 잘 키워낸다. 또한 〈바리데기(바리공주)〉에서는 여성이기 때문에 당하는 고통이 더욱 강화되어 나타난다. 주인공 바리데기는 처음부터 딸이라는 이유만으로 버림받고 그래서 이름마저 '바리데기'이다. 그럼에도 불구하고 버림받은 몸으로 자기를 버린 아버지의 목숨을 구하기 위해 자기의 목숨을 걸고 이승과 저승을 넘나드는 초인적인 능력을 보인다. 심청이의 희생은 사실 이런 무가 전통과 멀리 떨어져 있는 것이 아님을 확인할 수 있다. 그러나 이들 여성주인공들이 겪은 고통은 고통에만 그치지 않고 비록 당대적인 성과는 아니더라도 다음 대에 이르러서 확실한 결실을 맺는다는 점에 우리는 주목할 필요가 있다.

하늘에서 내려온 환웅과 땅에 사는 웅녀의 결합, 역시 하늘에서 내려온 해모수와 물의 신 하백의 딸 유화의 결합이 사실은 남성과 여성으로 대표되는 서로 다른 두 세계의 힘의 결합을 의미하며 그 결과 단군과 주몽이라는 영웅을 만들고, 목숨을 건 모험 끝에 죽은 아비를 환생시키는 바리데기나 나중에 인간의 출생을 관장하는 삼신을 낳는 당금애기는 모두 강력한 생산성에 중점을 둔 것이다. 이는 남성주인공이 건국이나 영토 확장 등을 빌미로 공격적인 정복활동을 하고 여성에게 억압을 가할 때, 여성의 인고와 지혜, 인자함으로 세계가 화평해지는 원리를 간파한 것이다. 이 점에서 이 수난이 비록 수난이기는 하지만 남성 우월에 입각한 수난이라기보다는 남성의 부족함을 여성이 채워주고 여성의 부족함을 남성이 채워주는 식의 상호보완적인 관계라고도 풀 수 있겠다.

'끝없는 이야기'라고 해놓고 공연히 맨 처음의 시작으로 올라가서 이야기가 너무 장황해진 느낌이다. 그러나 여기에서 보여주려는 것은 신화에서 발견되는 그런 속성들이 여전히 남아있다는 것이다. 우리나라 여류소설가 중에 최고봉으로 꼽아도 좋을 박경리의 경우를 보자. 대표작이라고 할 수 있는 〈김약국의 딸들〉이나 〈토지〉에는 우선 대(代) 잇기의 문제가 집요하게 등장한다. 집안의 몰락은 곧 대가 끊김을 의미하며, 절손(絕孫)은 곧 집안의 몰락을 의미한다. 그런데 재미있는 것은 여전히 딸에 의한 대 잇기는 대 잇기가 아니라고 보는 것이다. 어느 집이든 아들이 없으면 곧 그 집은 몰락의 길로 갈 것을 예고하는 것이며 또 실제로 그런 방향으로 이야기가 진행된다. 김약국의 딸들이나 〈토지〉의 서희가 대를 잇지 못하는 것은 바로 그런 이유이며, 대를 잇지 못하기 때문에 엄청난 재산을 물려받는 데 실패하고 만다. 그래서 서희가 택한 길은 길상과 성(姓)을 바꿔서, 어쨌거나 남성에 의한 후사 잇기였다. 이처럼 어떤 경우이든 여성의 가장 중요한 역할로 그 집안의 대를 이을 아들을 나아주는 것으로 주목하고 있음은 매우 중요한 일이다. 〈토지〉에서 김훈장은 사실상 거의 연고가 없다시피 한 한경을 양자로 들이는 데 온 신경을 다 쓴다. 간난할멈과 영만, 복동네와 복동의 관계 역시 이런 대물림의 한 의식이다.

그뿐 아니라 이 작품들에 등장하는 여성들은 이상하게도 남성들로부터 모진 수난을 당한다. 겁탈을 당하고 내색할 수 없는 경우는 물론이고, 〈토지〉의 윤씨 부인처럼 그로 인해 아이를 낳기도 한다. 일단 남성에 의한 여성의 유린이라는 점이 문제이겠는데, 그런 윤리적인 문제만으로 이 작품을 풀어나가기에는 좀 어색한 구석이 많으며 그래서 신화적인 측면에서의 설명이 필요하다. 신기하게도 앞서 살핀 신화 세 편에서 도출된 결과에 맞추어보면 그렇게 잘 맞아떨어질 수가 없다. 첫째, 여성의 성취는 남성에 의해 이루어진다. 서희같이 똑똑하고 대담한 여성도 그 치부(致富)에 있어서는 길상의 힘이 절대적이었다. 이로 보면 마치 길상이 서희를 보조한 것 같지만, 이 소설에서 제시한 가장 큰 과업인 조국의 독립을 위한 운동에는 길상이 나선다는 점을 생각하면 이를 쉽게 수긍할만하다. 둘째, 여성은 일방적인 피해를 당하지만 모성 본능으로 자식을 끝까지 지킨다. 윤씨 부인이 대표적인 예인데 김개주에게 겁탈을 당하여 환이를 낳았으며, 끝내 그 환이를 지켜내는 일을 저버리지 않는다. 특히 아들 환이가 사적인 불우함을 떨쳐버리고 공적인 대업을 이룰 수 있는 기반을 만들어준 것은 유화가 보여준 역할과 동일선상에 놓일만하다. 셋째, 여성은 남성의 부족을 메워주는 구실을 한다. 김평산과 함안댁, 용이와 월선의 관계가 대표적인데 여성의 희생과 아량으로 최악을 면하고 자그마한 화평을 얻게 된다.

흔히 페미니즘을 내세우는 문학에서는 무지몽매할 뿐만 아니라 야비하고 비겁한 남성을 비판하거나, 여성의 독립성이나 능력을 한껏 뽐내는 이야기들이 주류를 이루면서 여성의 수난이 강조되는 경향이 짙다. 그러나 심청이의 수난은 남성들에 대한 비판이면서 동시에 아버지의 눈을 뜨게 하고 모든 맹인의 눈을 뜨게 한다는, 포괄적인 의미의 생산력이 잠재해 있다. 남성의 공격적이며 군림하려는 자세에 대한 비판 못지않게, 여성 특유의 화합 지향성이나 풍요한 생산성을 높이는 데 기여하는 훌륭한 문학이 산출되기를 기대해본다.

■ 주석

1) 가령, 김동욱, 『國文學史』(일신사, 1976), 197~198쪽에서 '國民文學으로서의 판소리' 라는 항이 설정되어 있는데 이 경우는 신분계층상의 차이를 넘어섰다는 의미로 새겨야 한다.

2) 박동진, 〈심청가〉 공연(1987년 3월 18일 산울림 소극장)중의 증언을 참고.

3) 강한영 校注, 『신재효 판소리사설집(全)』(보성문화사, 1978), 159쪽.

4) 강한영 校注, 앞의 책, 189쪽.

5) 신재효본과 상당한 친연성이 있는 완판본의 경우에도 아들 낳고 딸을 낳아 아버지 후사나 전하고 불초녀를 생각지 마시라는 정도의 부탁은 있지만, 내가 딸이니 죽는 것이 낫겠다는 정도의 발언은 찾아보기 어렵다.

6) 이에 대해서는 임형택, 「18・19세기 '이야기꾼' 과 소설의 발달」(김열규 외 편, 『古典文學을 찾아서』, 문학과지성사, 1976) 참조.

7) 이른바 '딱지본' 이라고 하는 얇은 소설책이 별 변화 없이 거의 그대로 인쇄되는 것으로 제6강에서 인용한 〈흥부전〉 같은 작품도 1960년대에 출간된 작품이다.

8) 이원주, 〈고전소설독자의 성향 -경북 북부지역을 중심으로-〉, 『한국학논총』3(계명대 한국학연구소, 1975) 참조.

9) 김동욱 편, 『景印 古小說板刻本全集3』(연세대학교 인문사회과학 연구소, 1973, 470쪽. 앞으로는 이 책을 '전집' 으로 약칭하기로 하며, 원문의 고어돌출 부분은 현대어로 대체하였으며 어려운 어귀는 쉽게 풀이함)

10) 전집(3), 115쪽.

11) 전집(2), 345쪽.

12) 전집(2), 379~380쪽.

13) 〈유문성전〉(조선도서주식회사, 1925), 동국대학교 한국학연구소 편, 『활자본 고전소설전집』 5권(아세아문화사,1976), 291쪽.

14) 상세한 논의는 졸고, 「군담소설 연구방법론」(연세대학교 박사학위 논문, 1993), 173~192쪽 참조.

15) 조동일, 『서사민요연구(증보판)』(계명대학교 출판부, 1983), 233~234쪽. 알아보기 쉽도록 가능한 한 고쳐서 옮긴 것임.

16) 『高麗史』권71, 〈樂志2〉.

17) 조동일, 앞의 책, 211쪽.

18) 이혜순・정하영 역편, 『한국 고전 여성 문학의 세계』(이화여자대학교출판부, 1998), 26쪽.

19) 임형택 편역, 『李朝時代 敍事詩(하)』(창작과비평사, 1992), 197~198쪽.

20) 서영숙, 『시집살이 노래 연구』(박이정, 1996)의 〈자료편〉에 이른바 '중노래' 가 12편 실려 있다.

21) 임형택 편역, 같은 책, 208~209쪽.

제 9 강

발악하는 춘향이,
울고 짜는 이도령

춘향=현모양처,
이도령=멋쟁이 대장부(?)

내가 학교 다닐 때만 해도 장래희망란에다 '현모양처'라고 기입해놓는 여학생이 드물지 않게 있었다. 말 그대로 어진 어머니요 좋은 아내가 되겠다는 데 시비할 게 못 된다. 다만 이 또한 쉬운 게 아니어서 그러려면 좋은 짝을 만나 자식을 훌륭히 키워야야만 한다. 당연히 우리 문학에서도 그에 대해 비상한 관심을 두고 있는 터, 서양의 로미오와 줄리엣처럼 춘향이와 이몽룡 같은 천생연분이 있다.

그런데, 〈춘향전〉은 모르는 사람이 없을 만큼 널리 알려져 있지만 이상하리만치 다 읽어본 사람은 드물다. 그럼에도 불구하고 춘향이와 이몽룡의 모습을 머릿속에 떠올릴 수 있는 것은 고등학교 문학 교과서에서 배운 내용에 의하거나 영화나 TV드라마 영향이기 쉽다. 실제로 〈춘향전〉은 1922년 이래 십 수 차례나 영화화되었으며, 심심찮

영화 〈춘향전〉
(1971)

게 TV브라운관에서 명절 특집 등의 형태로 선보인 바 있다. 따라서
영화든 드라마든 춘향 역의 여배우가 춘향의 이미지를 대신하기 마
련인데, 이 여배우들의 특징은 대체로 '한국적 여인상'을 그대로 옮
긴 듯한 경우가 대부분이다. 얼굴이 갸름하기보다는 둥근 편이고, 밝
게 웃기보다는 온화한 미소를 띠며, 성격은 명랑, 쾌활하기보다는 다
소곳함이 두드러진 경우 말이다.

　이런 전통성을 깬 캐스팅은 1994년 KBS가 방영한 추석특집극 〈춘
향전〉에서 이루어졌다. 신세대 미인의 전형으로 꼽히던 신인 김희선
이 등용되었던 것인데, 그녀는 여기에서도 다소 저돌적일 만큼 당찬
모습을 보여주었다. 이 변화를 시청자들은 매우 심각하게 받아들여서
'세상이 많이 변했구나. 그래서 신세대 춘향이가 등장하고…'라고 생
각하였던 것 같다. 그러나 작품을 떠나 현실로 생각해 보면 대담한 춘
향이의 모습이 그렇게 이상한 것만은 아니다. 어떤 남자가 순진한 여
자를 꼬드겨서 하룻밤을 지내고 계속 재미를 보다가 어느 날 갑자기
떠나겠다고 선언한다면 여자가 어떻게 반응할까? 과연 상대를 믿어

주며 다소곳하게 떠나보낼 수 있을까? 이도령 역시 마찬가지이다. 나이 열여섯의 사내가 어떻게 그렇게 도를 넘는 사랑놀음을 하고, 또 그렇게 점잖게 이별을 준비할 수 있을까?

그럼에도 불구하고, 많은 사람들의 머릿속에 춘향이는 얌전하게 이별하고 이도령은 사내대장부로 각인되어 있다. 현모양처 춘향과 그에 걸맞은 사내대장부 이몽룡으로 새겨진 것이다. 이번 강의에서는 그런 고정관념을 깨보기로 한다. 사실 〈춘향전〉은 어떤 하나의 작품을 지칭하는 말이 아니라 춘향의 이야기를 담은 다양다기한 작품군을 지칭하는 말인데, 이제 그 여러 작품들을 뒤적이며 그 변화 양상을 살피게 될 것이다.

인간은 누구나 발악할 수 있다

〈춘향전〉 가운데 가장 널리 알려지고 읽히는 판본은 이른바 '열녀춘향수절가'라고 하는 완판본이다. 이 본의 이별대목은 다음과 같다.

이때 춘향이 도련님 채우려고 금낭(錦囊: 비단주머니)에 수 놓다가 놀래어 물으니 아무말도 못하거늘, 춘향이 도련님 거동 보고,

"어인 일이까? 이러한 경사(慶事)에 과도히 싫어 마옵소서."

위로하니 도련님 하는 말이,

"내 경사를 놀람이 아니라 그러한 일이 있도다."

하니 춘향이 대답하기를,

"무슨 일이 있나이까?"

이도령 탄식 왈,

"너를 두고 갈 터이니 그러한 연고로다."

춘향이 이 말 듣고 안색이 졸변(猝變: 갑자기 변함)하여 왈,

"당초에 우리 만나 맹약(盟約)을 어떻게 하였습니까? 못합나니 가망 없고 무가내(無可奈: 어쩔 수 없음) 제. 날 죽이고 가지 살리고 는 못 가오리."

이도령 하릴없어 춘향을 달랜 후에 책방(冊房)에 돌아와 …(이하 생략)….[1]

춘향의 말은 매우 간단하다. 우리가 어떤 약속을 했는데 이게 대체 웬 변고냐며 기가 막혀 하지만 그녀의 항변은 고작 '날 죽이고 가지 살리고는 못 가오리.'에 머문다. 그런데 신기한 것은 춘향이를 만나보려고 그렇게 많은 수작을 건넸던 이도령이 이렇게 중대한 일에서는 말을 아끼고 있다는 점이다. 왜 가는지 상세한 설명도 없고 춘향이가 나를 죽이고 가라는데도 별달리 달랠 생각조차 하고 있지 않다. 춘향의 반응 역시 마찬가지이다. 이 정도의 발언으로는 갑자기 들이닥친 이별에 정상적으로 대응했다고 보기 어렵다.

실제 경험에서 익히 아는 바이지만, 사람은 누구나 화를 낼 수 있다. 만날 화를 내던 사람이야 그렇다 하더라도 평소에 순하던 사람일수록 화가 나면 더 무서운 것이 사실이다. 그런데, 춘향이는 정숙한 여인이기 때문에 남자가 간다면 가는 줄 알고 곱게 보낸다는 설정은 아무리 봐 주려해도 무리가 따른다. 그렇다면 이런 내용이 모

든 춘향전의 공통 사항일까? 예전 판소리 대본을 구할 방법이 없으므로 전모는 확인할 길이 없지만, 이른바 '더늠'을 통해 그 대략은 짐작해볼 수 있다.

더늠이라고 하면 생소한 독자가 많겠는데 그리 어려운 말이 아니다. 가령, 김갑돌이라는 창자가 〈심청가〉의 '물에 빠지는 대목'을 특별히 잘해서 그 부분을 자기 나

『열녀춘향수절가』 원문

름대로 개발하여 새롭게 불렀다면, 그에게서 판소리를 배워서 그 대목을 하는 창자는 '저희 선생님 김갑돌 명창께서 하시던 더늠인데 한번 해보겠습니다.' 라는 식으로 그 연원을 밝힌다. 따라서 그런 대목만 추적해보면 그 이전 소리의 흐름을 대략적으로 알 수 있게 된다. 다행히 정노식이라는 분이 1940년에 『조선창극사(朝鮮唱劇史)』라는[2] 책을 쓰면서 그 이전까지 전해지던 더늠을 잘 정리해놓은 것이 있는데, 이를 토대로 그 변화과정을 추적해보자.

이도령이 하는 말이

"양반의 자식이 부형 따라 시골로 내려왔다가 기생첩을 얻었다면 혼삿길이 막히고 사당 제사 참예도 못하고 조정에 들어 벼슬도 못하는 법이라고 한다. 불가불 이별일 수밖에 없다."

춘향이 이 말을 듣더니만 고닥의 발끈하여 낯빛이 변하더니 머리를 흔들며 눈을 굴리고 얼굴이 붉으락 푸르락 눈을 간좀조롬하

게 뜨고 두 눈썹이 꼿꼿하여지며 코가 발씸발씸하며 이를 뽀도독 갈며 온몸을 수숫잎 틀듯하며 매 꿩 차는 듯하고 앉았더니,

"허허 이게 웬말이오? 내 몰랐소, 내 몰랐소, 이리 될 줄 내 몰랐소."

와락 뛰어 일어서서 치마자락도 발에다 걸고 와드득 좌루룩 찢어 내버리며 머리끄댕이도 와드득 쥐어뜯어 두 손바닥에다 쏵쏵 비벼 도련님 앞에다 내던지며,

"이것도 쓸데가 없다. 뉘 눈에 뵈이려고 단장하랴? 면경(面鏡: 얼굴을 보는 작은 거울) 체경(體鏡: 몸을 보는 큰 거울) 에두루쳐 들더니만 문방사우에다 와르르 탕탕 부딪치며 분통같은 제 가슴을 쾅쾅 뚜드리며 발도 동동 구르면서 손뼉치고 돌아 앉아 자탄가로 우는 말이,

"몹쓸년의 팔자로다. 이팔청춘 젊은것이 님 이별이 웬일이냐. 이별 별(別) 자 내인 사람 나와 백년 원수로다. 죽자하니 청춘이요 살자하니 님 그리워 어찌하리 어찌할거나. 어찌할거나. 내 신세를 어찌할거나. 부질없이 이내 몸을 허망하신 말씀으로 앞날 신세 밟렸구나. 애고애고 내 신세야. 바다가 마르고 돌이 다 녹아 없어지더라도 변치 아니 하시마기에 그럴 줄로만 믿었더니 날 속였구나 날 속였구나. 아이고 아이고 내 신세야."

천연히 돌아 앉아,

"여보 도련님, 말 좀 하여봅시다. 시방 하신 말씀 참말이요, 농담이요? 우리 둘이 처음 만나 백년언약 맺을 적에 도련님은 저기 앉고 춘향 나는 여기 앉어 날더러 하신 말씀, '입으로 맹세한 것이 마음으로 맹세한 것만 못하고 마음으로 맹세한 것이 하늘에

맹세한 것만 못하다.' 고 내 손길 부여잡고 우둥퉁퉁 밖에 나와 반짝반짝 맑은 하늘 천 번이나 가리키며 만 번이나 맹세키로 내 정녕 믿었더니 말경의 가실 때는 뚝 떼어버리시니 이팔청춘 젊은것이 낭군 없이 어찌 살꼬. 내 신세를 어찌하리."[3]

박유전(朴裕全)이라고 하는 명창의 더늠으로 전해지는데, 앞서 살펴본 소설 〈춘향전〉과는 하늘과 땅 차이이다. 이도령이 멋을 있는 대로 부려서 한자어구를 섞어가며 제가 떠나는 이유를 설명해보지만, 춘향이의 태도는 위에 보는 대로이다. 눈빛 하나 손짓 하나 안정된 것이 없이 제 성질대로 다 퍼붓는다. 이때 쓰인 의성어와 의태어는 가히 일품이다. 현대의 어떤 소설가도 이만큼 구사하기 어려울 만큼 토속적인 언어구사를 통해 요령 있게 묘사하고 있다. 그렇게 제 분에 못 이겨 마구 퍼부어대다가 급기야는 거울을 깨뜨리는 등 기물을 파괴하는 데까지 가고, 그것도 모자라서 머리칼을 쥐어뜯는 등의 자해 소동까지 벌인다. 독자들은 이 대목을 읽으면 춘향이가 발악하는 대목이 눈에 선연할 것이다. 거의 발광한 사람의 모습으로 이리 뛰고 저리 뛰면서 온갖 소동을 하는 광경, 이 광경이 춘향이의 본래 모습이다.

물론, 앞서 읽은 소설에서의 얌전한 모습이 더 먼저이고 이렇게 발칙한 모습을 담은 것이 나중에 덧붙은 더늠이 아니냐고 할 수도 있다. 그러나 선후 관계를 검증하는 것 이상으로 중요한 사실이 있다. 이는 춘향의 여러 모습이 분명히 존재했었는데 시간이 가면서 그것이 한 가지 모습으로 틀을 갖추어나갔다는 사실이다.[4] 그것이 어떤 목적에서 이루어진 변개인지는 세심하게 따져보아야겠지만,

암묵적으로 얌전한 현모양처형으로 변화시켜나가는 것이 일반적이다. 더욱이 문자화되어 정착되는 소설본 등에서 판소리적 특성이 축소되면서 그렇게 되는 경향은 매우 뚜렷한 편이다.

위에 예를 든 대목은 현전하는 창본을 통해서 거의 그대로 확인된다. 일례로 1925년경 필사된 것으로 보이는 장자백(張子伯) 창본과 1932년에 필사된 백성환(白星桓) 창본에는 위의 더늠에 다음과 같은 정도의 내용이 첨가되어 있다.

> 여보시요 도련님, 천하온 춘향이는 함부로 버리셔도 아무 탈도 없나니까? 우리 당초 언약할 제 대부인 사또님이 시키시던 일이니까? 빙자하기 웬일이요? (장자백 창본)[5]

> 여보 도련님, 우리가 만날 적의 대부인이 시키신 일이관대 빙자하기 웬일이요? (백성환 창본)[6]

첨가된 내용은 신분이 낮은 춘향이의 자격지심이다. 내가 천하다고 해서 이렇게 버려도 되느냐는 항변은 충분히 있을 수 있는, 인간적인 대목이라 아니할 수 없다. 더욱이 가약을 맺을 때는 부모 허락 없이 온갖 감언이설로 목적을 이루어놓고서는 헤어지게 되니까 부모 핑계를 대는 이도령의 모습은 확실히 비겁한 것인데, 춘향이는 바로 그 아킬레스건을 공략하고 있다. 춘향이 스스로 생각하기에 이런 수모를 겪는 것은 제 신분이 낮아서 자기를 얕보기 때문이며, 또 그런 상상 밖의 일이 가능한 이면에는 이도령의 그런 부도덕함이 숨겨져 있는 것이다.

인간은 누구나 발악할 수 있는 법이고, 앞날을 알 수 없게 된 춘향이의 발악도 당연한데 〈춘향전〉에서는 그런 부분을 자꾸 무시하려는 경향이 있다. 그런데 이 작품에는 그런 대목만 있는 것이 아니라 그와 정반대의 사태가 벌어지는 대목도 있어서 흥미롭다. 때로는 요염하게, 그러나 대부분 다소곳하게만 있던 춘향이가 진짜로 발악하는 부분이 있으니 바로 '십장가(十杖歌)' 대목이다.

첫째 낱을 딱 붙이니 부러진 형장(刑杖) 가지는 공중에 빙빙 솟아 상방(上房) 대뜰 밑에 떨어지고 춘향이는 아무쪼록 아픈 것을 참으랴고 고개만 빙빙 두르면서,

"애고, 이 지경이 웬일이요."

개개이 고찰하는 게 십장가가 되었구나.

"일부종사(一夫從事) 하올 년이 일심(一心)으로 굳었으니 일력(人力)으로 하오리까?"

둘째 낱을 딱 붙이니,

"불경이부(不更二夫) 이 내 심사 이 매 맞고 죽인데도 이도령은 못 잊겠소!"

셋째 낱을 딱 붙이니,

"삼종지도(三從之道) 지중한 법 삼강오륜 알았으니 삼치형문(三致刑問: 세 차례의 형문) 정배(定配: 귀양)하여도 분부시행 못하겠소!"

넷째 낱을 딱 붙이니,

"사대부 사또님은 사기사(事其事: 일을 그 일대로 옳게 처리함)를 모르시오? 사지를 갈라내어 사대문에 회시(回示: 죄인을 여러 사람 앞에 보이는 것)하여도 사부집 도련님은 못 잊겠소!"

다섯째 낱 딱 붙이니,

"오매불망(寤寐不忘) 우리 사랑 오늘이나 소식 올까 내일이나 기별 올까?"

여섯 일곱 딱 붙이니,

"육시(戮屍: 죽은 뒤에 목을 벰)하여 쓸데 있소? 칠척검 드는 칼로 동동 장그르지 형장으로 칠 것 있소?"

여덟째 낱 딱 붙이니,

"팔도방백(八道方伯: 팔도의 관찰사) 수령님께 치민(治民)하러 내려왔지 학정하러 내려왔소?"

아홉째 낱 딱 붙이니,

"구곡간장(九曲肝腸: 아홉 굽이 마음 속) 흐르는 눈물 구천(九天)에 사무치니 죽인데도 쓸데없소!"

열째 낱 딱 붙이니,

"십실(十室: 열 집)부로도 충렬(忠烈)이 있삽거든 고금 허다 창기(娼妓) 중에 열녀 하나 없으리까?"

열 치고 짐작할까? 열 다섯 딱 붙이니,

"십오야 밝은 달은 떼구름에 묻혔는듯."

스물 치고 짐작할까? 스물다섯 딱 붙이니,

"이십오현탄야월(二十五絃彈夜月: 25현을 달밤에 탐)에 불승청원각비래(不勝淸怨却飛來: 맑은 원망을 이기지 못하고 날아옴)라."

삼십도(三十度)에 맹장하니 옥 같은 두 다리에서 유수(流水)같이 나는 피는 두 다리에 어리었네.

춘향이 점점 포악하되,

"소녀를 이리 말고 살지능지(殺之陵遲: 머리·사지·몸통을 도막 내

김준근 作, 〈관
장(官杖)〉_조흥
윤, 『민속에 대한
기산의 지극한 관
심』, 민속원

서 죽이는 극형)하여 아주 박살(撲殺)시켜 주면 초혼조(楚魂鳥: 楚나라 懷王이 억울하게 죽어서 새가 되었음) 넋이 되어 적막공산 달 밝은 밤에 도련님 계신 곳에 나아가 파몽(破夢: 꿈에서 깸)이나 하여이다!"

말 못하고 기절하니 엎드렸던 형방도 눈물 지고, 매질하던 집장사령(執杖司令)도 혀를 끌끌.[7]

아마도 연약한 여자로서 이 정도로 거세게 항의할 수는 없을 것만 같다. 우리는 여기에서 춘향이의 경탄스러운 모습을 새삼 확인하게 된다. 그런데 이처럼 숫자에 붙여 한문구를 들이대는 것이 제아무리 한문에 능한 사람이라 하더라도 해내기 어려운 일이다.

대학 시절, 우리나라에서 〈춘향전〉을 본격적으로 연구한 1세대 학자로서 춘향전연구 박사 1호이신 김동욱 선생님께 수업을 들을 때의 일이다. 수업 중에 갑자기 웬 여학생을 호명하더니 대뜸 이렇게 묻는 것이었다. "그래 자네는 만약 곤장 30대형와 징역3년형 중

선택하라면 어느 것을 택하겠나?" 볼 것도 없이 춘향전 때문에 나온 질문이었고, 그 친구는 별로 깊이 생각할 틈도 없이 곧장 30대형을 택했다. 그러자 선생님께서는 아무 대답도 않으시고는 껄껄거리며 웃으실 뿐이었다. 여자가 곧장 30대를 맞는다면 장독(杖毒)이 올라서 아마도 살기 어려울 것이라고 하셨다. 그런 형벌로 내리치는 매를 맞으면서 그런 노래가, 그것도 창작을 한 노래가 나올 리가 없다. 그래서 신재효본 같은 데에서는 '금장하며 치는 매에 어느 틈에 할 수 있나. 한 귀로 만들되 안짝은 제 글자요, 바깥짝은 육담이었다.'[8]라는 보충설명을 달아두기도 한다.

결국, '십장가' 야말로 현실적으로는 불가능하지만 특정한 목적을 띠고 작품 속에서 만들어진 것임을 알 수 있다. 그 목적은 별 게 아니다. 완판본의 제목이 그렇듯이 '열녀' 가 '수절' 하는 쪽으로 의미를 가중하려는 것이다. 열녀(烈女)니 열사(烈士)니 하는 데에서의 '열(烈)' 은 그 훈(訓)이 '맵다' 로, 성질이 매우 독하다는 뜻이다. 춘향이는 열녀가 되기 위해서, 한편으로는 꼭 있을 법한 발악을 자제하고 또 한편으로는 불가능할 것 같은 발악을 창출하는 이중성이 노출된다. 오해해선 안 될 것은, 그렇다고 해서 작품을 망쳤다거나 작품성이 훼손되었다는 말을 하려는 것이 결코 아니라는 사실이다. 적층문학(積層文學)으로서 독자를 끌어 모아 나가는 과정에서 처음의 내용이 변개되어 새로운 의미를 획득해나간 과정을 짚어내자는 것뿐이다. 이는 마치 독특한 주제의식을 가지고 시작했던 일일연속극이 독자들의 항의와 언론의 압력에 굴복하여 평범한 주제 쪽으로 선회하는 것과 유사하다 하겠다.

춘향이 신분 올리기

춘향 어미 월매가 기생인 것은 세상이 다 아는 일이다. 그런데 기생 딸 춘향이, 곧 기생 춘향이로 설정하면 그뿐인 것을 기생이 아닌 춘향이가 등장해서 문제가 복잡해진다. 아마도 〈춘향전〉을 제대로 읽지 않은 사람이 처음 읽게 된다면 제일 신기한 것 중의 하나가 처음에 등장하는 인물일 것 같다. 명색이 '춘향전'이면 누가 뭐래도 춘향이가 먼저 나와야 정상이다. 그런데 신기하게도 맨 처음 등장하는 인물은 춘향이가 아니라 이몽룡이다. 앞서 인용한 바 있던 완판 33장본만 하더라도 '숙종대왕 즉위초의' 태평성대가 서술된 후 곧바로 이몽룡의 아버지 이한림을 남원부사로 제수하는 내용이 나오면서 '사또 자제 이도령이 연광은 이팔이요, 풍채는 두목지라. 문장은 이태백이요, 필법은 왕희지라.'로 이어진다.

이후 이도령이 봄경치를 구경하러 밖으로 나섰다가 비로소 '어떠한 일미인'을 발견하는 것이다. 현대소설이라면 항용 있을 수 있는 기법이기는 하겠지만 제 이름 달고 나온 소설에서도 상대역 다음으로 등장하는 경우는 고소설로서는 참으로 희귀한 사례가 아닐 수 없다. 이렇게 되면 자연히 춘향이에 대한 설명이 축약되기 쉽고 또 실제도 그렇다.

  방자 다시 여짜오되,
  "이 고을 기생 월매 딸 춘향이란 기생아이 낮이면 그네 뛰고 밤이면 풍월 공부하여 도도하기로 일읍에 낭자하여이다."

이도령이 크게 기뻐하고 이른 말이,

"그러할 시 분명하면 잔말 말고 불러 오라!"⁹⁾

　춘향의 신분은 매우 극명하게 드러난다. 기생의 딸로 '기생아이'
인 것이다. 어디 그뿐인가? 그의 행실로 보면 특별한 것이 없고 낮
이면 그네나 뛰면서 남성들을 유혹하고 밤에는 풍월을 공부한다고
했다. 적어도 정숙한 여인으로 묘사하려면 조신한 태도를 강조하
고, 집에서 하는 공부도 모쪼록 부덕(婦德)을 쌓을 만한 내용이어야
하는데 영 그렇지 못한 것이다. 이도령이 기생아이란 말을 듣고 기
뻐한 것도 따지고 보면 쉽게 여겨서 한번 재미있게 놀아볼 수 있다
는 계산이다. 그러고 보면 춘향이가 '열녀'가 되기에는 다소 무리가
있는 작품이다.

　이 작품을 확대 개편한 것으로 보이는 완판 84장본으로 가면 여
러 가지 변이양상을 엿볼 수 있다. 우선 이도령 집안이 나오기 전에
춘향이 집안 이야기가 나오며, 춘향의 출생 내력도 상당히 길고, 고
상하고, 화려하고, 신비하게 그려놓고 있다.

　　이때 전라도 남원부에 월매라는 기생이 있으되 삼남(三南: 충
　　청·전라·경상)의 명기(名妓)로서 일찍 퇴기(退妓)하여 성(成)가 양
　　반을 데리고 세월을 보내되 나이가 곧 40이 되도록 일점 혈육이
　　없어, 이로 한이 되어 길게 탄식하고 걱정하느라 병이 되겠구나.
　　일일은 크게 깨쳐 옛 사람을 생각하고 남편을 청하여 들어오게
　　해서 여쭈오되 공순히 하는 말이,
　　"들으시요. 전생에 무슨 은혜를 끼쳤던지 이 세상에 부부 되어

창기(娼妓) 행실 다 버리고 예모도 숭상하고 여공(女工 : 예전에, 부녀자들이 하던 길쌈질)도 힘썼건만 무슨 죄가 지중하여 일점 혈육이 없었으니 육친무족(六親無族) 우리 신세, 선영(先塋) 제사 뉘라 하며, 죽은 후 장사는 어이 하리. 명산대찰(名山大刹) 신령께 공덕이나 빌어 남녀 간 낳게 되면 평생 한을 풀 것이니 가군(家君: 남편)의 뜻이 어떠하오?"

성참판(成參判) 하는 말이,

"일생 신세 생각하면 자네 말이 당연하나 빌어서 자식을 낳을진대 무자(無子)할 사람이 어디 있으리요."[10]

변한 것이 한두 가지가 아니다. 우선, 월매는 일찍 퇴기하여 창기 행실을 버린 상태에서 춘향이를 갖게 된다. 이는 기생딸 춘향이라는 오명을 가능한 한 씻어내기 위함이다. 둘째로, 춘향의 아버지를 어엿한 양반으로 상정한 것이다. 그것도 하찮은 양반이 아니라 종이품(從二品)의 참판으로 해서 춘향의 혈통을 한껏 높였다. 셋째로, 그냥 생겨서 낳은 것이 아니라 부부가 몹시도 바라서 하늘에 빌어 낳는다는 식으로 신비화한 것이다. 인용문 이후에는 목욕재계하고 명승대찰을 찾아다니며 지성을 드리는 대목이 장황하게 나온다. 뿐만 아니라 어느 날 월매의 꿈에 한 선녀가 청학을 타고 나타나서 품안으로 달려들더니 그날부터 태기가 있어서 생긴 아이가 바로 춘향이라고 했다.

그러나 이렇게 신비하게 꾸민다고 해서 뒷이야기를 합리적으로 마무리할 수 있는 것이 아니다. 춘향이는 앞으로 계속되는 고난을 잘 이겨내고 한 남자만을 바라보며 꿋꿋하게 지내야 하는 인물이어서 그런 자질을 입증해주지 않으면 안 되기 때문이다. 완판 33장본처럼 해두어서는 어린 남녀의 불장난으로 그쳐버리는 쪽이 훨씬 더 그럴듯해 보인다. 그래서 '장중보옥(掌中寶玉)같이 길러내니 효행이 무쌍이요, 인자함이 기린이라. 칠팔 세 되매 서책에 착미(着味 : 재미를 붙임)하여 예모정절(禮貌貞節)을 일삼으니 효행을 일읍이 칭송 아니 할 이 없더라.' 라는 덕행 부분이 강조된다. 낮에는 그네나 뛰다가 밤에는 풍월을 읊는 노는 계집 춘향이가 아니라, 어릴 때부터 효행을 알고 서책에 재미를 붙여 예의범절을 잘 갖춘 양가집 규수 춘향이로 다시 태어난 것이다.

한갓 기생딸 춘향에서 양가집 규수로 탈바꿈했다면 향후의 처신도 각별히 다르게 마련이다. 우선 기생딸 춘향의 반응부터 보자.

춘향이 거동 보소. 팔자 눈썹 찡그리며 붉은 입술을 반쯤 열고 가는 목 겨우 열어 여짜오되,

"충불사이군(忠不事二君)이요, 열불경이부절(烈不更二夫節)은 옛 글에 있사오니, 도련님은 귀공자요 소녀는 천첩이라. 한번 정을 의탁한 연후에 인하여 버리시면 독수공방 홀로 누워 우는 내 아니고 뉘가 할까. 그런 분부 마옵소서."

이도령 이른 말이,

"네 말을 들어보니 어이 아니 기특하리. 우리 둘이 인연맺을 적에 금석뇌약(金石牢約: 금석과 같은 굳은 약속) 맺으리라. 네 집이 어디매냐?"

춘향의 거동 보소. 섬섬옥수 높이 들어 한 곳 넌즛 가르치되,

"저 건너, 동편에 송정(松亭)이오, 서편에 죽림(竹林)이라. 앞뜰에 매화 피고 뒷뜰에 도화 피어 초당 앞에 연못 하고 연못 위에

석가산(石假山: 뜰이나 연못 등에 돌로 쌓아 만든 산) 묻은 곳이 소녀의 집이로소이다."[11]

　춘향의 반응은 매우 우호적이다. 이도령 같은 멋진, 그것도 번듯한 집안의 남자가 자기를 택한 데 대한 고마움이 담겨있다. 다만 걱정은 자기처럼 천한 여자와 이도령 같은 귀한 남자가 만나서 정을 통한 뒤에 헌신짝처럼 버려지는 것뿐이다. 물론 바로 이 대목은 완판 84장본에도 있는 공통적인 내용이다. 그러나 이 이전에 이 완판 33장본에서는 이몽룡이 오라고 하면 별 거역 없이 오기도 하고 또 여기에서 보듯이 제 입으로 직접 자기 집을 가르쳐주기도 한다. 그것도 이렇게 상세하게 가르쳐주는 것을 보면 거의 유혹에 가까울 정도이다.

　그러나 이미 양반의 딸로 명시된 완판 84장본에서의 춘향의 반응은 이와는 상당히 다르다. 이도령을 따라나선 통인(通引)이 '제 어미는 기생이오나 춘향이는 기생 구실 마다하고 백화초엽(百花草葉)에 글자도 생각하고 여공(女工) 재질이며 문장을 겸전(兼全)하여 여염 처자와 다름이 없다'고 말해준다. 방자 역시 춘향의 고운 자태가 남쪽 지방에 자자해서 온갖 벼슬아치들이 다 탐해보았지만 결국 허사였으니 불러오기 불가능하다고 말해준다. 결국, 방자가 춘향에게 가서 그 특유의 입담으로 춘향을 불렀지만 춘향의 반응은 대단히 단호한 것이었다. 여염 사람을 부를 리도 없고 또 부른다고 한들 갈 리도 없다며 자리를 피해버린다. 이몽룡은 바로 이러한 정숙함에 반해서 나중에 방자를 시켜서 춘향집에 제 뜻을 전하는 것이다. 미색에 반해서 기생이니까 한번 보자는 것과, 정숙함에 반하고 글재

주나 시험해보자는 것과는 그 대우하는 것이 아주 다르다. 완판 84
장본에서는 끝내 제 입으로 집을 가르쳐주지 않아서 방자가 대신
일러준다.

어쨌거나 이도령은 들이닥치게 생겼고 춘향이 어찌해야 좋을지
망설일 때, 월매는 다음과 같은 꿈이야기를 한다.

> "꿈이라 하는 것이 전혀 허사가 아니로다. 간밤에 꿈을 꾸니 난
> 데없는 청룡 하나 푸른 복사꽃 핀 못에 잠겨 무슨 좋은 일이 있을
> 까 하였더니 우연한 일이 아니로다. 또한 들으니 사또 자제 도령
> 님 이름이 몽룡이라 하니 '꿈 몽(夢)'자 '용 용(龍)'자 신통하게 맞
> 추었다. 그러나 저러나 양반이 부르시는데 아니 갈 수가 있겠느
> 냐. 잠깐 가서 다녀오너라."[12]

이제 이 둘의 만남은 우연이 아니라 필연이며, 인간의 힘이 아니
라 하늘의 힘으로 이루어졌다. 사실 이렇게 틀을 짜맞추어 놓는 것
은 요사이 좀 처지는 드라마처럼 얽히고설키게 만든 느낌이 들지
만, 고소설에서는 매우 익숙한 방법이다. 춘향이와 이몽룡의 자유
연애 정신이 어느새 천정배필, 곧 '하늘이 정한 거역할 수 없는 배
필'이라는 이념으로 변화한 것이다. 더욱이 춘향이가 이몽룡을 만
나고 말고 하는 판단을 하는 데 있어서 월매가 나섰다는 것도, 비록
그것어 정식 절차는 아니지만 어느 쪽이든 한쪽편의 반승낙은 얻고
있다는 점에서도 새로운 의미를 부여할 수 있다. 이는 그 당시로서
는 비윤리적일 수밖에 없는 청춘남녀 당사자 간의 교제라는 인식을
조금이나마 씻어내려는 의도로 짐작된다.

이몽룡 어른 만들기

한편, 춘향이 못지않게 중요한 인물인 이몽룡의 변화도 예사롭지 않다. 춘향이와 이몽룡은 나이 열여섯에 서로 만났다. 요즘 생각하면 결혼하기는 고사하고 책임 있는 연애감정을 나누기에도 벅찬 나이이다. 그런데도 여자는 목숨을 걸고 수절을 하며, 남자는 장원급제하여 암행어사가 된다. 그보다 더 기막힌 일은 이들이 만나서 벌이는 사랑놀음에 있다. 〈춘향전〉을 '음탕교과서'로 매도하던 시절이 있었다는 것은 그 시절의 보수성을 드러내는 것이면서 동시에 작품에 내재한 심한 사랑표현이 있다는 것을 의미한다. 하긴 오죽했으면, 연세가 70이 넘으신 원로 학자분께서 손주뻘 되는 학생들 앞에서 〈춘향가〉 강의를 하시면서 "이런 방사(房事) 부분은 강의를 할 수 없다."며 얼굴을 붉히셨을까.

이제 그 선생님께서 강의하시던 신재효(申在孝, 1812~1884)본 〈춘향가〉를 가지고 이런 부분을 살펴보기로 한다. 신재효는 판소리 여섯 마당을 글로 정리했을 뿐만 아니라 판소리의 후원자가 되어 실제 판소리의 발전에 크게 공헌한 인물이다. 신재효본 〈춘향가〉는 특이하게도 두 가지가 남아있는데 하나는 '동창(童唱) 춘향가'이고 하나는 '남창(男娼) 춘향가'이다. 동창은 어린 아이, 아마도 어린 기생이 창하도록 만든 것이며, 남창은 남성 창자가 창하도록 만든 것이다. 그런데 이런 구분이 단순히 창자를 구분할 뿐만 아니라 실제 내용에서도 큰 차이가 난다. 우선 동창은 오리정에서 이별하는 대목에서 작품이 끝나고 있어서 그 이후까지의 전체를 담고 있는 남창과 크게 다르다. 이는 아직 숙련이 덜된 어린 창자의 능력을 고려한 것이겠지만, 그 내용상으로 볼 때에도 더 이상 이어나갈 수 없는 사정을 고려한 것으로 보인다.

한마디로 동창 춘향가에서는 이도령이 철부지 어린 아이로 나오지만 남창 춘향가에서는 어엿한 사내대장부로 나오는데, 이 점이 춘향이가 기생에서 양반집 규수로 탈바꿈하는 데 비견될 만하다. 동창 춘향가의 만남 대목을 보자.

방자 충충(衝衝) 급히 가서 두 손 잡고 여쭙기를,

"춘향이 불러왔소."

도령님이 방자를 부르는디 뒤꼭지로,

"앙자 앙자."

"예"

춘향 오르란 말을,

"오오."

방자 "허허" 웃고,

"춘향아 올라가자."

춘향이 올라가서 도사리고 앉은 거동, 앉은뱅이 초롱 접듯 요만하고 앉어 놓으니 수줍은 도령님이 속에는 잔뜩 좋으나 부끄러워 말 못하고 낯빛이 뻘겋구나. 방자를 돌아보며,

"팔씨름이나 하여보자."

"춘향이하고 두꺼비 씨름이나 하시요."

"말도 아직 안하고야?"

"어서 말씀하옵시요."

"제가 먼저 물으래라."

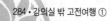

"계집아이 사내보고 묻는 법이 있소?"

"나는 차마 부끄러워 먼저 말을 못하겠다."

"계집아이 더 부끄러 말 할 수 없을 테니 도로 건네 보냅시다."

"보내지는 못하지야."

"그러하면 말하시요."

"내 대신 너 말해라."

춘향은 부끄러워 빚 받을 사람같이 우두커니 앉은 모양 하릴없는 부처로다.[13]

어쩌면 이렇게 생생하게 묘사되어 있는지 탄성이 절로 나올 지경이다. 1970년대쯤의 숫기 없는 중학교 남녀 학생이 만난 것만 같다. 그래도 잘 논다는 친구 한 명을 중간에 넣어서 여학생을 불러오기는 했지만, 그 다음부터는 어떻게 해야할 지 요령부득인 바로 그 순간. 지금 우리의 남자주인공 이몽룡이 바로 거기에서 허우적인다. 춘향이를 보고 어찌나 흥분했는지 하인 이름도 제대로 못 부른다. 기껏 뒤에다 대고 부른 것이 '방자'도 아닌 '앙자'이다. 웃음이 터져 나올 대목이다. 좋기는 한데 쑥스러워서 말은 못하고, 그래서 그 어색함을 면해보자고 기껏 생각한 짓이 방자하고의 팔씨름이다. 참으로 체통 없는 짓이다. 우리가 상식적으로 알고 있는 이몽룡과는 천양지차이다. 게다가 방자는 상전인 이도령더러 두꺼비씨름이나 하라고 빈정거린다. 엎치락뒤치락하는 두꺼비씨름이 무얼 가리키는지는 독자의 상상에 맡길 일이고, 그래도 그러거나 말거나 이몽룡은 그런 데 대해 일일이 따져들 정신이 없다.

분명 이 대목에서 이도령은 나이 열여섯의 어린 아이이다. 외간

신재효 〈춘향가〉(동창)

여자를 만나서 넉살 좋게 이야기하고, 더구나 평생 가약을 맺자는 둥 하는 말을 제 입으로 당차게 할 수 없는 그런 순진 무구한 남자이다. 그러니 서울로 올라갈 채비를 하라는 아버지의 분부를 듣고부터는 완전히 정신이 나갈 수밖에.

도령님 부지불각(不知不覺) 이 분부를 들어놓니 가슴이 묵묵(墨墨) 정신이 캄캄, 아무럴 줄 모르고서 사정을 하여볼까 잔 기침 버썩 하고 말 시작 하여보아,

"해해, 소자(小子)의, 해해, 민망 사정, 해해, 여쭈울, 해해, 말씀, 해해, 있소."

지자는 막여부(知子는 莫如父: 아들을 아는 데는 아비만한 사람이 없음)라 사또 벌써 알으시고 호령이 대단하다.

"양반의 자식으로 애비 고을 따라 와서 글공부나 할 것이지 밤낮으로 몹쓸 장난, 이 소문이 서울 가면 내 위세는 고사하고 네 앞길이 어찌 되리? 가라 하면 갈것이지 여쭐 말은 무슨 말. 에라, 이것 보기 싫다."

도령님 할 수 없어 책방으로 내려와서 암만 앉아 생각해도 아무 재주 없었구나. 이러다는 못할 테니 춘향을 찾아가서 하직이나 하는 수다. 춘향집을 나갈 적에 마음이 하 설워서 눈물이 곧 나오니 남 보기에 열없어서 울음을 참노라고 두 눈을 동트듯이 뻔하니 떠가지고 춘향 문전 당도하여 울음인지 말소린지 "춘향

아." 겨우 한 번 부르더니 울음보가 탁 터져서,

"애 애 애."

춘향이 깜짝 놀라 버선발로 급히 나와 도령님을 붙들고서,

"이것이 웬일이요, 내 집에 다니는 줄 사또가 알으시고 꾸중을 들으셨소? 종아리를 맞으셨소?"

"그런 일 같거드면 네 집에 와 울겠느냐? 애애애."

"가졌던 새 새끼를 방자에게 뺏기셨소? 객사(客舍)에서 공 치다가 통인에게 욕 먹었소?"

"털도 든 구멍을 하면서 그 장난 하겠느냐? 애애애."

"그 속이 들었으면 철모르는 아이같이 울기는 웬일이요?"

"우는 속이 있다마는 차마 말을 못하겠다. 애애."

"날더러 못할 말을 내 집에난 왜 와 우요?"

"네가 이 말 들어서는 날보다 더 울것다. 애애."[14]

도대체 이 짧은 가운데 '애' 하고 우는 대목이 몇 번이나 들어가는가? 여기에서의 이도령은 완전히 울보 어린애이다. 향후 대책을 세우거나 춘향이의 아픈 마음을 달래줄 생각은 뒷전이고, 그저 제 아픈 속을 털어놓는 것이 우선이다. 또, 가지고 놀던 새 새끼를 방자한테 빼앗기고도 울 수 있는 아이이고, 통인 정도에게 야단을 맞을 수도 있는 어린애이다. 그러면서도 '털도 든 구멍을 한다'는 식의 상스러운 말을 함부로 뱉기도 하는, 통제하기 어려운 어린 아이이다. 그래도 이 부분은 어쨌거나 매우 인간적인 면에 높은 점수를 줄 수 있다. 무서운 아버지의 눈치를 보면서 어떻게 해서든 춘향이와의 이별만은 막아보려는 그 눈물겨운 노력은 충분히 감투상 감이

다. 아버지 앞에서 '해해'라는 비굴한 웃음을 연신 섞어가면서 그대로 제 뜻을 말해보는 이 태도에서 인간의 온기가 느껴지는 것이다.

그러나 남창 〈춘향가〉에 가면 이런 모습은 거의 소거되고 어엿한 대장부 이몽룡이 등장한다. 매우 세련되고, 아주 의젓한, 현실적인 계산이 바로 서 있는 이몽룡이 등장한다. 그는 광한루에서 오지 않겠다는 춘향의 말을 전해 듣고 기분이 좋아져서 춘향에게 편지로 제 뜻을 전한다. 곧 춘향의 답장을 받아 뜻을 짐작하고 나중에 정중하게 춘향집을 방문한다. 그러니까 적어도 말이라도 오가는 첫 대면은 춘향의 집에서 이루어진다.

도련님 다 본 후에 춘향어미 돌아보며,
"자네 딸은 어디 갔나?"
춘향어미 여짜오되,
"나이 아직 미거(未擧: 철이 없고 사리에 어두움)하여 손님 대접 못하기로 도련님 오시는디 부끄럼 못 이기어 내 방에가 숨었나부."
"내가 오늘 여 오기는 저를 보자 온 길이니 이리 잠깐 오라 하쇼."
춘향어미 문을 열고,
"이 아 아기 거 있느냐? 사또 자제 도령님이 너를 보자 오셨으니 어서 이리 들어오라."
춘향이 들어와서 어미 옆에 고이 앉아 손가락을 입에 넣고 아미를 나직하니 도련님 좋아라고 제의 모(母)와 수작하되,
"자네 딸이 몇 살인가?"
"임자(壬子) 사월 초파일에 저 자식을 낳았지요."

"어허 신통하네. 나하고 정동갑(正同甲). 오늘 내가 심심하여 광한루 나왔더니 추천하는 자네 딸이 하릴없는 선녀기로 광한루 데려다가 백년가약 맺을 테나 노모 있는 여염 여자를 임의로 불러 올 수 없어 자네 허락 듣자 하고, 자네 찾아 나왔으니 자네 소견 어떠한가?"[15]

　춘향이집 방안의 그림을 감상한 후 점잖게 운을 떼는 대목이다. 수줍어하는 사람은 이몽룡이 아니라 춘향이다. 춘향이를 처음 대해서도 전혀 당황하지 않고 아주 당당하고 의젓하게, 아주 사무적으로 제 볼일을 보는 모습이 인상적이다. 처음부터 춘향어미를 만나 백년가약을 맺으러 왔다고 하는 폼이 마치 계약을 맺으러 온 바이어 같다. 동창 춘향가에 비추어본다면, 나이 차이로는 열 살 이상은 날 듯한 격차를 보이는데, 이 정도의 장부 기상을 갖추어야 뒷날에 암행어사로 나서는 것이 어색하지 않게 된다. 요컨대 이 대목에서의 고민은 16세의 나이가 갖는 현실성을 고려하여 작품 후반부의 대역전을 어색하게 할 것이냐, 16세이지만 어엿한 대장부로 그려내서 후반부의 대역전에 합리성을 부여할 것이냐의 고민이 깔려있다. 어쨌거나 많은 〈춘향전〉은 장부 이몽룡으로 그려냈고 그리하여 이별대목에서도 좀처럼 그 본성을 잃지 않는다.

얻은 것과 잃은 것

　　다른 작품도 그렇지만 특히 〈춘향전〉은 한마디로 규정하기가 참으로 어렵다. 그러나 대체로 〈춘향전〉을 위시한 판소리 계통의 작품들은 대개가 속된 것을 소거해 나가는 쪽으로 변해왔다. 그것을 발전이라고 볼지 퇴화라고 볼지는 좀 더 깊이 생각해보아야겠지만 어쨌거나 그 변모과정에서 일정 의미를 찾아볼 수 있다. 〈춘향전〉은 〈춘향가〉 없이 생각할 수 없는 것이고, 〈춘향가〉는 판소리이므로 이런 문제의 해결은 판소리의 성격을 되짚어보는 데에서 분명히 드러난다.

　　판소리는 '판'에서 불리던 소리이다. 그러므로 판이 없이는 판소리가 존재할 수 없다. 소설은 소설책이 있으면 어디에서나 존재할 수 있다. 방에서 읽으면 그 방이 판이고, 들에서 읽으면 그 들이 판이다. 책이 옮겨가는 곳이 그대로 소설의 판인 셈이다. 그러나 판소리는 다르다. 판소리는 적어도 창자와 고수, 관객이 함께 할 수 있는 일정한 공간, 일정한 시간을 요구한다. 소설에 비한다면 몹시도 제약이 심한 셈이다. 그러다보니 자연히 그 판이라는 것이 일정한 범위를 넘어서기는 어렵다. 그러나 판소리가 인기를 얻어가면서 판이 확대되자, 관중의 성격도 점차 다양해졌다. 위로는 왕으로부터 아래로는 일반백성들까지 즐기는 예술이 되자 다양한 개성들은 오히려 약화가 되기도 했다.

　　춘향이가 마음껏 발악도 해보고 이몽룡이 어리광도 부려보는 것은, 판소리의 제한된 판에서 얼마든지 가능한 행위였을 것이다. 그러나 많은 사람들을 동시에 충족하려다보면 일정한 부분의 희생은

김준근 作, 〈소리하는 모양〉 _조흥윤, 『민
속에 대한 기산의 지극한 관심』, 민속원

불가피했으리라 본다. 더욱이 함께 경쟁해야 하는 일반 고소설 등
의 관례를 고려하거나, 실질적인 패트론으로 기능하는 식자층의 기
호를 고려할 때, 춘향이를 길들이고 이몽룡을 어른으로 만드는 작
업이 필연적으로 요청되었을 것이다. 이유를 들자면 그뿐만이 아니
다. 판소리의 제약이 비단 공간뿐만 아니라 시간에까지 미친다고
생각하면 작품 전체의 변개 양상에 대해 더욱 관대해질 수 있다. 사
실 요즈음은 심심찮게 판소리 완창 무대가 벌어져서 4시간쯤 공연
하는 것을 예사로 알지만, 그렇게 순수하게 판소리만 듣겠다고 모
인 집단이 아니라면 그런 식의 장시간 공연은 사실상 불가능하다고
하겠다. 대개 잔치집 같은 데서 선호하는 대목을 떼어내어서 들었
다고 보는 편이 훨씬 더 타당하다. 이렇게 되면 각 부분을 굳이 그
렇게 꽉 짜이게 맞추어놓을 필요는 없다. 앞에서 울고 짜던 이도령
이 뒤에 가서 점잖은 암행어사가 될 수도 있고, 앞에서는 꽤 점잖은

명문사대가의 양반인 심학규가 뒤에 가서는 바람둥이 남자로 나올
수도 있다.

얻은 것이 있으면 잃은 것이 있고, 잃은 것이 있으면 얻은 것이
있기 마련인 게 인생이고 세상이다. 춘향이의 신분을 끌어올리고,
이몽룡을 점잖은 대장부로 만들면서도 얻은 것도 있고 잃은 것도
있는 것은 너무도 당연하다. 부모님이 맺어준 인연에 군말 없이 지
내는 것을 미덕으로 알았던 세상에서 자유연애의 가능성을 보여주
고 그 소중함을 지켜나가는 아름다움이나 발랄함은 그 변화를 통해
잃은 첫 번째 것이다. 흔히 춘향전의 주제를 '사랑' 쯤으로 치부하지
만 이 '사랑'을 '열(烈)'의 개념으로 변환되면서 초기의 그 발랄한
모습은 많이 손상되었다. 더욱이 '신분을 뛰어넘는 사랑'으로 주제
를 더 세분할 경우, 신분의 격차를 좁혀놓음으로써 〈춘향전〉 본래
가지고 있던 '뛰어넘는' 아름다운 사랑 부분이 많이 퇴색해버렸다.
기생이면 어떻고, 설령 노비면 어떨 것인가? 이는 결혼은 혹 몰라도
사랑이야 얼마든지 할 수 있다는 정도의 자유로운 정신을 획득하는
데 장애요인이다.

그러나 이러한 변화는 후반부의 진행을 훨씬 더 매끄럽게 하는
데 크게 기여하기도 한다. 사실 기생신분을 고수한다면 변학도가
수청을 들라는 데 거절할 명분이 크지 않으며, 춘향이의 부덕(婦德)
이 강조되지 않으면 굳은 절개를 지키면서 수절하기 어렵게 된다.
더욱이 십장가처럼 구구절절이 학정을 비판하는 대목을 확장하려
면 춘향을 더 맵고 독하게 만들 필요가 있다. 이몽룡의 경우도 그의
어사출도가 단순히 사사로운 감정에서 정인(情人) 하나를 구하는 것
쯤이 아니라, 온 고을의 묵은 원한을 씻고 나아가서 태평성대를 구

사하려는 의도를 강화하려면 어엿한 사내대장부 이도령이 요구될 수밖에 없다. 이렇게 이해할 때 완판본 춘향전의 앞머리를 장식하는 '숙종대왕 즉위 초에 성덕(聖德)이 넓으시사 성자성손(聖子聖孫)은 계계승승(繼繼承承)하사' 가 제대로 맞아들어가게 된다. 다음의 마지막 장면을 보자.

> 어사도 반만 웃고 우두머리 형리(刑吏)를 불러 고을 수령의 전후죄목 낱낱이 적어내어 나라에 장계하고 유죄무죄간 옥중의 죄수들을 일병 방송(放送: 풀어내어 보냄)하니 갇혔던 죄인들이 춤을 추며 어사를 송덕(頌德)하여 만세를 부르더라.
>
> 전하께옵서 남원부사 죄목 보옵시고 어사를 칭찬하시어, 춘향이는 정렬부인을 내리시고 어사는 병조판서를 제수하시니, 어사 성은을 축사하시고 춘향과 그 모를 서울로 올려 태평으로 지내더라.[16]

사사로운 애정에서 시작한 〈춘향전〉은 이로써 대사회적인 주제로 확장되게 된다. 물론 주제의 확장이 작품의 질을 높이는 것은 아니지만, 이를 통해 이 작품이 적어도 더 많은 사람들의 공감을 얻도록 많은 이들의 꿈을 키워주는 쪽으로 나아갔음을 알 수 있다. 〈춘향전〉이 정말 살아있는 고전이라면 춘향이와 이몽룡의 다양한 얼굴, 다양한 성격들을 재발굴하여 그 다채로움을 잃지 않을 뿐만 아니라, 나아가서 새로운 춘향, 새 시대의 이몽룡이 만들어질 수 있기를 희망한다.

■ 주석

1) 설성경 편저, 『춘향예술사 자료 총서』(국학자료원, 1998), 129쪽.

2) 鄭魯湜, 『朝鮮唱劇史』(조선일보출판사, 1940)

3) 정노식, 앞의 책. 43~45쪽. 어려운 한자어구 등은 일부 쉽게 풀어 씀.

4) 실제로 완판 84장본에서는 이 더늠 대목이 상당 부분 그대로 수용되고 있다.

5) 김진영 · 김현주 · 김희찬 편저, 『춘향전 전집(1)』(박이정, 1997), 123쪽.

6) 김진영 · 김현주 · 김희찬 편저, 같은 책, 25쪽.

7) 설성경 편저, 앞의 책, 135~136쪽.

8) 강한영 校注, 『신재효 판소리사설集(全)』(보성문화사, 1978), 45쪽.

9) 설성경 편저, 앞의 책, 118쪽.

10) 설성경 편저, 앞의 책, 159~160쪽.

11) 설성경, 앞의 책, 119쪽.

12) 설성경 편저, 앞의 책, 169쪽.

13) 강한영 校注, 앞의 책, 113쪽.

14) 강한영 校注, 앞의 책, 141~143쪽.

15) 강한영 校注, 앞의 책, 19쪽.

16) 설성경 편저, 앞의 책, 158쪽.

이강엽의 고전문학 이야기

강의실 밖 고전 여행 ①

초판 1쇄 발행일   1998년 10월 5일
초판 7쇄 발행일   2004년 11월 25일
개정판 1쇄 발행일   2010년 5월 20일

지은이   이강엽
펴낸이   이정옥
펴낸곳   평민사
           서울특별시 서대문구 남가좌2동 370-40
           전화   (02)375-8571(代)
           팩스   (02)375-8573
           평민사(이메일) 모든 자료를 한눈에 —
           http://blog.naver.com/pyung1976

등록번호   제10-328호

   값   11,000원

ISBN   978-89-7115-549-3   04810
ISBN   978-89-7115-310-9   (SET)

ⓒ 2010, 이강엽